文芸社セレクション

鳴神島

（太平洋戦争激戦地　ザ・キスカ島）

倉持　寿哉

KURAMOCHI Toshiya

文芸社

目次

第一章　船舶備砲隊

昭和十七年十二月、押し詰まった暮れの二十四日。ここ戦時下の北海道の小樽では海軍と陸軍との二色に彩られて街を歩く将兵の表情は、いずれも灰色の生気のないうつろな瞳を持っていた。それは食肉解体場に入れられた豚の様な落ち着きのない姿で右往左往していた。私達の船舶は、出発が約二週間遅れた。その日たった一隻の駆逐艦に護送され一ヶ月の駐屯の思い出をあとにこの灰色の港小樽を出港した。目的地の鳴神島（キスカ島）に向かい船が港を離れ、これからの任務は総てが天佑と運に賭けられていた。それはつると離れた矢の如く、その矢は再び手許には戻ってこない。

運命を託したその現実なる確証は、私達と一緒に駐屯していた同じ暁隊の船舶備砲隊は、各々十隻の船舶に依って目的地へ向かったが、全部途中で撃沈されてしまった。私達の船はいざ出発という時に故障し二週間修理の為遅れ、一番最後になってしまった。それだけ又生き延びた訳であるが、これがかえって私達に幸運をもたらした。途中北海のベーリング海は、人に知られた魔の海であった。ここで暴風雨に出会ったら最後、恐らく、難破は避けられない絶望的である。私達はこの暴風雨に襲われた。その為、船が一進一退であるにもかかわらず駆逐艦は私達の船を見捨て、さっさと引き返してしまった。船は木の葉の如く魔のベーリング海の渦中に巻き込まれた。船底の板の上に私達は四十度からなる船の傾斜の為、あっちへゴロー、こっちへゴロー、転がり汚物を吐き出し血を吐き出し最後には真黄な液体を吐いた。吐く物があるうちはまだ良かったが、それも吐き切って液体の一滴も出し切れなくなった後は咽喉をかき、胸をかきむしり七転八倒した。まる一昼夜近くでこの暴風雨が、嘘の様におさまり目的地の鳴神島（キスカ島）へ入った。このことは私達より船員達の方が、この奇跡的現象にただ唖然としてしまった。

　時に、昭和十八年一月の一日であった。何時しか船内の騒音も叫喚も静寂になり私達がやっと人心地ついたのは、かなり時間が過ぎてからだった。船はもうゆれることなく又進まず波の音がかすかに遠く聞こえるだけで、全く地上に停止している様に感じられた。私は防寒帽を被り直すと甲板へ上がってみた。外はまだ暗かった。スーと頬をさかなでする激風は、北海道の風の冷たさと幾らも変わらない。三方が海で一方は島だと思っていた私は突然暗やみに馴れた目の前が、岩壁になっているのに愕いた。手を伸ばせば直ぐ届きそうな近くにあり、次第に周囲がはっきりしてきた。海岸線の無い岩の絶壁に間違いなかった。皆、後ろを振り返って見ると、コの字に湾曲した海岸線が見える。なだらかに起伏した島の模様は、薄気味悪く各々に点々と灯が蛍光灯の様に時々点滅する。その中でたったひとつ最前方の岬の頂上から夜光灯の強い光が、輝いていた。その光は瞬きせず先程の暴風雨が、何時あったのかと思わせる様全く悪夢を思い出させない様に美しく銀色に輝いていた。

甲板の上へ船底から上がってくる兵隊が、次第に増えてきた。私は砲の覆《おおい》が、ぐっしょり水に濡れた船尾の高射砲台へ上がった。そこには先に私達の班長藤田《ふじた》伍長が、砲座に腰掛けていた。

「愕きましたね、無事にキスカ島へ入れるとは、あの暴風雨のお陰ですね……」

私は藤田伍長の前の砲座へ腰をもたらせて言った。

「今日は一月の一日だからな、大晦日の暴風雨だからまさか敵さん、嵐の中をベーリング海をくぐって来るとは思わなかったろう。凄い暴風雨だった。船が転覆しなかったのが不思議なくらいだ、まさに奇跡だね、俺達は運がいいかも知れん。だが問題はこれからだ、今日はいい天気だから油断は出来ない……」

私はポケットから煙草を取り出すと火を付け一服思い切り吸い込んだ。大きく紫の煙を吐き出すと、生きていたという現実が蘇った。私の時計は丁度五時を指していた。暴風雨が去ったのが夜半の十二時頃、殆どまる一昼夜荒れていた訳である。藤田伍長の話を聞くと、船は暴風雨の惰性に翻弄され全く奇跡的にこの湾口に漂着した様である。

上陸要員は船酔いを吹き飛ばし、もう張り切って荷揚げ作業を始めた。そろそろ朝食の準備も完了する頃、朝食後全員集合、砲の手入れと砲台防備をして対空戦闘準備をせねばならない。藤田伍長の話を聞いているうち東の空が、次第に明るくなってきた。船首の方からドラの音が聞こえてきた。食事の時間である。流石に数時間の休養と落ち着きで急に腹のへってきたことを、意識してきた。あれ程血を絞った胃の激痛も今は全く忘れた様になくなる。まる一日何も食べていなかった空腹に腹の虫が、急にぐうぐうとなり出した。

私達の分隊の者は、食器の中の飯粒を見ただけで箸の出ない者が大勢あった。それ等は単に船酔いの為ばかりが、原因とは私には思えなかった。船に乗って思わぬ暴風雨という奇襲攻撃を恐怖の前提として受けたショックは、分隊の士気を一瞬にしてなえさせてしまった。天佑なり奇跡が起こったからいい様なものの、いざこれが対空戦闘の場合はこの様な奇跡が起こるとは考えられない。難破というものを体験して次の対空戦闘に誰もが、新たなる恐怖を感じ始めたのである。

大体、私達の小隊が船舶の暁隊に配属されたのがおかしい。兵の半分は丙種合格で最高に良いのが、私の如き第二乙種合格である。片目もいれば頭のおかしいのもいる。大半は薄志弱行の者が多かった。私の小隊には、気心が知れた辻本《つじもと》・根本《ねもと》という人間がいた。その辻本・根本の二人はもうすっかり元気を回復し食事も私より先に済ませていた。その根本が、

「俺は船が揺れてもう駄目だと思った。その時うちの奥さんがね、俺の上に乗って落ち着きなさい、頑張ってと何回も俺の耳許で叫ぶんだ。俺はその度に夢中になって、かあちゃんってしがみついたら、何とそれが辻本の足でいや～な感じがした」

根本が、食器を置いて出し抜けに言ったので私は驚いた。

「こいつ～」

辻本が笑って根本の頭をたたいた。私は根本の純粋な性格が大好きだった。彼は年季の

入った板前で一流劇場の食堂に勤めていた。両親がなく散々苦労したかいがあり、恋人を得てやっと結婚した。それも僅かたったの三ヶ月で応召され、彼の人生も一枚の紙切れで幕を閉じてしまった。入隊早々から彼は水炊場という特定の場所に配属されていた。暁隊へ部隊が配属され彼は、私の一分隊の弾列にまわってきた。弾列とは弾丸の運搬係である。砲手の訓練を受けたことがないからそれは当然であった。分隊中一番腕っ節の強かった私の許に来られたことを、彼は何よりも喜んでいた。私とは一番仲が良く、実は根本を一分隊にまわしたのは私の才覚であった。

私はいつの間にか部隊の最右翼になっていた。隊長始め、下士官にしても私にはある程度遠慮していた。しかしその反面敵対視していた人物もいることを私はよく知っていた。千葉の内地防空にいた時からの班長である鴨田《かもだ》伍長とは私はどうしても馴染めなかった。今ひとりの上田《うえだ》軍曹は暁隊に転属されてから配属された下士官で、彼は実戦の体験があった。背は五尺（約一五一・五センチ）そこそこ、十八歳で軍隊へ志願した男で私達は彼を坊ちゃん軍曹と呼んでいた。安っぽちい日本刀を腰につけ胸を張って、「この小隊は、たるんでいる」と気合をかけていたが、隊長の命令で私的制裁の出来ぬこの隊にじりじりしていた。ことごとく目立った私に難癖をつけていた。そして又この軍曹は、時として突然狂乱する癖があった。私は一回だけ原因のわからぬままに殴られたことがあった。私は殴られるのをよけず彼の気が済むまま黙って殴られていた。殴り終わったのを待って、私は何故殴ったのかと質問した。殴った右手をさすりながら、

「俺は貴様が怖い、今にきっと俺は貴様にやられる。だから今の内俺は貴様の意気を封じておくのだ」

五尺の体から五尺七寸の私の体を見上げて彼はきっと唇を嚙みしめ、肩をいからせて私に言った。その後、私に隙がなく二人の感情は目に見えない無言の闘争が、お互いの胸の中に潜んでいた。

辻本は生っ粋の江戸っ子で口から先に生まれてきた様な男だった。目から鼻に抜けるという抜目なさは分隊随一でその抜目なさは、誰彼の容赦なく人を押しのけても前に出る性格であった。その為彼を非難する者も数多かった。だが一線抜きで一等兵になった位の彼である、やはり多少誰もが遠慮している様であった。彼は小柄で腕力がなく、その為いつも私を楯にしていた。私も彼のエゴイズムには、度々腹を立てていたが話術が巧みでユーモアのある彼には私はいつも彼のペースに苦笑しながらも巻き込まれていた。

甲板から竹田《たけだ》隊集合の声に私達は狭い船底のねぐらから這い出すと甲板へ集合した。もうすっかり陽が昇り、晴れ渡った大空には雲ひとつない好天気の一月の一日であった。甲板上には、泥の詰まった叺《かます》が積み込まれてあった。一分隊、二分隊と分けてあった叺は、私達の手で高射砲砲台の周りに積み重ねられた。直径が精々四メートル位しかない船尾のこの砲台周囲に、これを積み重ねると砲と叺の間隔が人間一人通るのがやっとであった。実戦の経験のない私は丁度一人通れる、やれやれと作業を終えて一安心していた。これが後になっていかに通路が狭く砲の操作を妨害する結果になるとは思いも及ばなかった。砲に注油し、閉鎖機の点検をし弾薬箱を並べ始めたが、さて補助弾薬の置き場所がなく、私は分隊長の藤田伍長にそのことを相談した。狭い、確かに狭かった。弾丸も弾薬箱約十箱と砲手だけ十人でもう足の踏み場もない。これでは弾列二、三名、補助さえ加えることも出来ない。一番大事な私の弾丸込めも、これでは操作の支障をきたすことになる、と言ってもうこれ以上弾薬箱を積み重ねることは、操作より敵機の爆撃にあった時に危険である。藤田伍長も私と同じことを考えていた。

さて二分隊はどうなっているかと、私達は隣の二分隊へ見学に行った。二分隊を受け持っていた小泉《こいずみ》准尉が、盛んに叺の置き場所を指図していた。ここは私達一分隊よりまだ狭かった。それこそ叺と砲の間隔に一人通れるのがやっとである。私達の方がまだ無理をすれば二人通れそうだ。ここもこんな調子では弾薬の置場所も満足にないだろう、藤田伍長は小泉准尉の前に出て早速このことを話した。

「いざ実戦になると容易でない。恐らく敵機は、一分隊よりこの二分隊から攻撃してくるだろう。それは一分隊には岩壁という屈強な楯がある。従って敵機は島陰より水平線上から襲ってくる」

小泉准尉は砲を湾口の水平線に回した。島を背に向け、一歩後ろへ退るとそこだけは叺が積み込んでなかった。

「この場所は十五列位並べると丁度端が階段になる。この弾丸をこのままにしたら弾列は階段よりリレー式で下から弾丸を運ぶ、これ以外こんな狭い処でこれ以上の弾薬を置くことは危険だ」
小泉准尉は、そう言うと階段下へ弾薬を積み重ねることを命じた。成程、小泉准尉の言う如く階段より弾丸をリレー式で運ぶより手はなさそうである。これは弾列としても容易ならない危険な仕事である。後になってわかったが、二分隊では戦闘中これを実行した弾列は一人もいなかった。一分隊が二分隊よりはるかに弾丸を多くうち、そして戦果を挙げ得たのはこのリレー式を間断なく実行した成果であった。一月一日の朝はこんな作業で終わった。

アメリカでも一日は、休暇があるのか夜頃から偵察機すらも飛んでこなかった。昼食には正月を祝って餅が出た。遠くかなたの外れ、アリューシャン列島の空の下で餅をかむ私達は一片の餅が、くしくも著しくホームシックに胸を打つとは思わなかった。誰も彼も全く無言で言い知れぬ複雑な感情でこの餅をかみしめていた。これでもう日本古来の餅の味は、再び私達は味わえないのかも知れない。この味は何か死刑囚が、最後の御馳走を与えられている感傷であった。

私達はその晩は過去の種々なものを整理した。船に乗る前に一応整理した積りであったが、この船に乗ってから花札の勝ち負けの精算だとか、汚れた衣服の着替えだとか、細々とした身の整理など数多くあった。私は花札で大分勝った。もう死ぬ人間だ金などあっても仕方がないと初めて花札をいじった者など無造作に金をはたいた。或る者は持ち金が足らなく私に借金をし、その借金を残して死ぬのは厭だ、品物で取ってくれと言って時計を外した。私は笑って断り、金は無事北海道へ帰ったらこの金で芸者をあげて一騒ぎするから楽しみにしてくれと言った。そしてお守袋の中へお金を入れ、預かり金として皆んなに見せた。遠く近く波の音をかすかに聞きながらいつしかこの船はいい知れぬ恐怖に満ち夜の静寂の中に眠った。

翌朝午前六時起床、すぐ様朝食をかき込むと私達は甲板へ集合した。昨日に増して晴れ渡った空は、紫と緑で描いた澄み切った絶好の天気であった。雲ひとつなく、風もない願ってもない天候に私達はいよいよ確実に敵機の攻撃を予測せねばならなかった。整列して隊長の訓示が、まだ終わらぬうち島から高々とサイレンが鳴り響いた。

水平線の彼方から敵の哨戒艇が遠ざかっていった。しかし数分前には島の上空を飛行して私達の船舶を発見したかもしれない。砲台の中間にある観測班は、二十個の眼鏡をたえず右へ左へと移動させていた。「全員配置」隊長の声と同時に私達は砲の定位置についた。隊長は観測班の後ろから手を耳に当て船首のキャプテン室からの声を聞き届けた。敵機の編隊は、「いまだ確認できず、監視を厳重にせよ」隊長は準備完了と見ると待機の姿勢で一時の休息を与えた。

私はいっときの緊張感が、ほぐれると同時に習慣性になっていた毎朝の生理現象を覚えた。急遽鉄兜をその場へ置くと、階段をかけ下り厠へ飛び込んだ。いつもの様な悠長な用便は出来ない。三十分はかかる、今の場合その時間の短縮が問題だ。気がせく故か、いっこうに催せぬ、じりじりするだけで容赦なく時間が過ぎていく。下腹に手を当て息張る。

いつのまにか額から脇の下にかけて汗で濡れた。十五分たち二十分が過ぎ、やっと催してきた。しめた、一層下腹に力を入れた。瞬間それを待っていた如く、頭上で弾丸の炸裂する音が聞こえた。丁度運動会で花火を打ち上げているかのようである。一発、二発、三発次第に数が多くなってきた。同時に敵機が私達の上空近くに飛んできていることが、はっきり意識してきた。ぐずぐずしてはいられない、出し切るのも待てず、ズボンをまくし上げると勢いよく厠から飛び出した。階段下の根本と顔を見合わし、ニッコリ笑った。私は九番の定位置についた。どうやら戦闘開始には間に合った、だが鉄兜を被る余裕は全くなかった。なぜならその時島の上空から銀翼燦爛とした重爆機十数機が私達に襲いかかってきたからだ。航路角三千二百、直線コースだ。敵の胴体も見えはっきり言ってこれ程低空でしかも正面から見た飛行機は、生まれて初めてだった。機首の座席に眼鏡をかけた操縦士の姿さえ、はっきり見えた。隊長は高度、航速、航路角の判断さえつかず、号令をかける余裕もない。観測班の傍らから私の処へ弾丸のように飛んでくると、蒼白な顔に唇を震わせ「撃て、撃て……。」と連呼した。私は夢中で背後の海辺から弾丸をぬき取ると閉鎖機の中へ初めて実弾を込めた。信管が何秒で切れたか知る由もなかった。しかしアッという間に重爆機は私達の頭上を通過すると、一発の爆弾も投下せず島の岬を左へ旋回すると真っ青に晴れ渡った大空の中へ飛び去った。その間島の上空では、何十発という高射砲の弾発が数を増してきた。私達がそれを唖然と眺めていた時、観測班から大声で千二百度方向、「敵機襲来」と叫ぶ声が聞こえた。余程の大声を出さないと島からの砲の音、上空からの飛行機の爆音とで声が聞きとれない。それに砲手は皆耳栓をしていた。千二百度方向へ砲身を向けると、胴体二つあるロッキード戦闘機が、七、八機私達の船を哨戒しつつ島陰を旋回している。その機は私達の方へは来襲してこない。私は手に汗握りそれを凝視していた。背後からその時、隊長が耳許で叫んだ。

「今の重爆の高度は五十メートルもなかったな……、あまり近すぎたので二分隊の方でも撃てなかったなあ、あのロッキードは一旦向こうへ旋回してから来るぞ、皆んな近いから信管は五秒以内にきれ」

私はその直後に根本を呼ぶと、砲台の弾丸を全部五秒以内にきらした。きり終えた根本は階段下の弾薬の方へ飛んで行った。

私は鉄兜を叺の上に投げ捨てると、手拭を出し学帽の上から鉢巻きをした。発射の速度も私の弾丸込にかかっている。準備が出来上がった時、海の水平線からコンソリデーテッドB24十数機、島の上空からロッキードP38約十機、今ははっきり私達の船を目標に襲撃してきた。隊長は私の背後から右手を伸ばすと、「目標、あの重爆……」と叫ぶと、あとは声にならなかった。重爆より速くロッキード戦闘機の方が、船の頭上に来ていて機銃掃射を浴びせてきた。バタバタという烈しい音は、戸板を金槌で叩く様であった。船首で待ち構えていた二五棒の機関砲が同時に火を吐いた。これ程低空で襲撃してくるとは夢にも思わず慌ててしまった。重爆に目標を摑んだ私は敵機が私達の船より大きいのではないかと錯覚した。それ程馬鹿大きく見えた。

榴縄《りゅうじょう》引きには木田《きだ》という男が任務についてたが、この任務は最も敏速に正確に榴縄を引き発射せねばならなかった。しかし鈍感で小心者の彼にはこの任務は難しいと思ってい た。憂慮した如く、最初の一発から木田は榴縄を引けなかった。文句をいう間もなく、榴縄引きはいち早く藤田伍長に替わってもらった。だが藤田伍長も私の弾丸込めにあおられ発射が間に合わなかった。私はその間際に辻本に方向を指図した。辻本は方向の転輪を座って回す余裕もなく、座席から降りると両手で方向を移動させた。いつのまにか方向を辻本、弾丸込めは私、発射は藤田伍長と砲の操作は三人で行っていた。肝心な高度は水平より約十度ばかり上げたきりで不必要になってしまった。高計手の任務をしていた者はすでに座席より降り転輪を握ったまま俯いていた。他の砲手は、砲へへばりつき頭を上げている者は一人もいなかった。何発撃ったか、閉鎖機から撃ち終えた空の薬莢が足下にゴロゴロ増え出した。その為次第に砲身を移動させることが困難になってきた。方向を転換する度に砲にへばりつく砲手がかえって邪魔になってきた。そのうち砲から離れた人間は叺を盾に通路を塞ぎ出した。私は砲と共に移動する時、その人間を跨いだり押したりしていたが、足下の薬莢が増え出すと尚一層移動困難になってきた。うっかり薬莢の上に足が乗ると重心を失って倒れてしまう。私は上を見たり下を見たり背後の弾丸受けに気を使って敵弾の飛んでくる恐怖を身に感じる余裕もなかった。

私は湾口の中心に砲を停止させると、そのまま数十発、発射させた。ドスンという大きな音響と共に私の体が前にのめった。ざらざらと私の襟首へ屑と木片が入り込んだ。デッキの上のマストが直撃弾を浴び、丁度観測班と私達の中間へそれが倒れ落ちた。続いて船首の機関砲の位置が吹っ飛んだ。バァ〜ンという炸裂と赤い火が一瞬のうち散ったかと思うと真っ白い煙の中に無数の黒い弾片が輪を描いて、水中に没した船がぐらっと左に傾いた。重爆機の爆弾が命中してきた為、砲台の弾丸がなくなってきた。私は急遽、弾丸の補給を叫んだ。階段口に伏せていた根本が、私の目の前に這いずって弾丸を差し出した。受け取った私が弾丸を込めようとして腰を上げたが前に伸びない。それを強く引くと背中にどすんとぶつかった者があった。しかもその男は、尚も離れず私のバンドを握りしめている。私は思わず背後を振り向いた。軍服で一目とわかる、それは竹田隊長だった。中腰で私のバンドを摑んで盾にしていた。私は思い切り腰を振って、その手を振り外した。ピューンジャボッと水中にはね上がる機銃弾の音が鋭く耳に貫くと、私の鉢巻が吹っ飛んだ。私は再びその時隊長に抱きつかれ薬莢の山の上に横転してしまった。二度、三度薬莢に足を取られながら私はやっと起き上がって階段口を見た。鉄兜の下から目だけを光らせ「弾丸、弾丸」と言って、階段を這いずり下りて行く根本を見て、私は勢いよく弾丸を操作した。次の弾丸を待っている間、私は急に腹立たしさを覚えた。じりじり高まる感情を抑えながら私は足許の薬莢を軍靴で、甲板下へ蹴落としていた。根本の代わりに階段口へ姿を現したのは意外にも栗木《くりき》衛生兵長であった。さすがに栗木兵長の動作は機敏であった。下から運ぶ根本と呼吸が合い私の弾を込めるタイミングにピッチがあがった。何十発撃ったか、砲身が焼き付くと棒の先へ油布をつけ油を流した。全身が濡れた私は、上着を脱ぎ捨て防寒衣の袖をまくし上げていた。

重爆と戦闘機の攪乱襲撃に続き、突如重爆機が海面すれすれに襲来してきた。私は重爆機に目標をつける為、閉鎖機を両手で持ち一気にぐいと方向転換させた。藤田伍長と辻本がその為、一瞬砲の煽りをくって同時に横転した。双発の重爆機はまるでモーターボートのように海の上を走り、船と接触寸前に急上昇して長い真っ黒な塊を落としていった。私は同じテンポで襲撃を繰り返す重爆機を狙った。藤田伍長はまだ横転したままでいる。一発、二発、三発と私は弾丸込めをすると、自分で榴縄を引いた。藤田伍長が起き上がった時、そのマーチン重撃機は美しい銀翼を羽撃きして私達の頭上を飛び去っていった。ついに重爆機は一機も落とせなかった。私は悔恨とくやし涙をのみそれを見送っていた。そして気が付き栗木兵長の姿を求め、階段口へ走った。階段の真下には、憂慮すべき事態がおこっていた。仰向けに倒れていた栗木兵長は、腰を血潮に埋め、ピクッ、ピクッとわずかに手足の先がけいれんしていた。一瞬、私は階段を下りようとした、だがその時再び新しい重撃機が波状攻撃してきた。弾丸を込める動作も出来ず、私は閉鎖機を両手で支えつつ、近づくその胴体からはっきりと丸枠の中の星を見た。ドス～ン、ドス～ンと三、四回たて続けにもの凄い音響と衝撃を受け、私達はいっせいに叺の表面にたたきつけられた。魚雷をくった船体は、大きく船首を下に右に傾斜した。叺の防備がなかったら私達はこの傾斜の為、海の中へ振り落とされていただろう。

私は機銃の為、叺が破れその泥を被り口の中へ入った泥を、じゃりじゃりかみ飛び去って行く敵機を唖然と見送っていた。

その時、私は我に返ると急に栗木兵長の安否が気になった。弾列でもない彼が率先して挺身し、何故その彼だけが犠牲にならなければならなかったのか……私の他、まわりで泥をはたいて起き上がっている連中は、この爆弾機銃掃射の嵐の中で一片の破片も受けた者はいなかった。運が良いといえばこれもまさに奇跡に近かった。しかしその原因は、矢張り私が無茶苦茶に間断なく砲を撃ったことにあった。私は直感で栗木兵長は即死だと思った。その時、「二分隊の小泉准尉殿がやられたぞ」という大声に私は再び暗い気持ちに襲われた。上空を一回り眺めると敵機の影は島の上空を、ゆるく旋回してこちらへ向かってくる。編隊らしきものは見当たらなかった。私は観測班の頭上を飛び越え、二分隊の砲台へ入った。二分隊の砲台は叺の中から泥が、大半飛び出し足の踏み場もなかった。砲手は観測班の地下にもぐり込んだらしく姿がない。閉鎖機の前で小泉准尉が、背中を丸くして俯せになっているのが目に入った。

「どうした班長殿も、誰もいないのか……」

私は向かっ腹が立って辺りに聞こえるよう大声で怒鳴った。こうしていては、いつ又敵機が襲来してこないとも限らない。負傷者は適切な処置を敏速に取らねばならない。

小泉准尉の陰から鴨田伍長が顔を見せたのはその時だった。「臓物が、臓物が」といって彼は両手を私の目の前に差し出した。真っ赤なその手の中にグニャグニャした大小の臓物が私の両眼に気味悪く焼き付いた。

「死んだんですか」

私は落ち着いて言った積りだったが声はうわずっていた。「いや、」一時首を振って、

「衛生兵、栗木兵長はいないか」

突然彼は甲高い声を張り上げた。

「栗木兵長殿はやられました」

私は鴨田伍長の顔を見下ろした。私は小泉准尉の両脇に手を回し抱き起こしていた。鴨田伍長はそれを見て慌てて、

「待て、下に、下に深井《ふかい》がいる。静かに、静かに……」

彼は私の背後に回ってきて、

「俺が抱くから深井を見てくれ」

私は鴨田伍長と位置を変えた。しかしどうして二分隊の連中は、唯一人姿を現さないのだろう。一体皆どこへ行ってしまったのか。鴨田伍長がしっかり小泉准尉を抱き起こし、その状態を見た時さすがの私も「ア〜ッ」と思わず息を止め一歩後ろへ飛びさがった。むっくり私の目の前に立ち上がった深井は鉄兜も軍帽も取れ、むき出しの頭はどろりとした真っ赤な液体を被り顔中臓物だらけで、この世の者とは思えなかった。しかも両手は、しっかりと小泉准尉の土手腹を押さえている。その手の間際からは、いまだにポタリポタリと血の滴が落ちていた。全身に冷水を浴びたようにわずかに私の五体は震えた。深井が手を離せば、まだ残っている臓物はせきを切った様に一度に飛び出すだろう。物凄い傷が

ポッカリ口を開けている。もろに機関砲の直撃弾をくったのである。私は深井の両手にかわるべき物を探した。だが適当な物があるはずがなかった。ぐずぐずしていることも出来ない臓物が一斉に飛び出せば、小泉准尉は死ぬ。この臓物を押さえれば、或いは生命が助かるのではないか、浅はかな望みを抱いた。私は鴨田伍長の鉄兜に気が付いた。無言で彼の鉄兜を取り外すと深井の手を握り、その手を引くと同時に傷口に鉄兜をあてがった。かすかに准尉のうめき声を聞いた様な気がした。

鴨田伍長と二人でやっとの思いで下の甲板上まで運んだ。しかしその時は、もう小泉准尉は意識朦朧、三途の河を渡りかけている時だった。良い具合にその後、敵機の来襲はなく甲板上には佐藤《さとう》衛生一等兵がそこでうろうろしていた。私は咄嗟に栗木兵長の死体の無いのに気が付き、彼にその安否を聞いてみた。

「死んだ、即死だった」

彼は目を閉じると言葉少なく言った。その閉じた両眼から彼の頼りとする上官を失った哀愁の涙が滲んでいた。私もそれを見ると胸がつかえ、あとの言葉が続かなかった。最初の戦闘にして私達の隊からも二人の尊い犠牲者を出してしまった。背後へいつの間にか来ていた隊長は鼻の穴をぴくぴくさせ、平常どもる言葉を一層どもらせて、

「大事な人間を二人殺してしまった。弱った、困った、全く弱った」

情けない悲痛な言葉を吐き続けると小泉准尉の周囲をうろうろ歩き始めた。その動作は感傷に溺れたというより大事な掌中の珠を奪われ、だだをこねている赤子の様な行動で

あった。

　その時、甲板上の穴を飛び越え兵隊とも船員ともつかぬ男達が数人担架を持って駆けつけてきた。その中の一人が実にてきぱきと小泉准尉の死体を担架に乗せて運ばせた。その敏速な落ち着いた処置に感心した。その男はまだ三十歳前後の若さだった。

「御苦労さんです。ちょっとお聞きしますが、今の戦闘でこの船で一体どの位の損害、いや損害より戦死者や負傷者が出ましたか」

「そうですね、機関砲隊は吹っ飛び全滅しました。キャプテン室も吹っ飛び船長も死にました。その外船員達は十人位負傷したでしょう、でも幸い陸揚げ要員に犠牲者はなかったようです」

「それはよかった」

「貴方達のお陰ですよ。よく撃ちましたね、中々あれだけ撃てませんよ。あれだけ激しく撃ってくれたのでこれだけで済みました。さもなければこんなちっぽけなボロ船、木っ端微塵ですよ」

「そうでしたか、それより船の被害はどうだったんですか」

「魚雷は殆ど命中して、船はもう修復不能ですね。完全に駄目です、まあ我々もそれを予想して入港早々船を暗礁に乗り上げて置いたのが、功を奏しました。もし海の上に浮かんでいたとしたらまず全員お陀仏は間違いなかったでしょう」

「そうだったんですか、我々にはまだ運がありますね」

「それにしても貴方達はよく二人だけであとの人は無事でしたね、あれだけ狙われて、どうして助かったか不思議ですよ、奇跡ですね、全く」

彼は幾度か首を縦に振ると、担架の後を追った。その後へ佐藤衛生兵が慌てて走った。敵機は船首の対火砲を吹っ飛ばし、魚雷を全弾撃ち果たし、船の大破を確認したらしく再び来撃してくる様子はなかった。私は気が抜けた手付きで、煙草を取り出し火をつけると空に向かって大きく吸った。

第二章　屍体運搬

マストというマストは完全に撃ち砕かれ、甲板上の地型地物は吹き飛ばされ、その原型は見る影もなかった。私の足許には栗木兵長の体内からでた鮮血がどす黒く固まっていた。それは凄まじい量であった。あっという間の即死だったろう。その時に誰も気が付かず、彼を抱きかかえる者はいなかったのか。たとえいたとしてもあの場合駆け寄って助け起こすことは不可能だったかも知れない。私としてもあの時傍らへ駆け寄ろうとしたが、それが出来なかった。あの瞬間私達は魚雷の直撃をくって、将棋倒れに横転してしまったのだ。今それを思い出すと、私は急に根本のことに気が付き急に胸騒ぎを覚えた。

煙草の吸差しを海に投げ捨てると私は、「根本、根本」と大声で叫んだ。周囲にいた一分隊の連中が吃驚して私の傍らへ集まってきた。その中で根本の姿はなく、私は夢中で船尾の地下の階段へ走った。下から上ってくる黒い影が私の行手を遮った。「根本か……」私の声にその影は飛び付いてきた。小柄で華奢な根本の体が、私のがっちりした胴に抱き締められた。私が何か言おうとした時、その階段から続いて二分隊の連中が続々と上って来た。私は根本と先へ甲板へ出ると、彼等の顔色を見た。泥に汚れている顔は一人もなく、皆それは一応に蒼白に放心した光のない顔であった。根本の足には三角布が巻き付けてあった。彼の顔は私の顔より汚れていた。泥より汗と埃にまみれていたその表情は、両眼だけが異様に光り輝いていた。

「足をやられたのか……」

私は根本の足許が気になった。

「大丈夫、弾丸にやられたんじゃなく階段から落っこちて怪我したんだ、それより栗木さん駄目だったのか」

「良かった、たいしたことがなくて、栗木兵長と小泉准尉は死んだ。あとは全員無事だった」

「俺の代わりに栗木さんが代わってくれて……すまないことをしてしまった。俺さえ怪我をしなかったらあの人は死ななかったのに……」

根本は水鼻をすすると、三角布をむしり取った。赤チンを付けた右足の向こう脛から真新しい傷口が顔を出した。しかしその傷はほんの些細な傷で私は安心した。しかし根本の表情は、益々暗く彼の良心はその呵責に苦しんでいる様であった。

「おまえの他、弾列の連中はどうした」

私は未だ他に何人かいたことに気が付き尋ねた。

「さあ……そういえば奴さん達どこへ行ったのかなあ」

根本も今気が付いたらしく急に周囲を見渡した。

「成程、根本お前が怪我したので栗木さんが飛び出したんだな、お前だけの責任じゃないよ、気にするな」

さらに私はこうつけ加えた、

「むしろお前より責任があるのは逃げた弾列だなあ、でも逃げたといっても怒ることも出来ない。それにしても栗木兵長は勇敢だった。勇敢な同志が二人死んでこれから厳しくなるな……」

私は初めての戦闘で、戦友それは上官も兵士も一緒だが、その人達の各自の真価というものを今この数分間の出来事で知ることが出来た。それと同時に弱卒のこの隊で、唯一の股肱と頼む上官を失ったことはこれからの茨の道に入り込むのではないかと思った。

ちょうどその時、岩壁を渡って二人の髭面の男が身軽く甲板へ上がってきた。背の高い方が髭面をなでながら私の方へ近づいてきた。

「やりおったね、いや恐れ入ったよ」

彼の髭面は、もう何ヶ月も剃刀を当てていなかった。

「君一人で張り切っていたな、大分実戦馴れしているな。だがなあ、こんなボロ船一隻狙ってよくあれだけの数がやって来たなあ、全く愕いたね」

少しの間があり、又しゃべりかけてきた。

「でもどんなボロ船でも敵さん我々を生かしては帰さんよ。この船が入ってきたのを知ってふざけんなとばかり総動員してきたからな」

はしけに背を持たせ二人は並んで私の顔を見ながら笑った。私は正直に「実戦は初めてなんですよ」と言った。

「本当か、これは愕いた。いい度胸をしている」

「夢中で撃ったのでよくわからなかったのですが、大体何機位やって来たんですか……」

私は実際敵機が何機来たのか知りたかった。「まず最初にだね……」と髭面の男が説明してくれた。

「コンソリが十三機、島の向こう側から来て、反対側から約十機、こいつはどっちも島へ爆弾を全部落としてからこの船を発見したらしい。だから船の上空を通っても爆弾は落とせなかったんだ」

髭面は右前方の岬の方を指差した。その方向から来たコンソリに私は記憶があった。

「続いてロッキーの化け物、こいつは約三十機来た。愕いたことはマーチン雷撃機から来たことだ。この付近に敵の航空母艦がいるんだね、さもなければまさかアラスカから飛んで来たとは思えないからな」

私は少し寒くなった体に気が付き、防寒衣の袖を長く伸ばしながら聞いた。

「キスカにも、……この島にも味方の飛行機はあるんですか」

「うむ、たった六機しかないが、それでも優秀なパイロットが一人いてね、これが向かって行くと敵さん慌てて逃げ出すよ。ロッキーなんかそのパイロットにかなり落とされているよ。尤もあの化け物は化け物というより片輪物だね……」

髭面はそれだけいうと鼻髭の方に向かって大きく笑った。

私はあのロッキードという胴体二つある戦闘機には、妙に胴体の真ん中へ弾丸が通り抜けてしまうような気がして恐らく直撃は困難なことだと思っていた。それを落とせる者がいるとは、中々優秀で心強く感じられた。

鼻髭が真面目腐って感心している私の顔を見て言った。

「ロッキーが何故片輪者というのはね、あの胴体で確かにスピードはあるが旋回は不自由なんだ。とにかく旋回するなと思ったその一瞬を狙えば俺達だって時たま落とすことだってある。君達だってあの化け物、少なくとも四機か五機は落としてたよ」

いわれて私は愕然とした。今まで思ってもみなかったことを急に意識してきた。それは唯夢中で敵機を逃避させる為、砲を撃って敵機を撃墜させたんだとしか思っていなかったからである。撃って撃って敵を撃退させたというより、唯敵機の狙いを外す為私は砲を撃っていた様な気がした。撃墜させるなぞ想像外である。あの盲撃の体制で敵機を四機も五機も撃墜出来たとは、これは正にフロックも甚だしい。しかしどうやらこれは事実らしく思えてきた。

私の両眼は急に輝き、

「本当ですかね、からかっているんじゃあないですか」

彼等の表情に信実性を願った。

「嘘なもんか、俺達はあの岬の一段下の陣地の高射砲隊だ。敵の目をうまくごまかして入ってきたこの船を、今日あたりきっと襲撃してくると思ってわざわざこの岩壁の穴に隠れて見張っていたんだ」

「それでどうしたんですか」

「敵さん昨日のうちこの船が入ってきたことは知ってたらしい。俺達は本部からこの船が襲撃されることを予想され、この船の援護射撃を命令されたんだ」

「そうだったんですか、この戦闘は予想されてたんですね」

「だけど俺達の陣地からここまでは、射程外でねそれで仕方なく実地検証がてらここで見物していた訳だよ。しかしわざわざ来た甲斐があった。物凄い戦闘場面にあえて、まだ俺の胸はどきどきしているよ……」

「それ程すさまじい戦闘でしたか」

「この島へ上陸して以来、あんな大編は見たことがなかったよ。たまに来ても精々ロッキーが十機か二十機ぐらいだったんだ。とにかく良い相棒が出来て大歓迎だ、今後ともよろしく頼む」

　髭面が私に右手を差し出した。

「先ず船は修理不可能、早速上陸だね。俺達は島の守備高射砲、瀬戸口小隊、俺は五十嵐《いがらし》上等兵こちらが黒田《くろだ》兵長、よろしく頼む」

　鼻髭の方が官姓名を先に名乗った。軍隊の飯を私達より遥かに多く食べている、この三年兵達はこのキスカ島へ無血上陸した最初の守備兵であった。彼等は私の手を恐る恐る握ると再び苔むす岩壁へ戻って行った。敵機は再び襲来してこなかった。

私達は一分隊、二分隊と区別して薬莢の数をかぞえた。私の一分隊が百七発、二分隊の方が僅か三十三発であった。そしてこの対戦時間はたったの二十九分であった。おそろしく長い戦闘と思っていた私達は、想像以上に短かったことに驚いた。この記録はすべて上《う》田《え》軍曹がデッキの陰から書き留めていた。彼の撃墜数は、ロッキード四機、コンソデット爆撃機小破二機だった。爆撃機は至近距離で攻撃し、アッという間に島陰に没し、しかも攻撃は島の中腹から抜けて岬へ没した。その方向へ砲を照準することは、船首に射程がかかり不可能だった。さすがに敵機も高射砲の威力を知っていて、その様な戦法を目算したのかも知れなかった。マーチン雷撃機は敵ながら全く勇敢の一言につきた。この勇敢なる攻撃で船は大破し甚大なる致命的損害を蒙った。この近海に空母を交えた敵艦隊があり、我が水上戦闘機はこれを発見して機銃を浴びせたらしい。しかし敵は逃げ帰ったらしい、この雷撃機を一機も撃墜出来なかったことは返す返すも残念であった。従って確実な戦果は島の守備砲にはなく、私の撃った砲がロッキード戦闘機四機撃墜しただけであった。

さてこの戦闘の結果、私は思わぬ竹田隊長の裏面を知ってしまった。今後小泉准尉を失って彼に追随する下士官の面々を考慮すると、私は急に或る一種の不安に身の動揺を禁じ得なかった。

守備隊の連中が続々甲板上へ来訪してきた。この島への入港が、タブーとされ諦め切っていた人々の表情は私達を見て急に意欲を燃やし誰もが白い歯を出し歓迎してくれた。中でもこの戦闘を見ていた連中は、私を取り囲み口々に私達を絶賛した。本部から戻ってきた隊長は直ちに私達に上陸を命じた。砲を取り外すと、私達は早速上陸した。湾口から見て右側の岬の頂上が海上を一望に見渡せる場所であった、だがその反面敵の目標になることはもっとも歴然としていた。陣地の位置を決め構築に必要な資材が来るまで、私達は一時テントを張って幕舎を造ることになった。一、二分隊全員、二十八名が一つの幕舎に入った時は、島全体が夜の暗闇に包まれた頃であった。真ん中に置いたストーブが本格的に石炭を真っ赤にしだした時、私達はそれに暖を取るのに各自が席の奪い合いをした。半数しか入れない幕舎へ兵全員が入ってしまったのだ。ストーブが今一つあれば幕舎も今一つ出来、充分席も取れるが何しろストーブは兵全員に一つである。私は喧々囂々と席を奪い合う有様をわきで眺めながら、雪に濡れた足許のツンドラの上に外被を敷いた。

隊長が幕舎へ顔を見せた時はそんな騒ぎが静まり、体と体を重ね合わし疲れた誰もがぐったり長々と伸び切っていた時だった。そのままでいいと言う隊長の言葉も、それが当たり前という顔で誰も威勢よく飛び起きる者はいなかった。隊長は「船は修理不能、そして今後再び船舶が入港出来る可能性は恐らくない。我々はこれより守備隊本部より給与を受け、ここに陣地を構築して守備に協力する」と言葉の中にも憂慮な感情が流れていた。船舶の入港はその言葉通りその後私達の砲が直撃を受け、そして私が島から帰る五月まで遂に一隻も入港出来なかった。

隊長は悲愴な表情で吐く言葉もどもり、私達の生命を双肩に握っている責任者の態度とは思えなかった。私は今又船の上の戦闘を思い浮かべた。私の傍らで辻本が寝そべったまま、私の顔を見て苦笑していた。彼も私と同じ思いで隊長を見つめているらしかった。注意事項が終わると隊長は私を探し求め、人をかきわけ私に近づいてきた。

「ちょっと相談があるんだが……」

蚊の鳴く様な小さな細い声で彼は言った。私は立ち上がって彼の口許へ耳を寄せた。

「栗木兵長の屍体を取りに行かねばならないが、誰に行って貰おうか」

私は一瞬首をかしげた。隊長自身が私にその様なことを命令でなく、相談してくるとは夢にも思っていなかった。昨日と変わって急な変調に私の態度もちょっと調子が狂った。

「そうですね、急にそんなことを言われても自分としては返事に困ります。何しろ皆んな相当に疲れていますからね。今晩は誰も動けませんよ」

「いや、いや、今晩ではなくて明日中で良いんだ。誰がいいだろうね」

気持ちが悪くなる位下手に出ている、しかも私の顔をまとめに見られず妙に落ち着かない。私はそういう態度は、誰であろうと無性に腹の立つ性格であった。

「誰でも勝手に命令したら良いでしょう。それが厭なら鴨田伍長でも藤田伍長にでも相談したらどうです」

隊長とその部下の会話とも取れぬ妙な雰囲気の空気が流れた。それはこの幕舎が出来上がる前感情的にあることに走っていたからだった。上陸して急に小隊の統制がちぐはぐになったのは隊長の責任でもあったが、それ以上に私の癇に障ったことは小隊にストーブが三個しかなく私達兵には一個しかまわらなかったことである。隊長と下士官は、佐藤衛生兵と石山《いしやま》軍曹付の浅井《あさい》を使いさっさと彼等の幕舎を造ってしまった。私達より古兵の観測班は、阿部《あべ》兵長の指揮でこれも又自分達の幕舎を造ると勝手にその中で休んでしまった。砲の陸揚げに真っ黒になり、くたくたになった私達分隊は残された一個のストーブで暖をとらねばならなかった。下士官や観測班達より四倍も多い私達が、その為十五名入の幕舎に二十八名が入ったのである。観測班は別でも隊長、下士官は私達と幕舎を一つにして寝るのが当然と思えた。そうすれば幕舎も結構ゆとりが出来、人間らしく枕を高くして寝ることが出来る。何故勝手にこんな処へ来てなおも差別待遇するのか、それが私の癇の虫に障った訳である。私の言葉に余計隊長は表情を曇らした。

「それがね、どうも島へ上がってから皆んなとしっくりしなくてね。上田軍曹には小泉准尉の屍体を船長と一緒に本部で焼いてもらったので、鴨田伍長と一緒に栗木兵長のことを頼んだのだが……」

「それで何といったのですか」

「何だか気分悪くして無言で帰ってしまった、まあ～石山軍曹と後でよく相談してみる。今夜は皆疲れているからゆっくり休んでくれ」

隊長は力のない笑いを残すと幕舎から出て行った。

「何だあれ……」

隊長の後姿が見えなくなると辻本がむっくりと起き上がって私に言った。

「ゆっくり休めるかどうかよくこの中を見ればわかるだろう。ドモサ、小泉准尉が戦死してしまったので頭がおかしくなってしまったんだ」

ドモサとは彼がつけた隊長のあだなである。

「おい、あの隊長頼りになると思うか……」

私の考えを辻本は先に口に出してしまった。

「それより俺達の分隊の為に死んだ栗木さんの屍体、俺達でここへ運んで通夜をしてやろうじゃないか」

「おい、おい、これから行くのか」

辻本は愕いた表情をして窮屈そうに両足を伸ばした。

「いや今夜じゃない明日さ、誰か希望者はいないかな」

私は周囲に聞こえる様に言った。

「駄目、駄目屍体運搬なんか名乗って出る奴があるかい。それに一分隊ばかりでなく二分隊からも出てもらう必要はあるな」

「それはどうしてだ」

「あの衛生兵長には皆んなそれぞれお世話になっているんだぞ」

私は彼のいうことも一理あると思い、二分隊の連中にきいてみた。だが私の言うことに二分隊は誰一人返事をする者はいなかった。私は諦めて辻本に向き直った。彼はその時、横になって手拭を顔の上に乗せねむったふりをしていた。私の左隣にいた根本が、

「俺が行くよ、あの人には義理があるもん」

彼は私の耳許で小さく叫んだ。

「大丈夫か足の方は、無理するな」

「大丈夫、もうなんともないさ」

根本の笑った顔に私は安心して自分でその段取りを考えた。今回この役目は、明日改めて私に命令されるだろう。その時になってあれこれ考えるより今段取りを決め、自分の好きな人間を選んでおいた方がいいと思った。体中がだるく疲労もはなはだしい。顔ばかり火照ってなかなかねつかれそうもない。そのうえいつの間にか私は周りの人間からはみ出されていた。私は立ち上がると狭い幕舎の中を足許に気をつけ、表へ出た。奇麗な星が島の上空に燦然と輝いていた。夜道のツンドラの上は、真綿の上を歩いている様であった。数メートル先に灯が見え、隊長達の幕舎がボ〜とかすんで見えた。私の足はいつの間にかその幕舎へ向かって進んでいた。

「入ります」

背をこごめて私は幕舎の中に入った。急にム〜とする様な暖気に外の寒気が遮断された。ストーブの傍らで事務所付と自称して石山軍曹の腰巾着になっている浅井が盛んに石炭を入れていた。竹田隊長、石山軍曹、上田軍曹、鴨田伍長、藤田伍長、佐藤衛生一等兵、浅井七名が周囲で暖を取っていた。私達と同じ幕舎でこの人数である。広々としたこの中を見た一瞬私は胸にこみ上げてくる憤りを禁じえなかった。隊長がびっくりして自分の席を少し空けた。私は遠慮なくそこへ座った。ちょうどその正面が上田軍曹の位置だった。カンテラの灯とストーブの炎の影が上田軍曹の影と交差して、後ろの幕舎の壁に大きく反映していた。誰も無言で私に視線を向ける者はいなかった。私は隊長の方を向いて言った。

「ここは七名ですね。自分達の幕舎と同じ大きさですね、自分達の方は二十八名、大部屋と個室の様な違いですね。とてもゆっくり休めたもんじゃないです……」

隊長は渋い表情で横をむいた。

「貴様、そのことを文句いいに来たんか」

上田軍曹が凄まじい形相で怒鳴った。

「文句でなく遠慮してもらいたいんです。この幕舎と合併して頂けませんか……」

「なに、勝手な口をきくな。一等兵のくせに自分の依る差別待遇の非難をするとはとんでもない奴だ」

「これは身分とかは関係ないと思います」

「俺達は貴様と違って種々な任務があるんだぞ、狭い場所で落ち着いて任務が取れるか……」

「そうですか、じゃあこの話は撤回します。だけどその為病人が出ても知りませんよ。栗木兵長殿が戦死し、これから病人が増えた場合困ると思いますが……」

私はそういいながら佐藤衛生一等兵の顔を見た。私の言葉に佐藤衛生一等兵の何か力強い意思表現の返事が、私は聞きたかった。この衛生兵は小心者で、又字も満足に書けぬ頼りにならぬ古兵であった。内地防空にいた時、いつも事務的なことやその処理は分隊の誰かに当番をつけてやらせていた。暁隊に配属して、栗木兵長が来てから益々この化けの皮がはがれ栗木兵長は偉い部下を持ったものだといって私にいつもこぼしていた。佐藤衛生一等兵は私の視線をはずし後ろ向きになってしまった。彼は最も私を敬遠している一人だった。

「そんなたるんだ奴が出たら、俺が気合をかけて治してやる。それより貴様、明日栗木兵長の屍体を運搬して来い、俺が命令する」

とうとうおいでなすった。この使役は私に回ってくるより仕方がないと思った。

「明日は皆本部へ行って留守になる。貴様に伝えようと思っていた処だ、誰か三人引っぱって明日の夕方取りに行って来い。明日の晩遅くに通夜をしてやれ、場所はお前達の幕舎だ」

馬鹿でかい声を出し上田軍曹は隊長を無視して言った。

「道順を教えて下さい」

「道順か、この山を下り海岸線と反対側の広い道路をどこまでもまっすぐ行く。そうすればすぐわかる」

わかった様なわからない様な教え方である。私が不安な顔をしていると鴨田伍長が初めて口を開いた。

「その道は舗装道路の大道路だからすぐわかる。途中トラックが通っているから頼めば乗せてもらえるぞ」

「鴨田伍長殿は、今日そこへ行ったんですか」

私は鴨田伍長がどうして知っているのか聞いてみた。「小泉准尉の死亡確認で俺と一緒に上田軍曹、鴨田伍長で、野戦病院までさっき行ってきた。俺は本部へ帰りに行って栗木兵長の屍体は都合で明晩遅く焼くことになったので、二人に頼んだのだが……」

竹田隊長が重い口で、どもりながらしゃべった。

「じゃあ、屍体は野戦病院にあるんですか」

「うむ、小泉准尉のは今晩船長達のと一緒に焼くから明日には骨になっているだろう。栗木の屍体は野戦病院の傍らの屍室にある筈だが……」

隊長が上田軍曹の顔へ視線を向けた。彼は頷き、「屍室にある、間違いない」と言った。

「わざわざそこまで行ったなら、どうして屍体を運搬してこなかったんです」

私はつい、上田軍曹に詰問してしまった。彼等は隊長に栗木兵長の屍体運搬を命じられたのにどうして実行しなかったのか。私はそれが知りたかった。鴨田伍長は顔をそむけ、上田軍曹は顔を真っ赤にして憤った。

「二人で屍体が持てるか、歩いて三十分は掛かるんだぞ」

「歩いて三十分掛かっても途中トラックが通っていることだし、手を借りて運搬出来ないことはなかったでしょう」

「何、貴様俺に文句をつける気か……」

だし抜けに上田軍曹は叫び終わると同時に拳を固めて私の顔面を張った。予想していた私は油断していなかった。首をかしげ、その前に流れてくる手首を咄嗟に横に払った。彼の右手がその余力で隣の鴨田伍長の顔面をしたたかに打った。そして二人は、はずみを食ってその場に横転した。私はその瞬間に立ち上がり、ストーブの傍らの引掻棒を握って身構えた。「待て、待て」両手を広げた石山軍曹がその時私達の間へ割って入った。「二人共、何故そんなに興奮するんだ、落ち着け、倉田《くらた》お前はもういいから自分の幕舎へ帰れ」私はその一言を潮時に黙って引掻棒をその場に投げ捨てると幕舎を出た。隊長はついに私のその後ろ姿に一言も言葉を投げ与えなかった。

表へ出て急に冷たい空気が肌にしみた。とぼとぼ幕舎へ帰る途中、私の頭の中は混乱の渦に巻き込まれてしまった。たった一日で小隊の空気が、まさに一変してしまった。そして私一人が真っ先に小隊の空気に反抗した。その結果予想通り上田軍曹と正面衝突した。こんなに早く彼と衝突するとは思っていなかった。しかし予想が的中し、これから私達分隊がどのように彼の統率力によって士気が高揚或いは低下するか、これはあまりにも問題がデリケートな為、私としてもうかつには判断することは出来そうもなかった。

私達は翌朝、雪の光で目を覚ました。この天候では敵機も来襲してこないだろう。私達は歩いて約七百メートル程先にある瀬戸口隊の者に案内され飯揚場に行った。運よく船上で知り合った五十嵐上等兵が案内してくれ色々な話を聞かせてくれた。全長四十キロ、横幅十キロ、この島の防備はおよそ七センチ野戦高射砲と二十五ミリ機関砲合わせて四十門位、その他岩壁の先端に十二センチの高角砲があると言った。五十嵐上等兵は瓜実顔の目付きの鋭い私と同年代の男だった。その眼光から時々私達を一瞬見下す態度は私は最初から彼と打ち解ける気持ちが持てなかった。その予感があたり、この男に後になって二度までも生命の危機を負わされてしまった。今は上陸早々彼の引率のおかげで無事に飯場も終わった。彼は別れ際、今夜大破した船で落ち合おうと囁いた。訳はくればわかるというだけで多くを語らなかった。私は好奇心につられて彼の意を承諾した。

本部から陣地の構築資材が入るまで、私達はこの狭い幕舎でこれから毎日寝起きをしなければならなかった。この状態は船の中のねぐらとたいして変わっていない。三々五々に固まった分隊の連中は、不満の言葉を繰り返すばかりで張り切っている者は一人もいなかった。この連中に私はこれから出てくる使役を与えることに困難を感じた。結局いつも私に共鳴する、根本、辻本、本口《もとぐち》の三人を選んだ。早夕食を終え、私達四名はまだ明るい山道を足並揃えて下った。坂の下まで来た時、背後から二人の男が私達を呼び止めた。五十嵐と黒田の二人であった。肩を並べて歩き出すと彼等は私達の行き先を尋ねた。私は船の上で戦死した栗木兵長の屍体をもらいに行くところだと言うと、黒田が、

「屍体運搬か、厭な役だなあ厭だ思い出してもぞ〜とする」

と言いながら彼は肩をすくめた。

「一回だけ俺も行ったことがあるが、怖いね、あれはまずぞ〜とするね、真っ暗なんだ、それも昼間でも真っ暗なんだ屍室という処は……」

「それでどうしたんですか……」

「冷たいパネル板の上に屍体が並んでいて、その上に白い敷布が掛かっている。その室の寒いこと、氷にドライアイスをまぜてそれをぶっかけられたように身も心も縮む思いだね」

「それから何がおこったんですか」

「白い布を着た幽霊がその中にいて俺達が行った時、その幽霊が音もなくすう〜と床に落ちて歩き出したんだ……」

左側から五十嵐が今度は話し出した。その話を要約すると次の様になる。階段からころげ落ちた我々の顔の上を白い布を着た屍体がふわふわと表へ出て行った。さらに屍体は海岸の方へ向かって行ってしまった。それを衛生兵が追い駆けた。追いついて手を掛けようとすると、その手が屍体の首先まで届いた、しかしそれ以上伸びない、何回やっても襟首まで届くがそれでいてつかまえることが出来ない。とうとう海岸から海の中をどんどん、いやふわりふわりその屍体は波の中へ姿を消してしまった。がっかりした衛生兵が戻って屍室へ入って見ると、愕いたことにさっきの男がちゃんとベットの上に寝ているんだ、あの海の中へ入った男は一体誰なんだろう。屍体の数はかぞえても減っても増えてもない。ということを大声を出して我々に話してくれた。私達はその話を聞いた時、一瞬歩くのをやめた。その時黒田が辻本の顔を見て言った。

「その男の屍体の敷布がないんだ……」

辻本の顔がその時私には蒼白に見えた。

「俺は帰る、何だか気分が悪くなってきた」

くるっと踵を返すと、辻本の姿は坂を駆け上がっていた。その後へ本口と根本が続こうとするのを私はやっと引き止めた。

「いい加減な怪談話なんかするから見ろ、皆んな浮き足立っちゃって……」

私は苦笑して彼等に言った。

「わあ……冗談、冗談、こいつは悪かったね、と言いたいとこだがこれは冗談じゃあないんだ本当なんだなあ、五十嵐」

黒田はそれでも済まなそうに辻本の消えた方向をいつまでも眺めていた。彼等と海岸の場所で再会を約束し私達は大通りを南に進んだ。途中トラックに出会い私達はそれに便乗させてもらった。目的地の屍体置場は野戦病院の隣にあり、山の中腹の完璧な防空壕だった。壕の入口に二人の衛生兵が歩哨に立っていた。

私はその衛生兵に「昨日上陸した竹田隊の者だが小泉准尉の遺骨と栗木兵長の屍体を受け取りに来た」と告げた。兵の一人に入口の中へ案内された。中は五坪位の広さで隅にポツンと机が一つ置いてあった。その上にカンテラが置いてありその明かりでその周囲だけがボ～と明るくなっていた。急に別世界へ入った様な気がした。右手に階段がある、どうやら屍体置場は二階にあるらしい。係の兵は表にいた兵に担架を持ってくる様に頼むと、私を机の前に呼んだ。

「ここへ官姓名を書いて下さい。これが小泉准尉の遺骨。二階の屍室に屍体があるから運ぶ様に、但し他にも屍体があるから間違わない様に……」

　私は彼の言われた通り名前を書き、彼からローソクとカンテラを借り受けた。根本にカンテラを渡し、私はローソクに火を付けた。係の衛生兵はそれを見ると黙って入口から出て行った。入口が閉まると、私達は急に寒さを覚えた。その寒さが又実になんともいえぬ寒さなのである。どこから風が来るのか私の持つローソクの灯が、右へ左へと揺れた。その度に私達の黒い影が入口の戸にゆらりゆらりと燃え映った。襟を立て私はローソクを左手に持つと、静かに階段を上った。コツン、コツンと靴の音だけが異様に辺りの静寂を破り大きく響いた。風は屍室の方から来るのだろうか、奥に出口でもあるのかと私は考えながら階段を上り切った。ふと傍らを見ると二人の姿がない。下を見るとまだ二人は階段下にぼんやりして突っ立ったままでいた。

「早く来いよ」

　私は普通の声で言った積りだったが、その声が意外に反響してとてつもなくこだました。私も自分の声にびっくりして再び発声することを控えた。だが二人はいくら待っても上ってくる様子がない。業を煮やした私は急いで彼の傍らへ駆け降りた。見ると真っ青になって震えている。私は無言で二人の背中へ手を当てがると二人を一気に階段へ押し上げた。左側が屍室の入口らしくドアは開いていた。カンテラとローソクの明かりでボ～と映った中の様子を見た瞬間、白い布が一条、二条すう～と私達の目前に広がった。冷たい氷の手で顔をなでられた様に体中の神経が、一遍に硬直してしまった。ぞ～とした悪寒と恐怖の為、さすがの私もちょっと目を閉じ、落ち着きを取り戻そうとした。その時「ワァ〜」という声を出して、私の手を払い退け一気に階段を駆け下りた者がいた、本口であった。彼は入口へ体をぶつけると、夢中で戸を開け表へ飛び出した。根本はその場に踏み込むと、口の中でぶつぶつ念仏を唱え始めた。

「お〜い、根本入ろう」

そういう私もいささか声が震えていた。さっきの黒田達の怪談話が私の脳裏に焼き付いており、そのことを急に思い出してしまった。私は二、三回深呼吸をして、下腹へ力を入れると入口の中へ身を進めた。どの位の広さであるか、ちょっと見当がつかない。ローソクの灯だけでは僅かな周囲しか見渡せない。白い布を被った屍体が整然として並んでいる。シーンとして全く物音ひとつしない、私の足はいつの間にか忍び足になっていた。足音を立てぬ様、私は屍体の傍らを歩き始めた。かなり広い室である、ぐるり一周して私は困惑の眉を顰めた。寝台の上には白い敷布を頭から被った屍体が十数体あった。顔がその為わからず屍体を確認するには、一人一人の敷布を捲って覗き見しなければならない。私は根本の処へ戻って、ローソクを渡すとカンテラを根本から受け取った。根本は階段下を眺めるのがやっとで、私が一声かければ一気に階段を駆け下りてしまいそうである。私はカンテラを左手に持ち替えると、無言で再び屍室の中へ引き返した。入口の方から順々に敷布を外し、顔を点検していく。私はさすがにいい気持ちはしなかった。鼻も口もないザクロの様な形相や目の玉が飛び出し二目と見られぬ奇々怪々な物凄い無残なその表情は、カンテラの灯に照らされ、私の脳裏に次々と焼き付いていく。今にも飛び上がって逃げ出したい衝動をじ～と我慢しおさえている。私の額から冷汗が流れ落ち、目に滲みてきた。やっとの思いで栗木兵長の屍体を確認した時は、もう脇の下までぐっしょり汗に濡れていた。ホッとした私は栗木兵長の屍体を抱き起こした。冷たい氷柱を抱いた様であった。まる一昼夜以上置いた屍体はすでに硬直状態に入っていた。生きている人間なら腰も曲がり、両足も屈折して楽にだき抱えることが出来る。私は硬直した状態をうっかり忘れていた。普通の人間を抱く様、軽い気持ちで持ち上げたのだ。結果は体中のバランスを欠き、私はその場へ屍体を持ち上げたまま、大きな音をたててひっくり返ってしまった。異様な音響が室一杯に木霊した。「あ～」と声にはならぬ叫び声がしたかと思うと、バタバタと物体が転び落ちる音がした。そのあとは再びし～んと以前の静寂に返り、私の足許のカンテラの灯だけが無気味に燃え続けていた。根本が階段を下りたということを、私は直感した。仕方なく私は屍体を階段口まで引きずってきた。しかしそれ以上無理せず、私は二人の応援を求めて階下へ飛んでいった。入口を出て周囲を見ると病院の入口前で根本と本口はぼんやりと佇んでいた。彼等に応援を求めたが、本口はどうしても厭だといってきかなかった。根本だけは、恐々私の後から付いてきてくれた。根本は一時の恐怖心で飛び出したが、一度表へ出て気持ちを持ち直したらしい。彼に屍体の足を持たせ、やっと表の担架まで運ぶことが出来た。根本は階段を運ぶだけでぐっしょり汗をかいていた。

屍体運搬もその様な一度別世界へ安置したものを改めて娑婆へ移すことが、いかに霊的恐怖精神的動揺を来すものか、私は生まれて二十四年目に初めて体験した。恐いというより、それは霊魂に身も心も拘束され果てしない生死の境界を歩いている様であった。昨夜、上田軍曹と鴨田伍長もきっとこの屍室を覗いた時そう感じたに違いない。軍隊の飯を余計食った彼等でも、矢張り私達と同じ人間である。生死の境界に入った彼等も根本と本口と同じ様に中を覗いただけで慌てて帰ってしまったのだろう。担架に乗せ、先棒を本口、後棒を根本に頼み、私は遺骨を胸に抱いて屍室を背に帰途についた。

第三章　消えた甘味品

灰色の空は暗雲に包まれた私達の行く手に、それでも黄昏の夕陽が僅かに西山に顔を覗かせていた。娑婆の空気を吸いながら、路を歩いていると先程の霊感の思いが嘘の様に解けてゆき、丁度坂道まで来た。担架を担ぐ二人は一息入れてお互いに肩の位置を変えた。もう幕舎まではほんの一息である。その時本口の先棒へ頭を置いていた栗木兵長の屍体が大きく揺れた。その震動で兵長の胸に組んであった両手がほぐれ、右手が下に落ち本口の頬をなでた。瞬間「ウワァ～」という絶叫を上げた。本口は二尺も飛び上がりいきなり担架をほっぽり出すと一目散に坂を駆け上った。途中一度つまずき転んだが後ろを振り向きもせず姿を消した。後棒の根本は勢い余り、後棒に足をとられ後ろへひっくり返ってしまった。本口がびっくりするより私達の方がびっくりしてしまった。再び本口が引き返しそうもないので私は根本と二人で、屍体を再び担架に乗せると坂の途中で小休止した。時計を見ると、まだやっと五時である。これから幕舎へ帰って五十嵐に会う為出直すなら、この辺りへ屍体を置いていった方が手間が省けると、私は一服吸いながら思った。傍らの防空壕が目についたので、ちょっとそこへ安置して私達は海岸へ下りて行った。

生新しい汐風が襟に入ると、急に船の中の生活が思い出されてきた。浦潮丸は三千トンの船体を大きく傾斜したまま、昨日の痛々しい感傷を残して静かに岩壁に横たわっていた。五十嵐はその船体の陰から姿を現した。私達の前を無言で先に歩くと、橋桁を渡って船の中へ私達を案内した。無残な砲撃の弾痕をくねって、私達は船底らしき処へ入った。頭の上から波の音が風に依って、遠く近くで聞こえてくる。柱にカンテラがつるされ、この一室の隅にはかなり沢山積み重ねられた大小の箱詰があった。足許には乾パンの屑や缶詰の空缶などが無数に飛び散っていた。五十嵐は柱のカンテラを外すと、その明かりで積み重ねられた箱のレッテルを確かめた。

「金花糖に蜜柑、牛缶これは栄養糖、この乾パンは海軍さん用の奴だな、これは儲けた」

彼は一通り眺めると、傍らの箱の上にどっかり腰をおろした。ポケットから煙草を取り出すとうまそうに一服つけた。私は初めて彼の目的が何であるか、わかると同時にここへ来たことを後悔しだした。根本も落ち着きのない表情で私の傍らへぴったりと体を寄せつけてきた。

「大丈夫か、この品物まさか盗みにきたのと違うか……」

彼は私の言葉を聞くと、ケタケタと笑った。その笑い声が妙に無気味に聞こえた。

「大丈夫だよ。ここにある品物は全部員数外だよ、その訳は後で話す。とにかくこの場は俺を信用してくれ、すぐこれを表へ運びだすんだ。坂の途中の防空壕へ隠すんだ」

彼の言葉は鋭い口調で私達の意思表示は顧みなかった。私が何か言おうとした時、もう彼は箱に両手をかけ肩に担ぎ上げていた。しかし彼が室から出る為階段を上りかけた時、思わずその足が釘づけになった。カンテラの明かりが揺れ、上から誰か人が下りてきたのだ。彼は慌てて、箱を下ろすと私の背後に隠れた。静かな足取りで、その男は私の前で停まった。「誰だ、」男はカンテラを上げて私の目を見た。

「あの時の砲手さんでしたか」

意外なことにその男は昨日の戦闘後、小泉准尉を運んでくれた船員だった。私の表情も一瞬の緊張がほぐれた。

「又会えて良かった。そうだちょっと待って下さい」

私は名の知らぬこの船員が、いまだに私のことを覚えていてくれたことが無性に嬉しかった。船員は何しにいったのか、慌てて室を飛び出したが彼の態度から私達の危険を感じることはなくいくらか落ち着くことが出来た。

「そういうこともあると思って君を仲間に入れたんだよ。あの船員うまく君から渡りをつけてくれ。いや君が親しければ彼も仲間に入れた方が良い」

五十嵐はさっきと違って悠然と落ち着いた様に私の前に出ていった。

「とんでもない。この甘味等盗むのに仲間に入れとは仮にも俺には言えない」

私はまだ五十嵐に自分も窃盗の仲間に入るとははっきりいっていないのだ。

「君はまだ何にも知らないからそう言うんだ。奴さん来たら俺からみんな話す。俺の話を聞けば彼も俺に賛成する、いや賛成する処じゃあない感謝すると思う。本当だよ」

彼は又箱の上に乗ると、今度はその上にあぐらをかいた。

「お待たせしました」

　船員が笑顔でウイスキーの壜とコップを持って再び私達の前へ現れた。思わぬ御馳走に私達は箱を並べ、各自が席を取ると、誰からともなく自己紹介をした。船員の名は私達の隊長と同じ姓だが字は違うと言った。同じ姓だけに私達の高射砲には何となく親しみを感じていたと言った。それに船の中では小泉准尉とは、口を利いた仲でそれ故小泉准尉の戦死したことは私達同様悔恨の涙を流してくれた。彼等は一年間輸送船団であっちこっちへ行き、その為潜水艦にも飛行機にもたえず狙われていたと言っていた。そして我々に、

「昨日の様にあんなに集中攻撃されたことは初めてでした。それにしてもよく撃ちましたね、あの攻撃の最中あれだけ撃てる高射砲なんてそうざらにはないですよ」

　私はそう言われると、身内がぞくぞくして顔中火照ってくる様だった。

「どうしても、もう一度あんたと会いたくてゆっくり話がしたいと思っていたんです」

　武田《たけだ》はコップに注いだウイスキーを高く上げ乾杯と叫んだ。私は丁度良い機会と思い、准尉がやられた時何故飛んできてくれたのか尋ねた。

「私は最初から船底をはい出し、デッキの陰からおたくの高射砲を見ていたんです。私の傍らではおたくの若い軍曹さんが記録をとっていました」

「それからどうしたんですか」

「その後キャプテン室に直撃弾が当たり上から破片が落ちてくるので、その場を移動して今度は厠の中へ飛び込んだんです」

「そのあと何が起こったんですか」

「その時は夢中で伏せていたんですが、気が付くと廁は吹っ飛んで私は丁度あんた方の高射砲の反対側のデッキへ横倒しに吹っ飛ばされていたんです」

「怪我はしなかったんですか」

「大丈夫でした。でもその時は私はやられたと思い自分で自分を諦め、ひょいと前方を見るとあの准尉さんが一人で大砲を撃っていたんです」

私は武田の話に次第に全身が前に出た。准尉の戦死の模様は、私はいくら二分隊の連中に聞いても誰も語ってくれなかった。一番身近にいて准尉の返り血を浴びた深井に聞いてみた、しかし彼はいまだに精神的なショックからたち直れず、病人の様に幕舎に寝たっ切りの状態だった。偶然にも武田がその時の状況を目撃していたとは、私にとってこれは喜びと言わねばならなかった。

「むき出しの全くの的になっていたんですから、あの分隊の人達は怖かったでしょう。皆んな観測班の階段から地下へ逃げてました」

「小泉准尉はどうしてたんですか」

「小泉准尉の背後に二、三人くっついていました。准尉さんはそれ等の人をかばい一人で弾丸を撃っていました。勇敢でしたね」

「それからどうなったんですか」

「それから准尉は直撃弾をくったんですよ。でも倒れず暫くは腹を押さえて大砲で身をささえて撃て、撃てと叫んでいました」

　聞いているうち私の瞼にもその時の准尉の勇猛果敢な姿が、はっきり浮かんできた。私が駆けつけた時、あの分隊に砲手が誰もいなかった訳がこれでわかった。いたのは鴨田伍長と深井の二人だけだった。戦闘が終わり船底から魂がぬけたような表情でよってきた彼等を今思い出すと、成程と私は頷くことが出来た。一分隊と二分隊とは位置も違い、それだけに一分隊より二分隊の方が目標になることは最初からわかっていた。今考えるとこの推定のもとに竹田隊は一分隊へ回ったとしか考えられなかった。前後左右に防備のないのを知って准尉は逸早くその防備体制として砲台の周囲に叺を積み重ねることを考えついたのだ。その叺を置くことに依って被弾を最小限度に食い止め、その置き方にも一人であれこれ苦労したらしい。私の方の分隊へその積み重ねの配慮が回らなかったのは、准尉は一分隊の為にも自らが楯になることを決心していたのかも知れなかった。私は暫く瞑目して准尉の冥福を祈った。

　アルコールの液体で私達は五体の温まるのを感じ、すっかり武田と気脈を通じ合った。武田が思い出した様に、

「倉田さん達、船に何か用でもあったんですか」

　ウイスキーが空になると、武田はその空壜を床に投げ捨てて私に尋ねた。私の代わりに五十嵐が武田に答えた。

「この島は知っての通り、無人島で植物は全然取れない。食べ物は一切内地から船で来る。

しかし制空権制海権は敵の手にあり船舶は全部途中で沈められてしまう」

「それはわかりますが……」

「倉田君達がここ何ヶ月振りかで奇跡的にこの島へ入った。しかしこれで今度は益々監視が厳しくなり、船の入港は難しくなった」

「当然ですね、それは……」

「必然的に食べ物が入ってこない。昔流にいえば兵糧攻めという処だ。俺達戦闘員は、今の処三度三度の飯は食えるがね」

「それがこの船に来たこととどういう関係があるのですか」

「そこなんだ、肝心な甘い物が不足している糖分という奴だね。そこでこの船で運ばれてきたこの甘味品だ、これは昨日本部へ運んだ残りだ。いや俺がわざと残したんだ。どうせ本部へ運べば将校だけで俺達にはまわらない」

彼は言いながら私達の表情を眺めた。

「君達は飛行場が出来れば真っ先に帰れる。だが俺達はいつ帰れるかわからん。こんな島に長くいて苦労しながら甘い物まで上の方でよろしくやられては俺達栄養失調になってしまう。ここまで言えばわかるだろう、この品物を我々でわけようと思わんか」

私は根本と武田の顔を同時に見た。二人も私と同じ眉を顰め苦しい表情をした。上陸早々、食料を猫糞する羽目になるとは想像もしていなかった。しかし考え様に依っては、この島では配給に関しては五十嵐の言い分を信用しなくてはならない。もし彼の言い分が事実とすると、食べ物の影響が如何に生死に対して重大な意義を持つか、私にもそれは良くわかる様な気がする。

「君達が猫糞することに抵抗を感じているが、それは俺にもよくわかる。しかし日数がたてばよくわかるさ。問題は俺達ここにいる人間だけがうまい汁を吸うんではない、皆んなに配給するんだ。隊全体の皆んなを救うんだ」

「それ程甘味品は配給が悪いのか……」

「悪いなんてもんじゃない、上の方にあって下の方にないのさ。勝手だよ将校は酒を飲んだり飴玉をしゃぶったりしているが俺達には飴玉の腐ったのも配給にならん」

「う〜む」

私も根本も武田も同時に唸った。細かいことを言えば、私達の小隊さえ上陸早々幕舎から差別待遇をうけている。軍隊という処は、或いはそれが本当なのかも知れない。内地防空にいた時には物質に困らず、まわりの人達がいた。軍隊というより集団合宿といった方が正しかった。それから暁隊に配属になり、私達は初めて本当の軍隊に入ったことになる。

私は意を決した。

「よし君の言う通りこの品物をわけ合おう、武田さんはどうしますか……」

「わかりました、私も仲間に入れてもらいましょう」

武田もはっきり私に同意した。根本も黙って頷いた。相談は寸時にして、衆議一決した。

私達は各自箱を担ぎ出すと、先程屍体を置いた防空壕の中へ数回にわたりこれを運び込んだ。幸い途中から雪が降り出し、山の中腹のこの崖の下の防空壕は見通しも悪く絶好な隠し場所であった。運び終え揃って一休みした時は、先程のアルコールの酔いもすっかり発散していた。帰りしな私達は防空壕の位置を確認する為、その数を数えた。この崖にそって同じ様な間隔で防空壕は九つあった。品物を隠した場所は、上から数えて四つ目であった。それは私が先程兵長の屍体を安置した時、この壕の位置を覚えていた。壕を背にして海岸を見渡しながら、根本と一服していた時も私は根本に四つ目だな、と話をしていた。しかし立ち上がって帰り際五十嵐が言った位置は、五つ目だと言うので私は自分の耳を疑った。改めて数え直すと不思議に五十嵐の言う通り五つ目であった。何か私達はお互いに錯覚した様な気分になった。明晩九時、又此処で再会を約束すると五十嵐、武田と別れ私達は再び担架を担いで幕舎へ向かった。

予定より三時間も遅れた私達の帰りを心配した分隊の連中は、本口の報告で幕舎の前をウロウロしていた。私達の姿を見ると、駆け集まってきたが別に遅れた理由は誰一人聞く者はいなかった。幕舎の中に上田軍曹を除いて隊長以下全員が、私達を待ち侘びていた。ただでさえ狭い中を超人員過剰の為、中は人息でむれ、席をはみ出した者は立ったまま顔をしかめていた。カンテラの光とストーブの明かりで中は真昼の様に明るい。指定された場所へ屍体を置き、隊長の労る声を聞きやっとストーブの傍らへ足を投げ出しホッとした。さてホッと一息ついて私は妙なことに気が付いた。それはこの幕舎の中に今運んできた屍体があるということだ。しかもそれがなんの不自然もなく、この物体に対して少しも恐怖心が起こらないということだった。さすがに明るい、しかも大勢の仲間が傍らにいるということだけで何の不自然もないのである。これは全く不思議な現象といってよかった。屍体の傍らに弾薬箱の棺桶が置いてあった。私は一見しただけでちょっと小さいなと感じた。私が入った時、かなり騒々しくあった雑音が次第になくなり、やがていつしかし～んと静かになってしまった。隊長が何かいいつけていたらしいが、それも聞こえなくなってきた。私は皆一様に栗木兵長と小泉准尉に黙禱しているものと思い、暫く瞑目していた。暖房が疲労を急激に自覚させ、私はいつの間にかその儘うとうとと睡魔に見舞われた。時間にして一時間以上私はその睡魔と時を過ごし、はっと目を覚ました時当然もう屍体は棺桶の中に納まっているものと思っていた。しかしおぼろげに私の目に飛び込んだものは睡魔に見舞われる以前と同じ状態であった。私の視線が竹田隊長の視線と烈しく交錯した時、隊長は世にも情けない表情に苦笑を浮かべると現在の状況を私の目に訴えた。私はそれを察すると矢張り起きざるを得なかった。

「辻本、お前屍体を棺の中に移せ……」

　私は幸い屍体の一番近くに陣取っていた辻本を見て言った。屍体運搬を途中逃げ出した彼だけにこの位のことをやるのが当然だと私は心のうちで思った。辻本はびっくりして私の顔を見たが、その場からずって屍体の前へ出た。そして周囲の二、三の人間に声を掛けた。

「誰か手を貸してくれ……」

彼の馬鹿でかい声が幕舎内で大きく反響した。返事のかわりに近くの人間が皆あとずさりした。

「誰もいないのか、弱ったな……伍長殿……」

彼は私に助けを呼ばず鴨田伍長に応援を求めた。その鴨田伍長も隊長の横から前へ出ようとしなかった。やれやれと私が遂に手を出さざるを得なくなった。私は覆ってある敷布を無造作にはぎ取った。一瞬ひんやりとした冷たい空気が幕舎内一様に広がった。ごくりと唾を飲み下す音が隅の方で聞こえた様な気がした。蛍光灯の様に澄んだ死顔は、外傷がないだけ余計生前より美しく見えた。私は兵長の顔を静かに抱くとその上半身をかかえた。辻本がそのタイミングを合わし足の方を持った。静かに棺桶に近づき棺桶の中に運んだ上半身を先に入れて、私が上体を起こすと辻本が両足を持ったままでいた。私の勘が当たって、下腿の中程まで外にはみ出していた。辻本は俺の役目はここまでとばかり、そこへ座り込んでしまった。私は屍体の足に力を入れて曲げてみた、あっさり曲がると思っていたがどっこいそうはいかなかった。左手で両下腿を抱き伸張してる両膝を右手で思い切り曲折したが徒労に終わった。

「桶を足さなければ駄目だ」

傍らから辻本が声を掛けたが私はそれを聞くと少々意地になってきた。最初から終わりまで私は妙な因縁で、兵長の屍体の世話をやく様に出来ていたのかも知れない。生きている人間が死者の体に触れるとその人間の寿命が三年伸びる、という話を私は心のうちの何処からか思い出した。屍体の上に馬乗りになり、両足を摑み満身の力を振り絞って曲折した。ポキンともキューンともつかぬ奇妙な音が、辺りに響き足は曲がって桶の中に無事に納まった。急に元気よく立ち上がった辻本がその上に敷布を掛けると、手際よく蓋をして釘を打ちつけた。無事に屍体が棺桶に納まったので、急に幕舎が以前の状態に戻り賑やかになってきた。

幕舎の前で大きく自動車のスリップする音が聞こえ、上田軍曹が真っ赤な童顔な顔付きを私達の目の前に現した。本部のトラックを調達してきた彼は、そのトラックに兵長の屍体を運ばせると、山頂の屍体焼場へ向かった。山の頂上で夜中から朝にかけ多くの戦死者が焼かれた。栗木兵長は二階級進級し、栗木軍曹となり永遠にこの鳴神島のツンドラ深い土の下に眠った。

翌日は昨日と同じ様に雪が降ったり止んだりだった。陣地の構築する資材がまだ入らないので私達は狭い幕舎で何もすることなく時間を過ごした。分隊の連中にとっては、退屈な時間だったかも知れない。しかし私にとっては昨日の大きな収穫の喜びで浮々していた。今晩は船に乗って以来忘れていた甘い物の味を、私は皆に味わわしてやれるのだ。その時皆はどんな喜びの表現をするか、考えただけでも私には日の暮れるのが待ち遠しかった。日が暮れる時間がきた時、私は根本と二人で誰にも内密で幕舎を出た。夜風が身にしみ積雪を踏む足先は、身を切られる様に冷たかったがその反面気持ちは何となく浮き浮きしていた。雪はすっかり上がって、星が山頂にまたたき島の遠くで野犬とも狼ともつかぬ獣の遠吠が聞こえてきた。昨日の場所にはまだ誰も来ていなかった。真っ白な雪で覆われた防空壕は入口が何処にあるか殆どわからない。根本と手分けして私達は早速穴を探しにかかった。靴の先で岩の表面をポ～ンと蹴ると、バサッと音をたて案外容易に穴の入口が発見された。一つの穴を見付けると後は楽に五つ目の穴の入口を見付けることが出来た。ホッと一息入れた時、下から武田が上から五十嵐がやって来た。無言で頷き合った私達は武田の用意した懐中電灯を先に穴の中へ入った。入口は二人位通行出来る大きさだが、中は意外に広くかなりの深さがあった。しかしその奥へ入れたはずの甘味品の桶は影も形もないのである。真っ先に表へ飛び出した根本が隣の防空壕へ飛び込んだ。続いて武田も飛び込んだ。だが品物はそこにもなかった。今度は反対側の隣の壕へ入って見た。矢張り同じ様にそこからも品物を発見することは出来なかった。大小合わせて三十数個の桶が煙の如く消えうせてしまったのだ。私達は互いに顔を見合わせ唖然と、その場へ佇んでしまった。しかし五十嵐だけは私達三人と違って、至極のんびりした表情でニヤニヤ笑ってた。彼は先程から私達と一緒に壕へも入らず、入口で佇んでいただけで慌てもせず落ち着いていた。

「これは事件の発端や、仕方ない。誰かに見られて盗られてしもうたわ」

と言って彼は私の肩を叩くと、踵を返して坂を上り始めた。

「待て……」

私は彼の背後から声を浴びせた。

「おかしなことをするな、君は知っているんだろう……」

彼は私の言葉を背で聞くと、くるりと後ろを振り向き私の表情に鋭い視線を向けた。

「俺が何を知っているんだ。俺が盗ったとでも言うのか……」

彼は言いながら私の前まで近づいた。

「船の中の連中の誰かに見られていた、きっとそいつ等が盗ったのに間違いない。俺を疑うなんて飛んでもない」

彼の言葉に武田が慌てて相互の中に割って入った。

「船の連中には私から話してあるから、そんなことをする者は一人もいない。これは私を信用して貰いたい。誰か他の人に見られたのと違いますか」

他の人間に見られたといっても、昨日はあの運搬の最中かなりの雪が降り、それに海岸から見通しの悪いこの崖の下である。我々は誰にも見られずに運んだことには確信を持っていた。

「折角俺がお膳立てして、やっと事をうまく運んだのに骨折り損のくたびれもうけとはこのことだ。倉田君は俺を疑っているらしいが何か証拠でもあるというのか……」

「いや証拠というものはないが、どうもさっきから君一人がいやに落ち着いているのでね」

私にはどうしても彼の態度から品物を他へ隠したと思えてならなかった。品物がもう壕の中に無いことを知っている彼の態度は、武田にしても根本にしても私の考えと同じだった。だが証拠といって反論されると、かえって弱くなるのは私達で、五十嵐は私達の当惑な表情に薄ら笑いを投げかけると、そのまま後ろを見向きもせず、さっさと帰ってしまった。

「畜生、奴にきまっている。とんでもない奴だ」

根本は腹から絞り出す様な声で喚いた。武田も唇を噛むと、とにかく今一度五十嵐に会って何としてでも彼の口を割らそうと言った。見す見すあの品物を彼一人に盗られて黙っている手はない。私も話し様によっては、彼の条件を少しでも聞いてやればある程度の品物が返ってくるのではないかと考えた。とにかく彼に会って話し合おうと私達は彼の幕舎へ足を向けた。

瀬戸口隊は私達幕舎より東南に五百メートル離れた処にあった。高射砲陣地と幕舎の中間の待機所にいると幕舎の兵隊に聞き、私達は深く掘った通路を通って待機所の入口までやって来た。ここへ来るまで私は五十嵐に対して心の奥底から深い憎悪な気持ちはなくなった。この島にいて敵を作ることは、損はあっても益にはならぬと思い、品物は諦めた方が良いとさえ考えが変わっていた。だが武田は私と逆に次第に顔色まで紅潮し、裏切られたというその行為に対してあくまでもその非をあばくという気迫に満ち溢れていた。根本は何事も私に一任し、唯黙々と私に従っていたが、私には彼も多少興奮していることがよくわかっていた。私より先に武田がノックもせずいきなり入口の戸を開けて中へ入った。仕方なく私は一番後ろからゆっくりと入ると静かに戸を閉め中の様子を見た。中央のストーブが真っ赤になって燃えていた。室内はパンネル板で囲い、ストーブの周囲はベンチになっていた。腰を下ろしていたらしく黒田と五十嵐の他に見知らぬ三人の一等兵の顔があった。私達がだし抜けに入ってきたのでびっくりして皆一斉に立ち上がった処であった。ベンチの上には蜜柑の缶詰が数個置かれてあるのが目に映った。武田がいきなり五十嵐に向かって口を切った。

「品物は何処へ隠した、きたない真似はするな……」

彼の言動は興奮の為震えていた。五十嵐は咄嗟に武田の心理を覚ると慌てて、足許にあった蜜柑の桶を靴先でベンチの奥へ押し込んだ。根本がそれを見ると腰を落として桶に手を掛けたが、手が届かぬ先に黒田の足が早く根本の肩先を力一杯蹴った。

根本はストーブの傍らへ両足を上げ仰向けにひっくり返った。瞬間パチンと大きな音をたてたと思うと、私の右手は黒田の頬を殴りつけていた。返す手の甲で五十嵐の頬も強く殴った。黒田は頬を片手で押さえて後ろのパンネルの壁にドスンとにぶい音を立てると、その場に崩れ落ちた。一瞬の気勢にのまれたのか、他の三人はポカンと突っ立ったまま唖然とそれを眺めていた。

「乱暴はよせ、話せばわかる」

黒田は立ち直るとベンチに腰を掛け直し私に言った。

「乱暴はどっちが先にしたんだ、根本怪我はなかったか……」

私は傍らにもう立ち上がってズボンを叩いている根本に尋ねた。別に怪我はなかったが咄嗟の失態を恥じる様な眼差しで苦笑していた。

「話せばわかる積りで来たんだが、君の方から先に手を出すから仕方がなかった」

私は尚も靴先で桶を隠そうとする五十嵐に注意を向けていた。五十嵐は動作を止めて私に答えた。

「俺が盗ったという証拠を見せろ」

彼は隙があったら私に飛び掛からん姿勢で立ち上がっていた。私はベンチから蜜柑の缶詰を一個手に取ると、開いている蓋を大きく広げ中の露を吸った。

「証拠、証拠というが、一晩中あの壕の前寒空の中を番人していられるか。ここにある蜜柑の缶詰は本部からの配給なのか……」

私は言いながら又口をつけて飲もうとした。その隙に五十嵐が私の首をいきなり絞め付けた。私は缶詰を放り出すとその手を逆にねじ上げた。

「アイテテ……アイテテ……」

悲鳴を上げて五十嵐は体をねじ曲げた。暫くしてから、一瞬力を緩め彼の体が私の目の前に戻ってきた処を思い切り二つ、三つ彼の顔をぶん殴った。

「わかった、わかった。手を離してくれ……」

彼は泣きそうな悲鳴を上げると私に哀願した。

「まあそう憤るなよ、静かに落ち着いて、落ち着いて……」

黒田が飛んで来て止めたが彼の方が余程慌てていた。それは止めに入る前ストーブにつまずいて一度ひっくり返ったからだ。

「話は俺も五十嵐から聞いて知っているが、勿論俺は第三者だから何も知らん。しかし盗まれたことは確かで五十嵐が、がっかりして帰ってきたので今日配給になったこの缶詰を開けていた処なんだ」

彼はそう言うと、突っ立っている三人の男にそうだなと相槌を促した。三人は一様に黙って首を縦に振った。

「今日配給になった、おかしいね俺達の方は全然配給がなかった。いい加減な嘘はよせ……」

「いや今日じゃあなかった、君達が上陸する前配給になった物だ」

「俺達が上陸する前か、苦しいいい訳だね。この桶に一体缶詰は幾つ入っているんだ。少なく見積っても百個以上は入っているはずだ」

「いやいや、これは特別配給でね。五十嵐お前も何とか言えよ、貴様のことじゃあないか。俺からいい訳することはないんだぞ」

黒田は自分自身に八つ当りすると「俺は帰る……」と言ってさっさと待機所を出て行ってしまった。三人の男も黙って彼に続いて出ていった。しかしさすがに五十嵐は出て行きかねた。もうすっかり意気消沈し顔色も蒼白になっていた。だがさすがにしぶとく最後まで私達が幾ら詰問しても「知らん、俺は知らん」の一点張りで押し通してしまった。強情な奴と思ってみたりしたが、何よりもはっきりとした証拠のないことでついに私達は諦めるより仕方がなかった。最後に私は五十嵐に念を押して言った。

「俺達はまだ島へ上がったばかりで島の様子は全然わからない。君のいう通り島の配給で甘味品も上の方ばかりで下の者になかった場合、俺はきっと隠した品物を捜し出すぞ、君の方へも絶えず注意しておくからな……」

私は興奮のさめやらぬ根本と武田を促して待機所を出た。折角の機会もこの様な思わぬ結果になろうとは思わず、あっけない程昨夜の苦労が水の泡となってしまった。しかし私は甘味品を猫糞する羽目に至らずホッとした気持ちに救われた。

第四章　喜びと悲しみ

上陸してもう四日目になる。さすがに窮屈な幕舎にうんざりしてきた。我慢して寝ているよりむしろ体を起こしていた方が楽である。ストーブの傍らでは熱すぎる、といって離れていては寒い。どっちにしても人間の寝床とは言えなかった。遅く帰った私と根本の寝る場所もそんな状態で無理をして寝ている者をどかしてまでも場所を造ることも出来なかった。ストーブの傍らの者が、その特権をとる反面不寝番の役目についた。私達はその不寝番の傍らへそっと割り込み、中膝ついてついに夜を明かしてしまった。

翌日本部から陣地構築の材料がトラックで運ばれてきた。我々はツンドラ地帯にみられる北方系の植物の深い根を二尺五寸も掘り起こし、二メートル近い穴を掘った。一尺近い角材を十文字に四本組み、土台を造りボルトを差し込みナットで締めた。その上に高射砲を載せて棒台を造った。棒台の広さは、おおむね直径約六メートル、深さ一・五メートル。手頃なハシゴを造り、それで棒台の外に出られる様にした。一分隊と二分隊の真ん中に溝を掘り、その中央に待機所を造った。陣地から約十五メートル離れた処へ、我々兵だけが住む地下壕の幕舎を造った。すべてこれはパネル板が材料であった。大工の細井《ほそい》が総指揮に当たり、出来上がるまで約一週間かかった。隊長、下士官と観測班の幕舎壕は矢張り我々の近くに造った。しかし完全に別世帯になってしまった。その間天候は毎日雪が降ったりやんだりとはっきりしない空模様であった。その間に一回だけ我々は空襲を受けた。そしてその空襲で私は悲しみを受けねばならなかった。

陣地がすっかり出来上がった五日目の朝雪が上がり、幾らか曇空になった頃、珍しく私の許へ武田が遊びに来た。土産に牛缶を手に持ってきた。彼は意外に元気であった。あれ以来彼は本部近くの防空壕の中で毎日を送っていた。その壕は山の中にあり、完璧な防空壕であった。たとえ百キロの爆弾が、何十発と落ちてもびくともしない壕であった。穴は至る処無数にまるでもぐらの穴の様にあり、しかも中に電灯線が張りめぐらされ昼をあざむく明るさであった。身の安全が落ち着くと矢張り人間の本能で次に来るものは食糧である。彼とて本部の給与は良くなかった。いやむしろ非戦闘員の為、その給与は我々よりひどかった。牛缶の缶詰一個持ってくるのも大変なことだった。今にして思えばあの隠した甘味品があればなぁ～と繰り返し残念がっていた。あれから十日近くたっても、我々が生命がけで運んだ甘味品は全然我々に配給にはならなかった。返す返すも残念だった、と私も彼の気持ちを察し心から慰めた。しかし私は未来永劫に諦めた訳ではなく、落ち着いたらきっと探し出して報せるからと、帰る彼を途中まで送っていった。

丁度坂の途中まで来た時、突如けたたましく空襲警報のサイレンが鳴り響いた。私は彼と急いで坂の上まで引き返した。海の向こうを見ると直線距離にしてすでに五、六メートルと近づいてくる重爆の大編隊が目に映った。私は武田の袖をつかむと、隊へ連れて行くべきと考え彼を促した。しかし彼は咄嗟に私の手を振り払い、一目散に坂を駆け下り姿を消してしまった。私は彼の後を追ったが、彼が崖の下の防空壕へ入った様子に一安心して再び坂を一気に駆け上り陣地の中へ飛び込んだ。

砲身の上の覆いを辻本が取り除くと私の顔を見て「俺が一番乗りだぞ」と怒鳴った。木《き》田《だ》が矢張り一番最後にのこのこと待機所の通路からやって来た。敵機の直線距離は約三メートルはあるだろう。航路角は約二八〇〇、直線は外れている。しかしそのコースは武田の入った壕の位置を示す。そして海岸の飛行場の位置にも当たるから、或いは敵機の目標は海岸の飛行場かも知れぬ。私は棒台にある弾薬倉庫から手早く数個の弾丸を弾列に七秒で切らした。観測班から阿部兵長がメガホンで「高度二千、直線距離三千、航路角二千六百」と怒鳴る声が聞こえた。その時竹田隊長が藤田伍長と一緒に鉄兜の紐を締めながら飛び込んできた。砲の右側の座席の辻本が方向を眼鏡《がんきょう》で機を捕らえる。左側の座席の福《ふく》井《い》がこれも眼鏡で高度の機を捕らえる。右側の転輪で方向を追い左側の転輪で高度を追う。高度の砲手の隣は施形盤に目盛りがあり、高度が移る度に針が指針する。その隣に円形盤の羅針盤があり同様に移動する度に針がこれも指針する。前者が高度計砲手で後者が航速計砲手である。係の砲手は指針の位置をそれぞれ答える。右側の方向転輪は砲座の下に〇から四千八百の目盛りがあり、砲の真下にいる砲手は方向転換に依ってその位置を目盛りで追って指針した処を答える。これが航路角である。即ちこれが高射砲の三元高度航速航路角である。しかしこれは直線距離がすべて五、六千以上の話で、至近距離にはこんな原則に基いて信管を切っている時間がある訳がない。至近距離では、すべてが肉眼で目標の機を捕らえ砲をある程度機の前方へ方向を置き、目算して発射するより他に道がなかった。「直線距離、二千五百、二千」と観測班からの声が次第に早くなってきた。一編隊、二編隊とみるみる内に重爆の胴体が大きくなってきた。弾丸はすでに込めてある。隊長は私の背後に隠れると、「早く撃て、早く撃て」とどもりながら叫んだ。榴縄《りゅうじょう》を打った木田が力一杯榴縄を引いた。しかし水平に引かなかった為不発に終わった。もうその時は島の各砲隊から敵機目がけてポ～ンと弾丸が破裂する。益々木田が慌てて、二度、三度不発を重ねた時、私は木田の左腕をつかむと後ろへ突き飛ばした。「伍長、かわってくれ」というより早く藤田伍長がさあ～と榴縄を打った。ズドンと音がして閉鎖機が、ガク～ンと戻ると薬莢が飛び出す。移動する度にぞろぞろ砲手が砲と共に移動する。船の上と違って間隔があるので、今度は支障をきたさなかった。しかし十数発撃った時、撃った後に砲がぐらりと傾いた。砲笠の土台がぐらぐらしてきた、だが今はそんなことにかまってはいられない。最初の編隊がさあっと飛び去り、次の編隊へ狙いをつけると、またたく間に五、六発撃った。その間弾丸を込める時だけ閉鎖機を見て敵機から目を離さなかった。弾丸の行方を私は確認したかったのだ。弾丸はヒュ～と音をたてかすかな白い弾道を描くと、敵機に向かって飛んでいくが全て敵機の位置よりだいぶ離れていた。

「眼鏡をはずせ」

いきなり私が怒鳴ったので方向の眼鏡を覗いていた辻本と、高度の眼鏡を覗いていた福井がびっくりして目を眼鏡から離した。私は方向を閉鎖機へ両手を当て目標をつかむと、高度を思い切り転輪で下げた。藤田伍長の顔を見た瞬間、彼は思い切り榴縄を引いた。弾丸は心無しか一直線に唸りをあげて編隊の真っ只中へ飛び込んだ。一瞬、バア～ンという一大音響がしたかと思うと、真っ赤な火が飛び散り物体が木っ端微塵に空中へ飛び散った。直撃弾命中で敵機は見事に空中分解したのだった。物体の破片が我々の頭上に落下してきた。さすがの私も弾丸を込める動作も放心状態で唖然としてしまった。落下してきた物体の破片が機銃掃射だと思ったのか、隊長以下砲手弾列の大部分の連中は皆地上に伏せてしまった。

辻本が大声を上げて叫んだ。

「落ちたぞ、落ちたぞ」

シュシュシュー、ヅシンヅシンと爆弾の破裂する地響きの音に誰も起きて顔を上げる者はいなかった。私はふと海岸に目を向けて見た。もうもうと高く黒煙が打ち上がり、その煙は海岸を一面に埋めていた。パチパチという火の跳ねる音と交って線香花火の様に瞬間的に光が輝く。海岸にある飛行機が一機、二機と燃え上がっていた。小さな人間が駆け集まり、あるいは駆け散りその黒煙の中を右往左往している様が手に取る様に見えた。ついに残っていた六機の零式下駄履き戦闘機はこの爆撃の為、煙と化してしまった。方向探知機が今日皮肉にも故障の為役に立たなかったことは返す返すも大きな損失であった。しかし私は自分の分隊が確実に空中分解させたことを何よりも大きな特筆すべき戦果と喜んだ。

そしてそれと同時に急に武田の入った防空壕のことが気になり出した。爆弾の跡は武田の入った壕の上空を通過して飛行場を襲った。私はハシゴから棒台へ飛び出すと夢中になってその壕の方向へ走った。坂の頂上まで来た時、そこに四メートル程の大きな穴があった。しかしそれから続いて崖の下には爆弾の跡は見られなかった。海岸辺りには無数にあるが崖の下の防空壕は一番上の壕だけが、その直撃の為潰されていた。急に胸騒ぎがして動悸が激しくなってきた。武田と呼ぶ声がかすれてきた。穴の中へ駆け込んだ。そして私はそこに足首から取れた彼の靴を片方発見した。彼のたった今まで履いていた靴である。やられたか、一瞬胸の動悸が止まった様な気がし、頭に一撃受けた様にくらっとした。夢中になり穴の周りを探した。そして外へ飛び出すと声を嗄らして叫んだ。だが返事もなくその他の物は、肉塊一片も発見されなかった。何十遍となく、私は穴の周りと崖の道を上がったり下がったりしていた。何回となく歩いているうち、武田の僅かな遺留品でも落ちていないかと、最後には防空壕の中まで入ったり出たりした。すると不思議なことに私は気が付いた。急に私は防空壕の数を数え始めた。確か九つであったはずだ、今一番上の壕が直撃を食らって埋まってしまったので残るは八つである。しかし壕の数はいくら数えても七つしかないのであった。私は或る直感を感ずると、急いで下から四つ目と五つ目の中間を掘り始めた。その時、私はパネル板で穴がふさがっているのに気が付いた。急いでその板を取り除くと、私の目の前に穴が口を開いた。入口をかき分け中へ入ると、案の定中には甘味品の箱がずらりと積んであった。私達が壕を背にして海岸に向かって一休みしている間に五十嵐が手早く入口をパネル板でふさいでしまったのだ。彼の計画が、今やっとわかった。それにしてもあの僅かの隙にこの入口を上手く塞いでしまった、彼の手腕もたいしたものである。今ここを見付けたのも偶然の一致で、或いは武田が私を導いてくれたのかも知れない。私は再び壕の入口を埋めると、一日も早くこの品物を外へ移そうと決心した。武田の片靴を傍らの壕の中へ埋め、私は静かに合掌した。

その日の夕方本部から竹田隊の報告が確認され、月桂冠が一本配給になった。酒の好きな私はおおいに飲んだが、酒の嫌いな者はがっかりした。尤も酒の飲める者は分隊では、私の他三、四名でがっかりした者の方がはるかに多かった訳である。しかし私はその反面甘味品がこれからその連中にも分配してやれると思うと飲む酒も余計にうまかった。その夜ぐっすりと皆んなが寝静まった真夜中、私は一人で甘味品を取り出すと夜明けまでかかり、こっそりと崖から反対側の蛸壺《たこつぼ》の中へ品物を隠した。

第五章　ツンドラの決闘

奇襲攻撃に備えて私達は翌日から一応は昼間は待機所で待機する様になった。敵機の空襲は悪天候の時だけは姿を見せなかった。一月も終わりに近い今日この段になっても甘味品の配給は全くなかった。島の生活にも少しは慣れた。私が配給する甘味品が皆んなの慰めとなった。本部からの給与はひどかった。尤も私達が上陸以来一度も内地から輸送船団は入港してこなかった、いや入港出来なかったのである。途中まで来て撃沈された状況を私達は上陸後一度だけ聞いたことがあった。しかしそれ以後は全く完全なる無能力な離島である。いや島流しかもしれない、給与も本部にある倉庫だけが生命である。話を聞けば、甘味品は将校達は食べていると言う噂である。

戦死者が出るとその墓にボタ餅が備えられる。兵は墓の傍らに隠れていて、供えられると同時に先を争ってこれを奪い取ると聞いていた。そしてそれ等を将校達は見て、甘から乞食と言って笑っているそうである。私達の一、二分隊も全く隊長、下士官とはっきり分立してしまった。隊長達の世話は以前からのこと、石山《いしやま》軍曹の腰巾着の浅井と佐藤衛生兵がしていた。配給も、もちろん我々とは別であった。私は時々、浅井達が配給になったらしい飴玉をしゃぶっていた処を見たことがあった。本部からの配給は総てこの二人が行い、彼等で分けていたことは事実であった。この様な煩雑怪奇な日常を送る我々分隊は、私の配給を得て完全に独立化してしまったのである。私は甘味品の配給には総てその係を辻本に一任していた。そして自分の分も同じに配給を受けていた或る日、雪が降ろうか降るまいかと迷っている様などんより曇った朝のことだった。砲の手入れをしていた時、木田が昨日の配給の金花糖をポケットから出して食べ始めた。丁度そこへ運悪くも上田軍曹が珍しく顔をみせた。気付かずにいた木田が、うっかり食べている処を彼に見付かってしまった。上田軍曹はいきなり木田の傍らへ飛んで行くと彼の手からそれをひったくり、この品物は一体何処から配給になった物だと詰問した。黙ってポカンと口を開けて返事をせぬ木田の顔を彼は、二、三度往復ビンタを食らわせた。皆一斉に砲の手入れを止めて、私の傍らへ集まった。私はゆっくりハシゴを登り掩体の許へ出ると、ポケットから金花糖を出して上田軍曹に見せびらかす様に食べ始めた。し～んと異様な空気がその間流れた。無言で私の傍らに近づいた上田軍曹は私の手許から金花糖を抜き取ると、私の目の前に落とした。

「何処から配給になった」

と鋭い光る目付きで言った。

「さあ何処からですかね」

私はとぼけて又ポケットから金花糖を出すと口に入れた。

「いい加減にしろ、言わぬと痛い目に遭わすぞ」

彼の右手はしっかりと握られ、細かく震えていた。

「殴るんですか。どうぞ、しかしこれを食べてから殴られましょう、どうせあなた方みたいに始終うまい物は食べられない栄養失調なんですから」

私は皮肉たっぷりに言った。「なに……」と上田軍曹がいきなり拳を固めて打ってきた。私はひょいと背を低めてよけると、右足で彼の片足を蹴った。前に流れてくる彼の背中を見ながら私は言った。

「自分達さえ良ければ我々はどうなってもいいのか、訳のわからぬことを言うなら明日から俺達に代わって大砲を撃って見ろ。上官面して兵ばかりひっぱたいて何が面白い」

彼は上体を直しながらそれを聞くと「生意気なことを言うな」と再び飛び掛かってきた。私はがっちり彼の右手を左手で捩じ上げると、右手の平で左右に彼の頬を思い切り叩いた。パシンパシンという気持ち良い音が辺り一面に響いた。船の中で私は理由もなく殴られた時のことを思い出すと、むらむらと新たなる憤慨が爆発した。持っていた左手を思い切りたぐると、私は右手を握りしめ勢いよく彼の顔面を殴った。パッと私の顔に冷たい霧が飛び散った。「アッ」と言って両手で顔面を覆った。彼はそこへ長々と伸びてしまった。物音を聞いて鴨田伍長が幕舎から飛び出てきたが、上田軍曹の傍らで唯うろうろするだけであった。私は腰から手拭いを出し、顔と胸についた血を拭き上田軍曹の傍へ寄った。彼の覆った両手の間から悔し涙と血とが一緒になり濡れていた。私は彼を助け起こし、鼻血を拭いてやった。彼には再び抵抗する気力は失っていた。

「殴られて一体どんな気持ちがしました。余り良い気持ちじゃないでしょう。甘味品は誰だって欲しいんです。兵に配給なくあなた方だけに配給があるのは一体どういうことなんです。甘い物がなければ、我々だって死に物狂いで大砲を撃てませんよ。私がかっぱらってきて皆に分けているのが気にいらないなら、これから物は公平に分けて下さい。兵だって人間です。どうして区分けするのか文句があるのは私の方だ」

私がまだ後から言葉を足そうとしたが、上田軍曹はやっと鴨田伍長の肩を借りると「わかった、わかった」と言って幕舎へ帰ってしまった。

私はその後ろ姿を見送ると、言い知れぬ寂しさと悔恨の思いでジ～と自分の拳を眺めるのであった。待機所へ入った私はまだ色々と上田軍曹に言うべきことがあった。これも言いたかったと一人回想していた時、観測班長の阿部《あべ》兵長が顔を見せた。彼とは上陸以来であった。船の中ではよく花札をやった仲であった。

「おい、とうとうやったね」

彼はニコニコして私の傍らへ来ると、腰に両手をあてると大口を開けて笑い出した。

「愉快、愉快、見ていたよ。坊ちゃん軍曹が鼻血を出してぶっ倒れた処をね」

私は赤面して顔を横に背けた。彼は酒を飲まぬ大の甘党である。昨日も私は彼の方にも甘味品を届けてやった。

「竹田隊長始め下士官は全くなってないね。実は俺も機会を狙っていたけれど、一寸俺にはあの真似は出来ない。古川《ふるかわ》がよく言っていたよ。竹田隊に骨のある奴がたった一人いる。その名は鞍馬天狗まさしく、倉田は鞍馬天狗だね」

古川は浅草生まれのチャキチャキの下町っ子、威勢の良い事では観測班一である。私とはよく北海道で一緒に飲んだ仲であった。阿部兵長の言うことを聞いていると、何を言い出すか訳がわからなく私はいい加減にあしらって幕舎へ帰った。だがそれから数時間後、私には再び大きな災難が待ち構えていた。その日の夕方、飲料水を汲みに行った根本が慌てて帰ってくると、興奮して私の処へ報告した。

彼の話を聞くと、陣地から約三百メートル離れている処に大きな溜池があった。私達は飲料水はそこから汲んでいた。当番に当たった根本と木田が、池へ水を汲みに行った。二人は水を汲み終えると、池の上に張った氷の上で幾人かの兵隊が手製で造った下駄のスケートを履いて滑っているのを暫く見ていた。木田が又その時、金花糖を出して食べ始めた。滑っていた一人の兵隊がそれを見付けると、木田の処へ来て何か話し掛けた。離れていた根本が、それを見てびっくりした。瀬戸口隊の黒田兵長である。根本は慌てて、桶を持って夢中で逃げ出した。暫く駆けて後ろを振り向くと、黒田に盛んに聞かれていた木田が黒田と離れて戻ってきた。根本に何を聞かれたかと尋ねてみると、案の定金花糖のことを詳しく聞かれた。そして自分の分隊では、倉田が色々な甘味品を一週間に二回は分けてくれると皆黒田に喋ってしまったと言った。根本は木田の長い間のぬけた顔を見て「この馬鹿野郎」と怒鳴った。黒田に知れれば当然五十嵐にも知られる、出来れば知られたくなかったが知られてしまった以上は仕方がない。やがて彼等からの呼び出しを覚悟せねばならない。その傍らで聞いていた辻本が心配顔で、

「大丈夫か、阿部兵長に加勢を頼もうか」

と、言ったが彼は俺も一緒に行くとは言わなかった。私は笑って頷くと「一人で大丈夫か」と再び聞いた。利己主義で、いざという時には上手く逃げる彼の性質である。周りにいた分隊の連中も甘味品の出処は大半知っているので、一瞬し～んと殺伐な空気が室一杯に漂った。だが誰一人として私に声を掛ける者はいなかった。日が暮れて私達は幕舎で夕食を終え、ツンドラの根っ子を刻んで乾かし煙草の代わりに一服していた時、瀬戸口隊の兵隊が私を呼び出しに来た。何時か待機所で見た顔である。私は黙って彼の後から表へ出た。月も星もなく、外は真っ暗である。又山の遠くであの妙な獣の遠吠えが聞こえてきた。ツンドラの上をふわりふわり歩く私達の影は全くなかった。道が急に傾斜になって前方の池がかすかに薄くぼんやり映り、その中からボ～と五つの黒い影が目に映った。その中の一番大きな影が黒田だと直感した。私は用意してきた帯剱のバンドを、しっかりと右手に握り締めた。暗闇に慣れたかすかな黒い影が、紫色の水面を近づいたかと思うと、その内の一人が棒の様なもので私を打ってきた。話し合うことは無理だと、最初から覚悟をしてきた私も油断はしていなかった。飛鳥の様に左へ飛ぶと右手のバンドを横に振った。ピシュと痺れる感覚が上肢から胸元まで走った。瞬間私は右に左にと黒い影を飛んでベルトを振り回した。あっちこっちから「アッ」と言う叫び声が飛んだ。私が横飛びに丘の上に留まると、ビリッと言う布の裂ける音と同時に横腹へ刃物が飛び出してきた。咄嗟にそれが銃剣だと直感すると後ろへ手を回して取ろうとしたが、相手は失敗したとわかると素早く刃物を引き体ごと私に体当たりしてきた。思わず前へ四つん這いに倒れた私の上から「死んで仕舞え」と言う五十嵐の声がした瞬間、私はゴロゴロと体を二、三回転がした。濡れた雪の滴が襟元へ砂と一緒に入った。五十嵐が姿勢を直すより早く私は彼の足許へバンドの一撃をくれた。仰向けに倒れそうになった彼の腰めがけて、私は片足を上げて彼の腰を蹴った。「畜生」と言いながら今度は黒田が右から私に銃剣をつきつけてきた。私がバンドを振ると、銃剣がバンドにからまり彼の手から離れると、暗い空中に舞い上がった。私は慌てて彼の襟首をつかむと、力一杯彼の顔面へ鉄拳をくらわした。五十嵐が私の足許へからんできた。靴の踵で体の腰を蹴り上げると「ウ～ム」と言って彼は動かなくなった。黒田は顔面を両手に当てて蹲《うずくま》ったままだった。よく見ると辺りに人影はなく後の連中は何時の間にか逃げ去ったらしい。一息入れた時「大丈夫か」と言って根本と本口がそこへ姿を現した。何時の間にか闇に目がなれた私は、上着の脇の下へ手を当ててみた。親指が入る位の穴がそこに開いていた。瞬間、ゾウ～と寒けを覚えた。根本と本口に手伝わせ、倒れていた二人を助け起こした。

黒田の顔は鼻血で真っ赤になっていた。五十嵐の顔には額から頬にかけて一筋のみみず脹れが残っていた。私達三人に囲まれると彼等はもうすっかり観念したのか、がっくり首を垂れ大きく肩で息をしていた。私は二人の前へかがむと「大丈夫か」と言って彼等の顔を覗き込んだ。

「参った、完全に参った。もうどうにでもしてくれ」

　彼の捨て鉢な言葉を聞いて私は、

「君達は俺を殺そうと思ったのか、さっきは危なかった。そう一寸の差で俺の土手腹に風穴があく処だった。しかし何も俺を殺すことはないだろう。確かに俺は君が隠した甘味品を取った、だがこれは君達が俺達から取ったのと違うか、俺は最初から君達の仕業だと睨んでいた。俺は君達を殺す程恨んではいない」

　彼等は無言で聞いていた。続けざまに私は言った。

「俺は君達が盗ってても君達が話し合いに来れば分けてやる積りでいた。でも君達は実際卑怯だよ、そう思わないか。内地から遠く離れてこんな離れ島へ来て、お互いにこんなつまらないことで殺し合って、国で待っている両親が聞いたら嘆くぞ」

　私は立ち上がりながら言うと、彼等も同じ様に立ち上がって、私が何もしないとわかると、彼等は兜をぬいで私の前に頭を下げた。

「悪かった、全く悪かった。君の言うことは何でも聞くよ。助けてくれ」

　その声は本当に敗者の切実な偽りのない叫び声であった。

「謝ってくれるか、有難う。綺麗に水に流そう。怪我はなかったか、とにかく俺達には飛行機を墜すと言う任務がある。たとえ俺達の上官が面倒を見てくれなくても俺達は自分の任務を果そうと、お互いに体だけは大事にして今後は仲良くやっていこう」

　私がここまで言うと、流石の二人も急に鼻水を吸って「わかった、わかった」と言って私の手を握り締めてきた。良かったと、私は急に胸の重りが降りて軽くなった。矢張りこう言うことは、とことんまでやらなければ解決しないと思った。憎しみのある彼等であっても、今こうして詫びる姿を見ると、今言った私の言葉は嘘では無かった。何か急に彼等にしてやりたくなってきた。私も結構愛の慈善者であるのかも知れない。

第六章　陣中慰問

或る考えが私の頭に浮かんだ。

「どうだろう仲良くなったついでと言うのは可笑しいが、一つ君達の幕舎で盛大な演芸大会をやらないか。俺の方でその時甘味品を君達に寄付するよ」

私の突然のこの案に彼等はびっくりして顔を見合わせた。暫く考えていたが、

「そうだな、今皆んな意気消沈している時だから、皆んな大喜びだと思う」

黒田の顔が急に生き生きとしてきた。話が決まって明日の晩六時から瀬戸口隊の幕舎で、それを行うことに決めた。時間が来たら誰か二、三人私の処へ迎えに来る様に言って私は彼等と別れた。

幕舎へ帰ると皆一斉にはね起きて私を迎えた。無事な私の顔を見て皆ホッとしたらしい。辻本が何か聞くのを根本と本口が盛んに説明をしようとしたが、私はそれ制して皆に言った。

「実は今瀬戸口隊へ呼ばれて明日の晩六時から演芸大会をするので私に来てくれと招待された。皆んなどうする」

辻本は、「可笑しいね、話がうますぎるけれど、本当にそういうことなら嬉しいね」

彼は分隊一の芸人である。演芸大会は何時も彼の独壇場であった。

「招待されるのだから先方へ行けば、何か甘味品が出るらしい、たまには騒がないと英気が養えないと思うが皆んなどうする」

私の言葉に一同手を挙げて賛成した。やっと幕舎の中も騒がしくなり和やかな雰囲気が流れ始めてきた。その夜私は秘かに甘味品を壕から取り出すと幕舎の後ろへ目立たぬ様に隠した。

終日砲の手入れを終えて待機所で私達は石油缶の空缶の中へ首を突っ込み歌の練習をしていた。その時藤田伍長が浮かぬ顔をして私の傍らへやって来た。

「昨日上田軍曹を殴ったんだってな、隊長から聞いたが俺は全然そんなことは知らなかった」

「隊長に聞きましたか、で隊長は一体何と言っていました」

私は彼の次の言葉が待ち遠しかった。

「別に何とも言ってない。しかめっつらして唯喧嘩は両成敗だな。早く島から帰りたい、いつまでもこんな処にいると頭が変になって仕舞うと言っていた。隊長は自分のことしか考えていないよ」

「喧嘩両成敗ですか、隊長の威厳も秩序もまるでない」

私はがっかりした物の言い方をした。

「ないね、そんなもの。分隊は君が一人で面倒を見ている様なもんだ」

情けなそうに言う藤田伍長も私達の板狭みになっている様な気がした。

「元気を出して下さい。今夜は隣の瀬戸口隊に呼ばれているので一緒に騒ぎに行きませんか」

「隣の瀬戸口隊に呼ばれているとは驚いた。俺は未だあの隊長に逢っていないが、竹田隊長は最初此処へ来た時逢っているらしい。若いが中々しっかりしていると聞いていた。幕舎も分隊と一緒だと言っていた」

「成程一緒の幕舎にいるのが当たり前だと思いますね。此処へ来て差別待遇するのは一体どう言う考えなのか自分にはわからんです」

「俺は実際皆んなと一緒にいたいのだが隊長や上田軍曹が中々離さないのでね、皆に悪いと思っている」

彼は詫びるとも言い訳とも付かぬことを言ってポケットから煙草を出すと私に勧めた。彼の持っていた煙草はホマレであった。私達はもうすでに煙草はのみつくしツンドラの根や、やっと芽が出た青い茎を乾かしてそれを刻み煙草のかわりに吸っていた。決してうまい物ではなく初めはゲップが出る程うまくなかったが、馴れるに従って平気で吸える様になった。辻本が傍らから先に手を出して一本抜き取った。「ホマレですね」と藤田伍長を訝しげに眺めた。

「隊長に貰ったのだが皆に分けてくれ」

彼は自分では、それを吸いはしなかった。私はそれを見て、

「成程、煙草まで隊長達は独り占めにしているのか」

と小さな声で呟いた。藤田伍長が、

「何か言った」

と聞き返したが私は、

「いやいや何でも無いです、どうもご馳走様」

と言って私は一本貰って吸った。久し振りで紫色の煙を私は見た。矢張りツンドラの煙草より遥かに味が良かった。藤田伍長は立ち上がると、

「矢張り止めておくよ隊長達に悪い」

と言った。悪いとは一体どういうことなのか、このひとは自分の持つ意識怠慢軽薄な気持ちを自分自身で認めている様であった。夕食が済むと私達の壕の中は誰彼となく口笛を吹いたり歌を唄ったりやたら賑やかであった。六時ちょっと前黒田が兵二名連れて私を迎えに来た。私は皆に出掛ける様に言って、一先ず黒田と外へ飛び出し裏から甘味品を運び彼に渡した。いざ出掛ける時になって私はうっかりしていたことに気が付いた。誰かに留守番を頼まなければならぬ。皆行ってしまっては幕舎のストーブを一時消さなければならぬ。私は幕舎の後始末に一人残りストーブの傍らへ行ってみた。ストーブの傍らには渡辺《わたなべ》が何か一人でごとごと仕事をしていた。見ると真っ赤に焼けた鉄の棒を一生懸命何処から持ってきたのか金網の上に乗せて金槌で叩いていた。傍らへ寄った。私の顔をわずかに見上げて、

「俺が留守番しているから大丈夫」

と言った。

「何を一体造っているんだ」

私は彼が何を造っているのか見当が付かず尋ねたが彼は笑って、

「細工は流々仕上げを御覧じろ」

と言って相変わらず金槌でその鉄の棒を叩いていた。私は彼に留守のことを頼むと、皆の後を追って幕舎を出た。瀬戸口隊の中へ入って、私はあまりにも室の中が明るいのでびっくりした。室の広さは私達の幕舎の倍はあった。ストーブは三つあり隊長始め観測班達全部一緒にそこで寝起きを共にしていた。壁には古雑誌から切り取った悩ましいヌードの写真やら映画俳優の写真がべたべた処構わずに張ってあった。私が挨拶すると、まあまあと床の上に上げ「江戸っ子だね」と笑いながら言った。私も神田の生まれ、と言ったので傍らにいた下士官達も水飲みねえと言って笑い出した。全く入る早々、この和やかな雰囲気に私も本当に寛いだ気持ちで余裕が出来てきた。黒田が私の傍へ来て甘味品の配給に関して私に相談したが、乾パンを何枚ずつ配給するかは君の方で算段してくれ、私達は客だからと私は黒田に言った。彼等が乾パンを全員に配っている間、その空箱を利用して辻本が蓋を真っ二つに割ると左右にそれを打ち付け、ひっくり返し机をこしらえた。それを中央の隅に運び瀬戸口隊の手を借りて、毛布と敷布をその上に掛け、早速新台テーブルを用意した。そして彼はそのテーブルに両手を支えると、

「エ～一席申し上げます。本日は御近所はるばるとお暇にも拘らず、わざわざ歩いてきて頂き感謝感激致さずさも薄く御礼申し下げ候」

と言って頭を下げたと思うと手を叩いて笑った。乾パンは普通のものと違い適度に上にゴマがかかっており大きさも今の千円札程の大きさであった。各自に五個程渡りいまだ三十個程も余っていた。私はその中から渡辺の分を取り、余りを隊長と相談してそれぞれ半分に割りテーブルの上に乗せた。一席やった者が、その賞としてそれを一個取ることにした。一席やれば一個の乾パンに有り付ける。これはすごい景品であり皆手を叩いて賛成した。最初は誰も遠慮をして出ないので、先ず隊長が舞台へ上がった。一席朗々と美声を張って詩吟を唸った。終わっても遠慮して景品を取ろうとしないので辻本が飛び出し両手にさげて隊長の前へと出した。皆どっと爆笑した。続いて辻本が得意のガマの油を一席喋った。彼のガマの油は全く素人離れしていて本職に近かった。一言もつかえず流々とお立ち会いと言って彼が喋り終わった時には、一時の緊張感が万雷の拍手に変わった。彼は乾パンをうやうやしく両手で持って頭を下げると長い舌を出して表面をペロリとなめた。こうしておけば誰にも盗られない、とそう言ってゆうゆうと舞台を降りた。あまりにも彼の芸がうまかったので瀬戸口隊は、これにのまれた如く一時は誰も舞台に出てくる者がいなかった。やっと拍手が起こって黒田が舞台に立ち上がり歌を唄い出した。聴いていても私にはよくその歌がわからなかったが、瀬戸口隊の連中が手拍子を叩き出したので私も一緒になって手を叩いた。次に本口が出た。彼は用意した手拭を頭にかぶると女の仕草をして婦系図の歌を踊りながら唄った。次に瀬戸口隊と何時の間にか順番が交互になっていた。順が進むにつれて机の上の乾パンが残り少なくなった。

　黒田兵長はそれを見ると急いで舞台に上がり残った乾パンを又自分に割った。すっかりそれもなくなると現金なもので誰も出なくなった。私はそれを見ると初めて舞台に上がった。エノケンの歌を唄ったり、浪曲やら歌謡曲の物真似で大いに皆を笑わせた。蜜柑の缶詰をちらかし乾パンの粉をそこら中にまいて演芸大会は九時頃まで続いた。効果は果たして大いにあった。瀬戸口隊長は、すっかり満足して帰る私に繰り返し礼を述べた。しかし私は帰る路すがらも奇妙な矛盾に心を痛めた。これが私達の隊だけで出来たならどんなに良かったろう。内地でよくやった水入らずの演芸会を思い出すと殺伐とした気持ちで胸が痛んだ。今頃竹田隊長達は自分達の幕舎で一体どんな団欒をとっているのか、幕舎へ帰って床に入ってからも私をそれを考えると中々寝付かれなかった。そして藤田伍長は、何故このまとまりがない小隊に力を尽くしてくれないのだろうか。一人黙々と彼の行動を窺ってみると、それが彼にとってなんの利益にもならないと分かると、隊長を補佐し隊の団結をはからなければならぬ私がみずからの立場をもっと充分認識すべきものであると思った。

第七章　暗夜の歩哨

一月と言えば内地でも一番酷寒の時である。道行く人も今頃はオーバーの襟を立てていることであろう。我々が北海に派遣された時、官給された防寒用具も総て物々しい毛糸の分厚い物であったが内地にいた時は、殆ど着用しなかったが流石に北海の端島である。下地から上まで全部それを着用しても肌が暖かい感じはしなかった。海岸近くにある風呂へ入って帰ってくる間に体もすっかり冷めはて、腰にぶら下げた手拭も幕舎へ帰りそれを広げようとすると薄氷を折る様にポキンと音を立てて折れてしまった。零下約二十度から三十度はあるだろう。そんな時の私達は何時でも煮湯をつけて乾かさなければならなかった。表を歩いている時でも鼻水が出るとその刹那、直ぐに凍ってツララになってしまう、流石の私もこの寒さには堪えた。

雪は一日中降り続き次第に島全体もすっかり真っ白な真綿に覆われてしまった。何尺かとその雪の深さは次第に底が知れなくなって朝起きると、壕の入口は動物園で見る檻の鉄の格子程ある太くて長いツララで戸口は開かなかった。私達はもう待機所へも行かず一日中壕の中でゴロゴロしているだけであった。私は昼間は皆と同じ様にゴロゴロしていても夜は休んでいなかった。私は隠した品物を少しずつ辻本に配らせていた。だがこれが結果的に彼等の憧れと期待を決定的に裏付けてしまった。今日は一体何が配給になるか、又明後日には何が配給されるだろう、とこれが日常当たり前になってしまった。

品物はあれだけあっても食べる人数は多い。瞬く間に隠してあった甘味品はなくなっていったのだ。私は雪の中を真夜中一人で本部の食糧倉庫の置き場へ行き歩哨の隙を見て種々な品物を盗み取ってきた。これは全くの生命がけであった。豪雪をかき分け着くのも生命がけだが、歩哨の眼から隠れて運ぶのもそれに増しての生命がけである。一度見付けられれば銃殺という危険性がある。毎夜無事に帰ってきては私はホッとする。何も好きこのんでこんな危ない橋を渡らなくても良かったとは考えるが、今の私には皆に頼られその期待を裏切ることが一種の罪悪の様な錯覚を起こしていた。そしてこのことを知っているのは辻本と根本と本口の三人だけであった。

ある夜、私は根本と本口がどうしても一緒に行きたいとせがんだので遂に断り切れず二人を連れて幕舎を出た。雪に埋まる道無き道を進み私達は坂を下ると下り道はそれでも除雪だけはしてあった。雪は上がって空はネオンの様な美しい星が輝いていた。置き場近くまでどうやらたどり着いた。私は糧秣《りょうまつ》の空箱が積んである所へ二人を待たし、私一人置き場へ近づいた。二人との距離は約十メートル位あった。突然その間へバサバサと雪を蹴って走りくる者があった、続いて「待て」と言う声がしたかと思うと近くで銃声の音がした。だが音はそれ程大きくは響かなかった。銃声の音は何かに詰まった様なにぶい音であった。走ってきた男は意外にも五十嵐であった。彼も私を見付けると「危ない、見付かった」と早口に言って私の後ろへ隠れた。私は彼を後ろへ庇うと根本と本口の方を見た。彼等は空箱の蔭へ隠れて姿は見えなかった。私は五十嵐の袖口を引き糧秣の積んである箱の蔭へ隠れた。私は前を五十嵐は後ろを警戒した。バサバサと足音がして話し声が近づいてきた。そして私達の傍らで止まった。

「一人はやったが、今一人は逃がした」

「死んだかな、あの男は……」

「真正面に銃にぶつかったので、思わず引金を引いてしまった。貫通したから即死かも知れない」

「何だか味方を殺すなんて厭な気持ちだね、引金なんか引かなければ良かったのに……」

「うんでも咄嗟のことなので仕方が無いさ、じっとしていればこっちがやられるかも知れん。本部付の俺達には多少の甘味品は配給になるが外の分隊には配給がないからな、盗みに来る連中も大分気が立っている」

「もう一人の奴は何処へ逃げたんだろう、もうその辺にはいないかも知れん。死体の始末をして本部へ一応届けよう」

二人の話を聞いて私は五十嵐と無言で顔を見合わせた。その時五十嵐が突然大きなクシャミをしてしまった。「いるぞ……」と言う声がして私達の方へ二人が近づいてきた瞬間を五十嵐が脱兎《だっと》の如く私を突き飛ばすと雪の中へ走り去った。私は突き飛ばされ彼等の表面へ出て前の歩哨と鉢合わせをしてしまった。ズドンと銃声がして弾丸は私の耳許をかすった。私は一瞬の内に身をかがめその銃身を手に握ると銃口を今一人の胸許にぴたりとつけて「撃ってみろ」と言った。余りにも近く銃口を胸につけられた男は持っていた自分の銃を下げた。そして唖然として動けなかった。

「話し合おう、落ち着け」

私は静かに周囲を見直して言った。

「貴様達は何処の分隊の者だ」

私の突然の威嚇の言動に気をのまれたか二人は、

「自分達は谷川隊の者ですが……」

と一人が答えた。

「谷川隊の者か俺は本部の吉田《よしだ》軍曹と言う者だが俺を知っているか……」

「いや知りません、今の連中と一緒だと思ったので……」

「貴様達は此処へ来る者が皆盗人ばかりと思っているのか、そんなことがありうっかり夜中にこの近所も通れない。貴様達は誰でも見付け次第射殺しても良いと命令されたのか……」

「いや別にそこまでは、でもこっちがやらないと相手にやられてしまうので、なあおい」

銃身を手に持った男がだんだん弱腰になり助けを同僚に求めてきた。

「やられる、可笑しいね、盗人は貴様達歩哨を殺してまでも品物を盗んで行くのか……そんなことは無いだろう。見付け次第誰でも殺していいとは幾らなんでも命令されていない筈だ」

私はちらりと二人を睨みつけると又話を続けた。

「貴様、今確かに殺したと言ったなあ。大変なことだぞ、捕まえるのが役目で殺すのが任務ではない筈だ」

私のこの威嚇の言動に二人は益々萎縮してお互いに顔を見合わせてしまった。

「お前達二人では整理出来ないだろう。俺が一緒に本部まで行ってやるから屍体をここへ運んで来い」

彼等二人は飛び上がる様に駆け出すと姿を消した。やがて屍体を運ぶと私の目の前に置いた。今の銃声で誰か人が来ないかと心配していたが、壕の中までは聞こえなかったらしく誰も出てくる気配がなかった。私は前に置かれた屍体を見ると二人に言った。

「よし先ず服の中を一寸調べろ、何か手帖の様な物かそれが無ければ認識票を出してみろ」

言われた通り彼等は服のポケットから手帖と認識票を取り出した。手帖を見ると五十嵐の分隊の者でなく意外にも今彼等が名乗った谷川隊の者であった。私は低いが力のこもった声で怒鳴った。

「これを見ろ、この男は貴様達の隊の者だぞ、貴様達は自分の戦友を殺したんだぞ」

二人は「アッ」と驚いて倒れている男の顔を覗き込んだが、みるみる内に顔面が蒼白になりがくがくと震えてきた。

「さぁ大変だ、偉いことになった。この始末は俺は知らん、一体どうする」

私の言動に二人共、そこへへたへたと座ってしまった。

「軍曹様、何とかして下さい。助けて下さい」

「馬鹿野郎、殺しておいて、今度は助けてくれか虫のいいことを言うな、だが何とかせんといかんな」

私は急にこの男達が哀れになってきた。任務が任務だけに誰か他の分隊の男なら見分けが付くが同じ分隊では一寸解決が難しい。どちらが悪いとか、どちらが良いという問題ではなく班の連中に一寸やそっとの説明では済みそうもない。だが何とかいい方法を見つけなければと私は考えた。

「仕方がない、貴様達はこの屍体どうする……」

「とんでもないことをしました。しかし役目ですから本部へ持って行って報告します」

「馬鹿野郎、それじゃあ貴様の隊から汚名者を出すことになるぞ。それで隊長は黙っていないだろう」

「自分達の隊長は全く良い隊長じゃありません、きっと私達に責任上死ねというでしょう」

「死ねと言って貴様達、納得して死ねるか。敵機の弾丸が当たって死ぬならいいが、こんなことで死んで名誉の戦死だと言えるか、いいか落ち着いて俺の言うことを聞け。この屍体をこっそりこれから貴様達は隊の何処かに隠して隊長には内密で一番貴様達が頼りになれる下士官、なるべく上の方がいいが、その人に一部始終を話して相談しろ。くれぐれも言っておくが隊長には見付かるな」

彼等はそれを聞くとやっと立ち上がって屍体を持ち上げた。

「早く行け、貴様達が帰ってくるまで俺が部隊を呼んで歩哨に立ってやる」

私は空箱の蔭に隠れていた根本と本口を呼び寄せた。彼等二人は屍体を担ぐと雪の中へと消えて行った。チャンス到来、私は根本と本口に持てるだけの箱を持たすと一目散に雪をかき分け幕舎へ戻った。翌日の夕食に私はこの中の缶詰を皆んなに分けたが、昨日のことを思い出しながら危かったと流石の私も冷汗をかいた。

ストーブの傍らでこの前から何か一生懸命作っていた渡辺の姿が気になり、何を作っているのか私は彼の傍らへ寄ってみた。流石に履物屋だけあって器用なものである。それは手製のスケート靴であった。下地を造りその裏に打ち付け、ホッケーともフィギュアとも区別が付かぬが兎に角にもスケート靴に見える、彼はそれを持つと私の前に差し出した。

「良くは出来ないが、滑ってくれないか」

私は彼自身が滑る為に造ったものと思い、

「自分が滑る積りで造ったのだろう、君が滑った後で俺も借りるよ。今から予約しとくからね」

と言った。だが彼は無理矢理それを私に持たすと、

「俺はスケートなんか生まれて以来滑ったことがない、これは君に滑って貰う為に造った。俺が今君に出来ることはこれくらいしかない。君には随分世話になっている。君が一人でどんなに苦労しているか、俺はよく知っている。皆んなも知っているが君の真似は俺達には出来ないんだ。こんな物で良かったら貰ってくれないか」

彼は伏目がちに私を見て言った。胸にじ～と何か詰まった様であった。彼の世話は此処だけではなかった。それは内地防空隊にいた時のことであった。初めて外泊許可が下りた時だった。彼が外泊を貰った時、いの一番に帰る筈の女房の処へは帰らず或る処で女を買ってそれから家へ帰った。その間の事情は私にはよくわからなかったが、外泊から帰った彼はその後急に顔色が悪くなり風呂へも入らず衛生兵に練兵休を預かり出た。熱もなければ悪い処も見当たらず、赴任して来た佐藤衛生兵にこっぴどく気合をかけられそうになった。私はそれを見て直感した。彼の病気が花柳病《かりゅうびょう》であり、内密で治療してほしいと衛生兵に頼んでみた。佐藤衛生兵は、花柳病とは益々とんでもない奴だ、と言って棒切れを持って渡辺を追いかけた。鴨田伍長は傍らへ来て黙って見ていたが、丁度そこへ竹田隊長が通りかかり私は隊長に頼んでみた。渋い顔をした隊長も私の言うことを聞いて佐藤衛生兵を制して何事もなく練兵休を貰えた。しかし衛生兵は薬がないと言って治療はしてくれなかった。その晩彼はアルコールを飲んで内勢班へ暴れ込み誰彼と見境なく棒切れで殴り始めた、私は渡辺のことで彼が暴れそのことを彼の口から班の連中に知れ渡るのを防ぐ為、彼を衛生室へ連れて行き彼が静まるまで落ち着かせた。そしてこの騒ぎを聞いて隊長は、佐藤衛生兵に向かい今後私的制裁は科さぬと言って禁じた。我々の隊に私的制裁がなくなり渡辺の病気も誰にも知れずに済んだ。療養にはなったが、肝心の薬がなければ渡辺の体が参ってしまう。私は本口の外泊の時、密かに薬を頼んだ。その薬が非常に良くきき彼はその薬がなくなる前に完治した。渡辺はこのことに関して私にどれ程感謝したかわからなかったが、私は礼を言うなら本口に礼を言えと言った。全く良くきく薬だと私もその時は、理屈抜きで本口に感謝した。渡辺が女を買ったのは丁度彼の女房が産み月であった為で、悪いことは出来ぬものだと私はつくづく感じた。

翌日は珍しく晴れ渡った上天気であった。暦を見るともう二月である。どれ程下着も洗濯しなかったか、久し振りで日光の直射を浴びせあちこちでシラミを除く姿が見られた。下着の縫い目に細い筆で白ペンキを塗った様に固まったシラミの行列はいくら取っても切りがなかった。私は渡辺から受け取ったスケート靴を持って池へ行きそれを履いてみた。最初は勝手が違うので楽な様には滑れなかったが慣れるのに従って調子が出てきた。結構上手く滑れるものだ、と私は腕がいいんだなぁと思い暫く滑っていた。辻本が見に来たので彼にスケート靴を渡した。私は雪の剝《は》げたツンドラの上に仰向けになると目が痛くなる様な銀色の青空を眺めていた。

そんな時、久方振りでけたたましくサイレンが、島全体に鳴り響いた。そんな予感もしていた。私はそうらおいでなすったとばかりに一目散に砲隊の中へ飛び込んだ。敵機の姿は未だに何処にも見当たらぬ、かすかに聞こえる爆音の方向へ砲を向けるとすっきりと雪に塗られた富士の山が私達の目の前に現れた。人呼んでこれがキスカ富士、全く富士山にそっくりである。その真下に島からにょっきり出ているのが方向探知機である。観測班から高度航路角がそして直距離を知らせてくる。この前の時より遥かに余裕があった。直距離六千、高度三千、航路角千八百、砲門の先から敵機が姿を現した。直距離五千、高度変わらず、航路角変わらず、航路角二千、大編隊、大編隊だけが大きく聞こえる。直距離四千、高度二千五百、航路角変わらず、大編隊又大編隊だけが大声で怒鳴る。私は十秒で弾丸を込めながら、大編隊、大編隊と真似しながら思わず笑い出してしまった。藤田伍長はいつも私の直ぐ隣にいたが、今日は伍長の姿が見えぬ。よく見ると大編隊とメガホンで怒鳴っているのはどうやら竹田隊長らしかった。私達の砲隊より観測班の傍らの方が遥かに安全なのであろう。直距離三千、航路角三千と本部から伝令を聞いてそれをメガホンが怒鳴った時、砲がぐっと左へ展開した瞬間敵機の姿がす〜と消えてしまった。あの大編隊が一瞬の内に見えなくなった、私は目を疑った。辻本も泡を食った様に眼鏡から目を離すなり手をかざして空を仰いだ。目標はキスカ富士である、敵の大編隊はそのキスカ富士の背後へ隠れてしまったのである。観測班から皆んなは、はっきりと隊長の声で直距離千五百、目標キスカ富士と怒鳴った。

「キスカ富士を撃つのか……」

辻本の甲高い声で私は又笑い出してしまった。しかしその笑い声が消えぬ内、キスカ富士から四発の重爆が私の目の中へ飛び込んできた。

「撃て……」

と言う観測班から怒鳴る声と同時に島全体の四十門からなる大砲が一斉に火を吐いた。島全体がその爆音で地響きした。爆煙で一瞬の内にキスカ富士から飛び出した大編隊も見る見る内にその爆煙と弾薬の為、その姿がかき消されてきた。静寂が破れ遂に喧騒《けんそう》の渦とかした編隊は大きく崩れ地上から私が初めて見る機関砲が銃口を向けて撃ち出した。その中を泳ぐ様に敵機が行ったり来たりする。味方の撃つ高射砲の弾丸の破片が我々の頭上にも飛びかかってくる。敵の編隊は相変わらず低い。私は弾丸を込め撃つ度に砲がぐらつき体勢が傾いてしまった。一発撃つ度に土台がもり上がり次第にそれが激しくなってきた。それがヅキンバアンと言うものすごい音とショックを受けた。私達は全身に土をかぶった。それが一回だけではなかった。二、三回と続けて起こった。俯せていた連中の顔は、どれも皆、この至近弾のはねた土に汚れ真っ黒になった。砲がこんな状態では、とてもこのまま続けて発射することは出来そうにもない。だが撃たなければ敵機は執拗に陣地を撃ってくる。流石の我々もこれには参った。もうどうにでもなれと私はいきなりハシゴを伝わって外へ飛び出した。誰かが、「危ない」と掩体《えんたい》の中から声を掛けたが、私は掩体の上に立って敵機の攪乱する様をデ〜ンと何時までも見守っていた。

第八章　友情

私は全身泥にまみれてぐっしょり汗をかいており、戦闘時間は短かったが砲を撃っていた時間はどれ程長く感じたことか。敵機は爆弾を落とすだけ落とすと割当て完了とばかりに引き上げて行った。島の損害は皆目わからなかったが兎に角我々の分隊は幸運にも全員無事であった。敵機の損害は私の目で見ただけでも十機位はあったと思う。それにしてもあの様に固まってきて一機も直撃弾で空中分解出来なかったのは実際安易な様で困難なことだとつくづく思った。

敵の哨戒艇は最後海に墜ちた味方の戦闘機を助けていた。私達の掩体の周りは爆弾の跡が無数にあり、その大きさは中には直径五メートル位のものもあった。この爆弾は恐らく百キロはあるだろう、そしてまともにこれが我々の陣地に当たれば一瞬にして砲も我々も木端微塵、考えだけでもゾ～とする思いであった。敵機が去って私達は、早速砲の土台の修理に掛かった。二分隊も私達一分隊と同じであった。土を掘り起こして見ると土台に留めてあったナットが皆ゆるんでいた。ナットの上に又ナットを締め更に土を余計に固めすっかり日が暮れるまで作業は続いた。しかしその作業の間も私はこの掩体に何時もいた。その為藤野《ふじの》と木田のいなかったことは全然気が付かなかった。

幕舎へ帰り私は疲れた皆に金花糖で汁粉を造ることを考えた。金花糖の中には小豆がたくさん入っていた。金花糖へ水を入れて煮れば立派なお汁粉、いや田舎じるこが多少小豆が少なくても出来る。そう思って私は根本と本口にその用意を頼んだ。その時辻本が入口から興奮して真っ赤な顔をして私の手を引っぱった。ぐいぐいと力を入れると私を裏へ連れ出した。

「何だ慌てて、どうしたんだ」

私は彼の手を離すと言った。彼は急に声を落とすと、

「大変なんだよ、実は俺達が幕舎を出ている間に藤野がここへ入って甘味品を盗んだんだ」

意外なことを彼は言った。

「戦闘中は気が付かなかったが、砲を修理する時木田と藤野の姿が見えないので俺は変だと思って皆より先に幕舎へ帰ってみた。すると木田が入口の処にいてまごまごしていた。俺が中を覗くと同時に藤野が表に飛び出してきた、見ると藤野のポケットがふくらんでいる。いきなり俺が手を突っ込んだら藤野の奴俺を突き飛ばして逃げ出したんだ。奴のポケットの中には金花糖が一杯入っていた。直ぐ追いかけて、今捕まえてそこにいるけれど倉田どうする、これは大変なことだぞ、皆んなの示しにならんから奴を徹底的に制裁をしなければ駄目だ」

「藤野を制裁するのか……」

私はそれを聞いて余り良い返事をしなかった。それよりそんなことが大変だと言う彼の言論と行動とを比較してその矛盾を指摘してやりたくなった。それを抑えて私は、

「ほうっておけよ」

と言って幕舎へ入りかけた、彼は慌てて又私の袖を摑むと、

「制裁をしないのか、制裁をしないと責任上俺が困る。第一俺が配給係なんだから俺が変に取られると困る。俺はお前の仲間なんだから盗られて黙っている訳にはいかない。何の為に俺達は苦労しているのかわからない」

彼の虫のいい話を聞いてるうちに私は胸許が熱くなってきた。苦労したとは一体誰に向かって言っているのか、全く意外なことをこの男は平気で言う。元々偉ぶった態度をそのままにして配給を委せた私も悪かった。だが彼より配給係に適した男はいなかった。私は自分の手で幾ら何でもそれは配給出来なかった。自分自身が優越感に溺れてしまう恐れを感じていたからである。彼とてそれに当然優越感を感じ、時には自分一人で品物も自由にしていたそんなことは百も承知していながら私は今までそれも見て見ぬ振りをしていた。だから今の辻本の態度を考えると、私は藤野や木田の感情よりむらむらと彼の低俗な残虐心に憤りを感じていた。

「こっちへ来い……」

彼は私を促すと藤野の袖口を摑み池の方へ連れて行った。私も黙って彼のやり方を見る積りで彼へ従った。池の周囲には誰の姿もなかった。彼は丘の上へ来るといきなり藤野を

突き飛ばした。思わず倒れた藤野を蹴飛ばそうとした。私は彼の襟首を掴むと後ろへ引き、

「後は俺に委せてお前は帰れ」

と言った。

「いやお前がやらなければ俺がやる」

彼は又蹴る構えを見せた。

「いい加減にしろ、いいからお前は帰れ」

私は強く彼を突き離した。

「じゃあ頼んだぞ」

まるで親が子供に言う様に肩をいからせて彼は引き返して行った。日はすっかり西に沈み肌寒い風にまじって又ちらちらと粉雪が降ってきた。私はじっとしてそこにうずくまっている藤野に何と最初に言葉を掛けて良いかわからなかった。辻本に言われて私は今初めて藤野と木田が大砲に付いていなかったことに気が付いた。だがそれを強く責めることは私には出来なかった。甘味品を取った動機より私には何故砲に付かなかったのかを聞いておきたかった。藤野は大学も出た所謂インテリである、私と仲の良い本口とは一緒の通信班に属して内地防空の時はことに仲が睦まじかった。辻本に自分の罪を責められるだけならいいが、私の前で制裁を受けるのは彼にとって堪えられないことだろう。私が言い出すきっかけを考えていた時、「ワァ～」と藤野が声を上げ泣き出した。涙に濡れた顔を暫くして上げた彼は、

「俺は倉田になら幾ら殴られても蹴られても良い、しかし辻本に殴られる理由がない。辻本には絶対殴られたくない。倉田には後で謝る積りでいたんだ、倉田頼む俺を殴ってくれ」

彼はそれだけ言うと又声を上げて泣き出した。

「よせ、大の男がみだりに泣くな、たかが甘味品取った位で俺がどうのこうのと辻本みたいなことは言わぬ。取るならもっと要領よくやれ、奴に見付かったのは運が悪かったのだ」

「盗ったのは確かに俺が悪い、しかし俺ばかりじゃあない皆んなあの甘味品は欲しい。辻本の奴一人で勝手に倉田の苦労も知らないで自分が持ってきた様に威張り散らす。誰だって皆辻本のことを良く言う者はいないんだ……」

泣き声で言う言葉に私も胸に差す物があった。

「もう良い人のことはとやかく言うな、皆んな俺は知っている。こんな島へ来て自分自身でみじめになるなよ。みっともない、もっと元気を出せ」

私は彼を起こすと彼の顔を見ずに言った。

「しかし大砲に付かなかったのはまずかったな、外の連中にも影響する」

私は話題を変えた。

「もっとも今日は木田も一緒だったらしいが、実際に藤野、戦闘は怖いか」

私達は幕舎に向かって歩き出していた。雪は少し大降りになっていた。

「怖い、全く怖い、何の砲の操作技術もなく、俺達は唯弾丸を持っているだけで何の防備もない、怖くないのは人間じゃない。生きている者なら誰でも怖い筈だ」

成程、砲手に回ってきた藤野も今の戦闘では弾列に回っている。砲の操作技術のないのは当たり前である。生きている者は皆怖いと言うのも尤もである。

「生きている者なら怖いか、俺達は生き者として扱われているかどうかわからない。飛行機と高射砲じゃあいつか俺達はやられる。遅かれ早かれいつかはね、くよくよしたってはじまらないよ」

「君は怖くないのか」

急に立ち止まると私の顔をじ～と見つめた。

「死の達観を説明出来る程、俺もそれ程偉くはない。怖いよ、君達が思っているのと同じ様に俺だって怖い同じ生き者だからね。唯気持ちの持ち様だね。それしか俺には俺の気持ちが説明出来ない。怖いと思えば怖いし怖いと思わなければ意外と怖くない、死の超越かねこれは……」

「死の超越なんか俺には出来ない。俺には妻も子もいる、俺は絶対死ぬのは厭だ」

「まあそう興奮するな、さっき君達が落伍すると他に影響すると言ったが、あれは取り消すよ。俺に君達の生きることを束縛する権利はなさそうだ」

私の言葉に彼は再び黙って歩き出した。気が付くと幕舎の入口に来ていた。私はそっと彼に、

「辻本のことは俺に委せろ、皆んなにはもう知れているかもわからないが気にしないで平気な顔をしていてくれ」

　と早口で言った。彼はポケットから金花糖を取り出すと私の手の上に乗せた。半分私はそれを取ると半分は彼のポケットの中に押し込んだ。幕舎の中へ入るとプ～ンと汁粉の香りがしてきた。根本と本口が配給分ですでに汁粉を造っていた。ストーブの上のバケツがぐらぐら湯気を立てていた。私はその傍らへ近づくと誰にもわからぬ様にそして音を立てぬ様に金花糖を落とした。飯上げがそれにあわせた様に飯を配り始めた。汁粉のおかずこれは又中々におつなものであった。小豆の多い少ないで笑い声が起こった。

　私は藤野の方を見ると彼は隅の方で小さくなってそれを食べていた。私は食べる前、辻本を一寸幕舎の後ろへ呼んだ。辻本はふて腐った様にポケットに手を突っ込んだまま私の顔を睨んだ。

「辻本、藤野のことは皆に話したか……」

「お前が帰ってきたら話す積りで、まだ皆んなには話してない」

　彼はそれが当然だと言わんばかりに言った。彼の言葉に私も安心した。

「良かった。俺が藤野には良く話した。今日のことはお前一存の気持ちで胸にしまっておけ。誰にも話すな、いいな」

　私は彼に一本釘を刺しておいた。

「それで良いのか、俺の責任はどうする……」

「お前に何の責任がある、いい加減にしろ」

「お前がそう言うならそれでいいが、後は俺は知らんぞ」

彼の言葉は根っから感情的に走っている。この男もこれだけの器量の持主かと私は急に思い直感的に反発を覚えた。

第九章　猛吹雪

温度計がないのでわからないが外の寒さは零下二十度を超えているだろう。日没から降り出した雪は次第に風さえ加わりやがて猛吹雪となった。吹雪の為入口の戸も開閉が出来ず私達は茶入用の桶を利用してその中へ用便をした。桶の中へすることを嫌がる者は、力一杯体ごと入口の戸を押し開け僅かな隙間を利用して表へ出たが吹雪の為、用も出来ず再び雪だらけになって戻り仕方なく桶を利用した。

時計はもう九時を廻っていた。だがまだ誰一人床に就く者もいなかった。この吹雪では翌日の朝、表へ出られそうもないと不安な気持ちで寝付かれないのだろう。その時突然私は大声を上げて、

「辻本、こっちへ来い」

と怒鳴った。彼はきょとんと顔を上げると私の傍らへ来てあぐらをかいた。彼も寝付かれずに上着も着た儘であった。「何だ」あぐらの上に両手を揃えて言った。

「お前さっき俺に向かって確かに責任上困ると言ったな、俺達は何の為に苦労しているかわからないと言ったな」

出し抜けに大声で言う私の言葉に辻本より外の連中が吃驚した。黙っている辻本に私は

たたみかけて言った。

「どんな苦労か俺が教えてやる、貴様これから糧秣倉庫へ行って何か盗って来い」

「エッ」と言った辻本の顔は次第に困惑と窮地の為、顔色が変わってきた。

「貴様の今までの態度は俺も随分我慢してきた。苦労も俺一人でしてきた、その俺をかさに着て優越感を振り廻されては俺より皆んなが迷惑する。後は余計なことは一切言わぬ、貴様も男ならやってみろ」

「冗談じゃない、この吹雪に表へ出られるかい」

彼はあぐらの足を組みかえるとさり気なく言った。

「雪位何だ、倉田はもっと危険なことに何度も遭っているぞ」

根本が興奮して傍らから口を出した。

「根本余計なことを言うな、俺が勝手にやっていることだ誰にも関係がない。併し辻本、俺は山賊の親分でも何でもないぞ。断っておくが貴様が品物が誰かに盗られたと言って、俺が何時貴様に怒った。何時俺が貴様に配給係の責任だと言って制裁した。貴様は配給する度にどんな気持ちで皆んながそれを受け取っていたかわかるか、俺が貴様を一度でも誘ったことがあるか、あったら言ってみろ」

辻本の体は一言、一言私の言葉に次第次第に小さくなっていく様な気がした。

「誰かがしなければ皆んな栄養失調になってしまう、体の丈夫な俺が勝手に一人でやっているんだ。義理や損得でやっているのと訳が違う。俺が倒れたら元気な奴が誰かきっとかわってくれると思う、俺は辻本貴様がやってくれると思っていたんだ」

私の言葉も熱を帯びてきた。黙ってうなだれて聞いていた辻本はさっと顔を上げると、

「わかった、行ってくる」

立ち上がって彼は防寒具を身につけた。入口の戸を押した位ではどうともしない、彼は五、六歩後ろへ退がると勢いよく駆け戸に体当たりした。僅かな隙間へ体を割り込ますと彼の姿は戸外に消えた。さあっと一陣の雪が吹き込んだと思うと入口に置いてあった用便の桶がゴロゴロ音をたてて転がった。幕舎の中では戸外の荒れ狂った吹雪の音もなく時間は一刻一刻と時を過ごしていた。十一時が廻り、やがて十二時になった。誰一人寝付く者はなく静寂の中に一時が過ぎた。やがて小さな声で本口が私に囁いた。

「大丈夫かね辻本は、もう一時を過ぎたけれど……」

私はさっきから落ち着けず不安な面持ちでいた。

「心配する必要なんかないよ、あんな奴死んでしまえば良い」

根本が言った。

「彼は殺したって死なないね、もう心配するのは止そう。だがいい気味だ、実際何か配給する度に奴に威張られる。だから面白くないよ、倉田はそこへいくと偉いよ、全然そんな態度は取らないからね」

「この前も倉田に悪いと思って連れてって貰ったが生命がけだね。あの頓智才覚は倉田でなくては出来なかった、一時は本当にどうなるかと思った」

「俺は藤野に話を聞いたが、辻本はまるで自分の物を盗られた様に怒ったそうだ。今度からは貴様に配給しないとか、コソ泥の様な真似して大学出があきれる。倉田に知れたらきっと殺されるぞと大分おどかしたそうだ」

「観測班へ行っても俺は倉田の参謀だ。俺の言うことは倉田が何でも聞くとラッパを吹いているそうだ」

私は二人の話を聞いて余り良い気持ちは持てなかったが、辻本の評判が意外に強く悪いのには聊《いささ》か驚いたが、その反面私の気持ちは無事に早く帰ってきてくれと願うことで一杯であった。

二時近くなった頃、バタンと言う音が戸口でした。私は夢中で戸口へ飛んで行った。帰ったかと私の怒鳴る声に外から、「オ〜」と言う辻本の返事が風に遮られながら聞こえた。四、五人が傍らから戸口へ飛んで来てやっと辻本を中へ入れた。流石に私はホッとした。辻本の姿は全身雪に覆われ顔も目だけが辛うじて見えその顔は雪に氷に全く凍り付いていた。肩に担いだ大きな雪の箱をどさりとそこへおろすとストーブの傍らへヘタヘタと座ってしまった。デ〜と音を立て雪が熱でとけると辺りが水びたしになった。防寒具を脱いで暫くして落ち着きをとり戻すと、彼は急に嗚咽を上げた。私は無言で彼をじ〜と見つめた。目から涙を流した。彼は私の手を握り締めると、

「悪かった、俺は素直にお前には謝れないが今までのことは勘弁してくれ、やっとこれだけ持ってきた」

根本と本口は慌てて彼の防寒着を乾かしに掛かった。

翌日の雪かきは大変だった。各自がエンビを持って整理に当たったが陣地もすっかり埋まり、うっかりその上を歩いて落ちたら上がってこられなくなる。私達は砲の栓桿棒《せんかんぼう》を少しずつ前に突き出し、やっと掩体の位置を確かめた。雪は小降りになったが依然として降り続いている。各一分隊と二分隊の位置へ栓桿棒を立て目印を現すと、私達は壕の通路だけ除雪した。二日も三日も雪は降り続いた。私はこの雪の中を飯上げと石炭、水扱みの運搬の他は一歩も表へは出られなかった。そんなある日思いがけぬ幸運が私達の処へ飛び込んできた。

二分隊が飯上げの当番に当たって、星川《ほしかわ》と清田《きよた》と須山《すやま》に吉田《よしだ》の四人が夕食の飯上げに出掛けた。併し今日に限って皆の帰りが遅いので私達はやがて不安な気持ちになり始めた。すっかり辺りも暗くなった時、ワッショイ、ワッショイと掛け声も勇ましく四人が大きな四斗入の酒樽を担いで帰ってきた。どっかとそれをストーブの傍らへ置くと、「あ、疲れた」と言って四人一緒に枕を並べて寝込んでしまった。私は一体これはどうしたことかと須山を起こして訊いてみた。星川と清田の二人は水炊場へ飯上げに行った。須山と吉田は別れて海岸向こうの石炭置場へ石炭を取りに行った。石炭を持った彼等は、丁度三ッ又の待機所まで戻ってきた。左側の池へ廻る坂道と右へ行く海岸通りの道をどちらへ廻ろうかと二人は立ち止まって考えた。坂道の方が幾らか近いので須山は左側を行くと言った。吉田は荷が重いから少し遠くても平らの多い海岸通りを選んだ。意見が二つに分かれ、あっちだこっちだと言っている時、後ろから出し抜けにトラックが走ってきた。須山が慌てて左側の坂道へ逃げた。これが幸運の発端である。彼がそこへ逃げなければ四斗樽は手に入らなかった。逃げても逃げても後ろから従って来るトラックの為、須山は狭い逃げ道のない坂から雪に足を取られ海岸通りの崖へ転落してしまった。海岸通りに避けた吉田が、思わず駆け寄り雪の中で転がっていた須山を助け起こした。二人がやっと起き上がった足許が板の上に乗っているのに気が付いた。足で踏み直してみると樽の上に乗っていた。慌ててよく見ると何とそれが酒の四斗樽である。思わず二人は唸ってしまった。だがこれを二人ではとても持てそうもない。誰か応援を求めなければならない。須山は吉田を残すと、水炊場へ星川と清田の応援を頼みに走った。もう飯処ではなかった。酒の飲めぬ彼等が、何故この様に夢中になってしまったのか私にはわかる様な気がした。元来私は酒飲みで甘党ではない。甘味品も私には皆んなが思う程魅力ではなかった。分配の時も未だ欲しそうに見ている者がいると私は自分の分をよく分けてやった。それより酒の方が欲しいとよく私が口癖に言っていた。それを彼等はよく知っていた。そして私の為に彼等は夢中になっていたのだ。こうして偶然発見した酒樽を皆で担いで帰ってきたのである。私は鬼の首でも取った様に喜んだ。もうその酒樽を見た丈で喉がぐうぐう鳴ってしまった。話し終わった須山は急に飛び上がると「しまった、飯と石炭が置きっぱなしだ」と三人を起こして水炊場へ走って行った。盆と正月が一緒に来た様である。

私は早速藤田伍長と観測班へ連絡した。その夜は正にドンチャン騒ぎの大宴会であった。

私は辻本が持ってきた缶詰を早速皆んなに分配した。誰もが辻本に対するいやな感情もこの一時で忘れた様であった。大いに騒いで愉快に今までのことは皆んな忘れて貰いたかった。さて不思議な現象がこの時起こった。今まで全然飲めなかった連中までが、どう言う風の吹き廻しか燗を付けるのが間に合わなくなる程飲み始めた。普通飲めない者が飲むと、これは全く一種の茶番でも見ている様で、種々様々な者が出てきた。気の弱い木田までが真っ赤になって故郷の歌を音痴な喉で唄い出した。大人しい吉田も鉢巻をして東京音頭を踊り出した。もう燗を付ける者は誰もなく又暇もなく冷でぐいぐいやる者も出てきた。酒飲みの私や辻本、川島が完全にこの連中にお株を奪われた恰好であった。兵長も飲み付けぬ酒を飲んで気を大きくし盛んに藤田伍長を毒突いているので、私は心配で幾ら飲んでも酔えなかった。尤も私は酒も強く又酒飲みの癖に非常に神経質で自分が先に酔い潰れたと言うことはかつて今までになかった。無事に藤田伍長も観測班の連中も帰ったので私もホッとした。一人、二人と次第に酔っぱらって落伍していった。ひっくり返った連中はこの世の天国とばかりに昨日の辛さを忘れ、ぐうぐう鼾をかき始めた。私はその連中に毛布を一人一人掛けて廻った。辻本は珍しく大人しく一人で飲んでいた。彼の酒は荒れると始末が悪かった。適当の量を飲んだ場合は、彼程面白い男はいなかった。都々逸《どどいつ》でこれさのさ節でも声音でも多芸多才であったが、量が過ぎると手に負えなくなる。その手に負えなくなったことが一度小樽であり、私は苦い経験を彼から受けた。

　各小隊が小樽の製缶会社の三階の食堂に集合していた時であった。日曜日の午後、珍しく各小隊全員に酒の配給があった。辻本が飲めぬ分隊の連中から酒を貰い集めた。私はその日は外出係を利用して外でビールを飲んできた。チャンポンを嫌って私は余り飲まなかった。寒さと冷えの為、大部分は辻本が一人で飲んでしまった。飲み終わった彼は、ふらふらと立ち上がって何処かへ行ってしまった。私は便所へでも行ったものと気にもしないでいた。何処か遠くで喧嘩らしい騒ぐ声が聞こえてきた。併し辻本がその相手だとは思っていなかった。騒ぎが次第に大きくなり直ぐ近くまでそれが広がってきた。根本が見に行って血相変えて戻ってきた。

「辻本が大変だ、血だらけになって暴れている」

聞いて私も吃驚した。今までも酔っ払って喧嘩をして私を困らせた。彼も今日は一寸飲み過ぎたなと思い、私はワイワイ騒いでいる皆の後から覗いて見た。大勢の男に左右に突き飛ばされ、滅茶苦茶に殴られている彼をそこで見た。殴られているのは彼一人である。鼻血が胸まで流れ顔はもう血だらけである。馬鹿な奴だと私は飛び出そうとしたが、この大勢ではとても歯が立たぬ、この群集を皆敵と見なければならない。現に後から後から新手が飛び出して殴る蹴るのであった。一計を案じた私は急に引き返して事務所の中へ飛び込んだ。事務所は下士官だけの特別室である。日曜日なのに誰もいない筈なのに浅井だけが一人そこに外の騒ぎに関係なく本を読んでいた。

「浅井、石山軍曹の上着を貸してくれ」

私は急いで自分の上着を脱ぎながら言った。事情を聞かずに浅井は戸棚を開けると石山軍曹の上着を私に手渡した。彼は外の騒ぎを知っていた。浅井に私の上着を渡すと再び現場へ駆け戻った。人垣を分け前に出ると、も早半死半生の面持ちで、辻本はふらふらになっていた。勢い良く二、三人を殴り飛ばし私は辻本を後ろへかばった。新手が一人だとわかると群集は辻本より私に打って掛かってきた。声を出す暇も無かった。併し何人殴ったか、私も随分殴られたが次第に私に掛かってくる者が少なくなり私が殴っている方が多くなってきた。気が付くと一人、二人と群集は散り始めやがてあれ程の喧騒も全く静かになってしまった。軍曹の上着がものを言ったのである。

辻本はその日から五日程寝込んでしまった。私が止めなければ、五日位では済まなかったかも知れない。併し私にも災難が直ぐにやって来た。翌日の午後、私は一階の階段口で四人の上等兵に捕まった。こっちへ来いと言って私は地下のボイラー室へ連れて行かれた。辺りには人影もなく脅かすには絶好な場所である。私を取り囲んだ四人は各々目付きの悪い四年兵であった。

「貴様何時から一等兵になった」

一人が私の肩星を指差して言った。私は顔に見覚えはなかったが昨日のお返しだと思って覚悟をした。

「二、三日前は確かに二等兵だったな」

私は一昨日一線抜きで一等兵になったばかりである。星一つを見付けたであろうこの男は私もよく見れば見覚えがあった。

「昨日は軍曹か、今日は貴様一体何になるんだ、貴様一体軍隊を何だと思っている」

言うが早いが、その男はいきなりびんたをくれてきた。ひょいと私はそれを避けて前の更衣所を背に見構えた。一人に四人私も油断は出来なかった。だが何しろ昨日余りに人を殴り過ぎた、握っている拳が未だヒリヒリとして痛い。

「昨日はよくも俺達の仲間を可愛がってくれたな。貴様に殴られて歯の折れた者もいるぞ」

「仕方がない、どんな原因だが知らないが一人を大勢で半殺しの目にあわせて黙っていろと言うのか、歯が折れた位では良い方だ。俺の方では未だ唸って寝ているぞ」

私も負けてはいなかった。

「何、勝手なことを言うな。今日は昨日の仇を取ってやる。昨日の様にはいかんぞ、偽軍曹め」

「四人で掛かってこなければ勝目がないのか」

「この野郎やってしまえ」

彼等の怒りは頂点に達したらしくジリジリと私の方へ間隔を狭めてきた。その時更衣所の裏からヌ〜と入ってきた男があった。立派な顎髭《あごひげ》を胸まで垂らし、背丈の頑強な六尺豊かな男である。見ると海軍の軍服を着ていた。

「待て、待て」

手を振りながら私の前に立ち塞がると雷の様な大声を張り上げた。

「陸軍と言う処は一人の兵を四人の古兵で気合を掛けるのか、いや四人で掛けなければたった一人の兵も気合を掛けられないのか……」

いきなり前へ飛び出し、而も痛い処を突かれて吃驚した四人は思わず後ろへ飛び退った。

「何だ、何だ、貴様は海軍の癖に……」

「海軍で悪かったたな、この頓馬の大馬鹿野郎、四人で一人に復讐するとは以ての外だ。義に依って山込《やまごめ》上曹この男に助っ人する。さあ四人一度に掛かって来い」

彼は大手を広げて彼等の前に見構えた。思わぬ飛び込んだ伏兵に私も虚を突かれた。

「大丈夫です、こんな男の四人や五人退っていいて下さい」

私は思わず虚勢を張ってしまった。

「やかましい俺に委せておけ、貴様は昨日散々暴れたんだろう。今日はゆっくりそこで見物しておれ、こんなガラクタ俺一人でたくさんだ」

「ガラクタとは何だ」

四人は猛然として彼に襲い掛かった。「オ～」と言って彼が二、三度腕を振ったかと思うと忽ち二人は床の上に叩き付けられた。一人が腰へ、一人が足にからみ付いたが、「ヤ～」と掛け声がして彼が一撃すると二人は四、五メートルも先にはね飛ばされてしまった。まるで勝負にならなかった。再び向かってくる四人を大人と子供が喧嘩している様に軽々とあっちへ飛ばしたり、こっちへ転がったりした。はいつくばって逃げようとすると襟首を摑んで引き戻し腰を蹴る。四人は遂に床の上に長々と伸びてしまった。私は遂に手を出す機会もなく唖然としてその成り行きを見ていた。世の中には随分強い人間もいるものだ。彼は汗一つかかず呼吸すら全く乱れていなかった。だが彼のやり方は徹底していた、のびた連中が少しでも起き上がると又襟首を取って起き上がらせ腰を蹴った。遂に四人は完全に長々とのびてしまった。髭面の山込曹長はそれを見ると更衣所の裏側から水を一杯汲んでくると寝ている四人の顔にそれをざあとぶっかけた。流石の私もこれには驚き彼の仕打ちに多少の憤りを感じた。

「それ程までにしなくても」私の言葉に、

「又立ち上がったら打ちのめしてやる」

彼は未だ自分で殴り足りない様な顔をしていた。一人が水の冷たさに顔を震わせ立ち上がった。彼はそれを見るとつかつかと傍らへ行き、横面を張った。物凄い音がして仰向けにひっくり返りはずみを付けて二、三転した。又一人が立ち上がった、同じ様に横面を張り飛ばした。今度は倒れず横っ飛びに二、三メートル吹っ飛んだ。見るに見兼ねた私は、「止めてくれ」と叫んだ。「何～」と言って振り返って私を見た。彼は大口開いて笑い出すと、

「ハァ、ハァ、ハァ、面白かった。久し振りでいい運動が出来た。愉快、愉快」

と言ってさっさと階段を上って表へ出て行ってしまった。山込上曹のその残虐な後ろ姿を私は何時までも目に焼き付けて見送っていた。

後日、鳴神島において私が彼の名を記憶していたばかりに彼と死闘する様な事になろう

とは全く夢にも思っていなかった。

根本も本口も酔い潰れ後に残った者は、結局私と辻本と川島《かわしま》の三人であった。改めて落ち着いて燗をしながらゆっくりと飲み直した。川島はもうかなり酔って赤い顔をしていた。辻本は真っ青な顔をして飲んでいる。珍しいことであるもうかなり長く飲んでいる。それでもまだ樽の中には三分の一も減っていなかった。辻本が燗をしながら私に話し掛けてきた。

「この間は俺は倉田に素直に謝れないと言ったなあ」

私はそれを聞くと辻本は未だあの時の事を根に思っているなあと思った。

「まあいい、あの時のことはもう忘れてしまえ」

「いや俺は忘れられないよ」

彼の言葉に私は矢張り今日酔えないのは、あの時の感情がまだ支配しているのだと感じた。傍らから川島が酔った声で、

「よそう、その話は今日は俺達の分隊でこんなに大きな収穫が有ったんだから愉快に飲み明かそう」

辻本の肩を叩いて言ったが、彼はその手を払うと、

「いや待ってくれ、話をきいてくれ、俺はあの日以来ずっと自分で自分を考え続けてきた」

「何を考え続けてきたのだ、俺もお前が言った素直に謝れないと言う言葉がどうも気に

なっていたが、一旦後になって何も言わぬと言ったからには俺も男だ、何とも思ってはいない」

「いやそんなことではない、今までのことは俺が本当に悪かった。自分で気が付かないのだから自分の馬鹿さ加減に愛想が尽く。あの時、あ〜言って貰って本当に良かった。あの儘だったら俺は分隊の憎まれ者で今に誰一人相手にされなくなってしまう、お前には感謝している。あの時の苦労なんかお前の苦労の万分の一にも当たらないよ」

「じゃあ何にこだわっているのか」

私達の話に川島はもう横から口出しも出来ない程酔っていた。私と辻本は一向に酔っていなかった。

「倉田は今後、雪がなくなって敵機がブンブン来る様になっても皆んな大砲に付くと思うか」

彼の言うことが急に方向転換したので私は一寸戸惑った。

「いいかい、俺はこう思うんだ、もうすでに藤野と木田が落伍しようとしている。二分隊の連中に聞いてみると矢張り田中《たなか》と石田《いしだ》が落伍している。こう言うと悪いが、余りお前が張り切り過ぎるので中には僻《ひが》んで、これから続々落伍してくる連中が増えるんではないかと俺は思う」

成程考えられることだった。併し落伍したのはこの前の時が初めてである。今後又落伍者が出るとは私には考えられなかった。だが辻本は私の考えている程馬鹿ではなかった。

彼の言う通り後日の戦闘で続々と落伍者が出たのであった。彼の顔色は思ったことを口に出したので気が軽くなったのか少しずつ赤味を帯びてきた。

「きっと出ると思うよ。俺は信じている、今までお前がやって来たことは決して仇《あだ》やおろそかには思っていない。お前一人が皆んなの為になっていると言うことで、連中はお前に頼り過ぎる危険がある。結局各自が意気地がないのだが問題はそこにある、お前には責任の一端はある。だから俺は素直にお前に謝れないと言ったのだ」

彼の言葉に私も少なからず自分を反省してみる余地が有るかも知れない。だが問題の責任の一端は私も直ぐには返答は出来なかった。

「どう思うよ川島、お前は大学出だからお前の考えを聞かせてくれ」

私は暫くたって川島に聞いた。

「さあ辻本の言うことも一理はあるがそれは理屈だね、倉田に責任なんか全然ない。あるとしたらむしろ俺達で何もしない連中だ、皆んな倉田の様な連中だったら苦労はないと思う」

「だが現実はそうはいかぬ、現に一分隊で砲を撃っている者は俺と倉田だけだ。実際に空を向いて敵機を見ている者は他に一人もいないぜ」

辻本が川島の方へ向き直って言った。

「恐いからね、俺なんかまともにとても顔なんか上げられないよ。こうなると度胸の問題だね」

「いや精神的な問題もある、確かに誰かが自分達より一歩先んじて抵抗力を発揮すると自然にその大半はその屈辱力に負けるもんだ、今は完全に倉田に屈辱されて各自の持てる力が萎縮している、そうは思わないか……」

問題が一寸複雑化してきた。一体全体これはどう解決したらいいのだろう。辻本はずっとそれを考えていたと言う。話しながら飲む酒はもう辛いも甘いも味がなかった。唯まるで水を飲んでいる様であった。

「わかった、辻本の考えも理屈なしに一理ある、俺も明日の課題にしてよく考えよう。この話はこの位にして今日は飲み明かそう」

「よし飲み明かそう」

二人も揃って私に賛成した。燗は面倒とばかり飯盒を樽の中へ入れて飲み始めた。朝二日酔いで目が覚めた連中が未だ飲んでいるのを見て吃驚した。朝食が過ぎ昼食も終わり夕食がきても、私達三人は飯も食わずに飲み続けた。不思議と私達は全然睡魔が襲ってこなかった。体が一体どうかしてしまったのではないかと根本や本口が心配顔で一緒に付き合っていたが最後には彼等も呆れ果ててしまった。遂に三日三晩ですっかり酒を飲みほすと、私達三人はぐうぐうと今度は前後不覚に丸一昼夜ぶっ通しで眠りこけてしまった。外では雪がいまだ降り続けていたがその夜から雪はやみ、どうやらあの猛吹雪も酒と一緒に終止符を打ったかの様に天候は回復に向かっていた様である。

第十章　新たなる予感

　美しい静かな湖畔の宿へ私は恋人と二人でやって来た。やっと殺伐な刺戟から避難した私達二人は戦下の遠い別世界へ来て初めて笑顔を見せ合った。緑濃い湖畔の蔭から遠く近く小鳥の啼く声が幸弱な調べを運んでくるようであった。静かな足取りで私達は手を組んで宿の人の招きに応じて室へ入った。金色の襖そして緑の絨毯何もかも新鮮で美しかった。階下から胸をかきたてる様な音色が流れてくる。私達はホールへ出た。さんさんと輝くシャンデリアの下で私は美しいその恋人と手を組みワルツを踊った。くるくる廻る度にシャンデリアの光が青や紫色に変ずる。時々赤やダイヤの色が美しい音色に混じって私の脳裏をかすめる。思わず床に足を取られた私はシャンデリアが頭上に落下してくるのを見た。青や紫や赤や色々な色彩が一丸となって落ちてくるザァザァと言う音を立てて、「アッ」と声を出した瞬間、私は目を覚ました。ぐっしょり脇の下が汗ばんでいた。起き上がり顔を洗う横で靴を履いた時、観測班の古川が私を呼びに来た。彼と一緒に観測班へ入ってみると阿部兵長がにこにこして笑顔を作って私を迎えた。外の連中は隅で将棋をしていた。

「よくまあ、飲むね。とうとう全部空にしたそうだね。一体全体そんなに飲んで酒の胃袋と言うものは別にあるもんかね」

　彼は笑いながら又声を潜めて、

「実はね、あの晩俺と古川の二人であの樽のあった場所へ行ってみた。俺の睨んだ通りそこから又酒が出てきたよ」

　私は抜け目がないと感じた。

「又四斗樽ですか」

　そして一寸うんざりして言った。

「いや、今度は瓶詰さ、箱に十本入っているのが三箱出てきた」

　未だ有ったのかと私は思った。

「成程、あそこへ誰か隠しておいたんですね。それにしてもどうして今まで運ばなかったんだろう」

「それはわからない、或いは隠した奴が戦死したかも知れない。それにしても君達の須山があそこへ落ちなかったら一寸見付からなかったろう」

「犬も歩けば棒に当たるで、何処から何が出てくるかわからない。空から弾丸がた〜くさん、下から酒がザ〜ク、ザ〜ク」

　傍らから古川が言って笑った。

「そこでだ、実は相談がある」

　阿部兵長が膝を乗り出してきた。丸い大きな顔に髭が目立った。

「倉田に一箱やるが、俺達は余り酒が好きでない。後の二箱を何処かで甘味品と取り替えて貰いたい、それで実は君を呼んだ訳だ」

彼の言うことを聞いてこの班長はなかなか抜け目がない処か、人を利用することも承知していると思った。

「甘味品と酒と交換ですか、無理ですね」

「君の処に未だ甘味品が残っているだろう、良ければそれと替えてもいいんだ……」

私は慌てて手を払った。どうも初めからその積りでいるらしい。

「冗談ではない、酒と取り替えたら皆に怒られる」

「君が誰に怒られる、怪盗団の親分を怒る奴がいるかい」

私は厭な言葉を彼から聞いたので立ち上がった。

「冗談、冗談、まあ座れよ。承知してくれないか、兎に角酒は君に預ける」

彼は慌てて、私の袖を引いた。

「一寸待って下さい、私が預かってもそれだけは請け合えませんね。第一もう私は糧秣は盗りに行かないことに決めたんです。でも一箱丈は私の分として貰います、それ位は良いでしょう」

私の言葉に彼は一瞬立ち上がると目の色を変えた。

「どうして急にそんなことを言うんだ、今君がやめてしまえば皆んなは一体どうなる、第一栄養失調になってしまう。変な考えはよせよ」

「栄養失調は私の責任ではない。変な考えは言わば、心境の変化って処です。酒は何処ですか」

「まあ座れ、座ってくれ。落ち着け、落ち着け」

彼は自分が慌てているのに落ち着けと言っている。古川が、

「倉田、何かあったな、飲んで誰かと喧嘩したのか」

「馬鹿を言え、倉田に喧嘩ふっ掛ける奴が一人だって分隊にいるか、いいから俺に委せておけ」

阿部兵長は私の肩をゆすぶった。

「おい頼む、今君にそんな気持ちを持たれては分隊の奴も困るし又我々も困る」

私はこれを聞くとこの班までが私を頼りにしている。辻本に言われたことが再び頭に蘇ってきた。私は此処へ来るまでに考えを決めていた。辻本の言う通り各自が自力でこの難局を突破しなくてはならぬ。私は私自身で自分を処理していこう。分隊の統制者と言う勝手な領分を造って、この儘継続していけば秩序が乱れた現状になる。この島ではいつか私も脱落して惨めな最期を遂げぬとも限らぬ。

小隊の指揮者である竹田隊長でさえ、すでに統制者の立場を投げている。強者、弱者の立場でなく私はもっと冷静に事を判断させねばならぬ。それには物盗りもやめてもっと客観的な立場から見て考える時間と余裕を持とうと思ったのである。

私は酒箱を担ぐと表まで出て、何回と繰り返し頼むと言う阿部兵長の声を聞き流し黙っ

て待機所へ入った。暫く此処へ来ぬ間に人気の全く去った室内は、火の気のないストーブだけが寂しく私を迎えてくれた。がっかりしてベンチに腰を据えると、私は暗い寒い室内にじぃ〜としていると自然と涙がこぼれ落ちてきた。寂しい、悲しい、胸の内は誰にも私は訴えることが出来ない。頼ろうとしている者は頼りになる人間がいるからいい、頼りにしたくても頼る人間のいない私はどうなるのか。たった一人になって私は初めて現在の環境に自分の惨めな姿を発見した。翌日から二度と糧秣を盗りに行かなかった。若干の石炭を持って私は辻本と二人で待機所へ入り二人で酒を飲んだ。二人で待機所を、キスカバーと名付け毎日幕舎よりこのキスカバーで、酒のなくなるまで時を過ごした。辻本も分隊の連中に時々甘味品のことを聞かれたらしいが、その話は私に全然言わなかった。そして辻本自身も二度と糧秣倉庫へ足を向けなかった。

雪の降りが次第に弱くなり、小雨が降り始め気温も少しずつ上がってきた。二月なかば近くになるとそろそろ春らしい風が吹いてきた。意外に冬の短かったことに私は驚いた。暖流がこの近くに流れている故でもあった。雨の為雪の山があちらこちら塗り剝がされ青いツンドラの芽が、出始めた頃私は毎日の様に幕舎から外へ出掛けた。あれ以来思えばもう幾日たったたか、隊長以下下士官の顔も忘れてしまった様である。今こうして私も分隊の連中と日常を共にしなくなると、何か隊長達の気持ちもわかってくる様な気がしてきた。方々の幕舎へ遊びに行く様になると私の人気も大分上がった。

或る日、同じ高射砲隊の野口隊へ遊びに行った時のことである。花札を造ろうと言って誰かが、丹念に集めた煙草の空箱を出した。私が絵を画き墨を塗った。賭ける物もないので私達は紙に数字を書き入れ下に住所、氏名を書いて手形を造った。その手形の紙を賭けてもう一丁とそんな声を張り上げて私達はオイチョカブに夢中になっていた。手形の紙があっちへいったり、こっちへいったり最後に私の手許へ全部それが集まってしまった。日本六十余州の離れ都市へ私が、無事除隊出来たとしてもわざわざその紙切れを持って賭け金を取りに行く訳にはいかない。

「次に読み上げます、香川県小笠原郡苗羽村、馬場正一さん金一万二附圓也、馬場の正さん一万二附圓貸し、次は佐賀県唐津市西唐津市、瀬戸口十八郎さん金一万圓也、瀬戸の八さん一万圓貸し」

私が手形の名前と金額を読み上げているのを周りで皆んなが、ゲラゲラ笑いながら聞いていた。幾ら金額を読み上げても返す必要がないから気が楽である。

その時入口から「お晩です」と言って二人の男が入ってきた。私が大声を上げて読み上げているのを見ると暫くそこへ腰をかけて聞いていたが、何か二人で相談したかと思うと私に向かって、

「矢張り、あんただ」

と言って私の傍らへ這い上がってきた。

「矢張り、あんただ間違いない」

私はよく見てやっと思い出した。本部の糧秣倉庫で自分の戦友を射殺したあの時の歩哨

であった。

「暫くだね、元気らしいけど例の一件はどうしました」

私は思い出してその後のことを聞いてみた。

「おいおい、倉田君は木村《きむら》と加藤《かとう》を知っているのか、例の一件って何だ」

傍らから鼻の大きい赤ら顔の私と仲の良い中沢《なかざわ》上等兵が二人に言った。

「倉田さんと言うんですか、あの時は本当に助かりました。有難うございます」

両手を私の前につくと二人揃って頭を下げた。私は予期していなかった二人の態度に面食らってしまった。

「謝るのは俺の方だよ、軍曹だなんて暗がりを利用して却って君達を威嚇して本当に悪かった、済まない」

私もそう言って頭を下げた。中沢が膝を乗り出すと、その手を上へ上げた。

「面白そうな話だね、聞かせてくれよ」

「別に面白い話じゃないが話したら困るんじゃあないかな木村君が……」

木村はそれに頷いて、

「いやいいんです、此処の連中とは同郷のよしみで実は内密で例のことは中沢には話してあるんです」

「何だ木村、例の件ってあの例の件か……」

中沢ががっかりした様な大きな声を出した。そして中沢が木村に代わって話し出した。

周りにいた訳の知らなかった連中も傍らからせき立てた。

「木村と加藤が歩哨に立った話だよ、そうそう丁度あの空襲があった前日だった。彼等が巡回していた時宮島《みやじま》が、知っているだろうあの生意気な俺が大嫌いな宮島だよ、あいつがあの時は木村、歩哨は三人だったな」

中沢に代わって木村が、

「そう宮島と仲の良い清原《きよはら》だった。宮島と清原は隊長の命令で品物を盗むよう言いつかった。二人は示し合わして機会を狙っていた。けれども俺達は全然そんなこと夢にも知らなかった。出し抜けに宮島が俺を清原と間違えて品物を早く出せと言った」

周りで聞いていた一人が言葉を狭んだ。

「清原はその時、その場所にいなかったのか」

「うん清原がいなかったので事件の発端になってしまった。清原はその前に急に歯が痛み出した。衛生兵が待機所にいるのを知って薬を貰いに行くと言って待機所の方へ行ってしまった。そう言えば清原が、その時妙なことを言った。お前達は二人であっちの本部の方を見張れ、俺は一人で通りの方を警戒すると言った。俺が加藤と本部の近くを一回りして何気無く一人で表通りへ彼はどうしたかと思いながらやって来たが、そこへ宮島が飛び出してきたんだ」

「だがその時銃声も聞こえたと思うしよく清原が俺達のいる間帰ってこなかったね」

私は思わず口を出した。偶然五十嵐もそこにいたとすると妙な巡り合わせになったと

思った。中沢が替わって、

「清原の奴待機所でアルコールを飲んでいたんだよ、丁度顔見知りの運転手がトラックを停めて待機所の連中と一緒にそれを飲んでいた。そこへ奴が衛生兵に薬を貰いに入った訳だ。奴は本当に歯が痛んだらしい。清原が入って座が賑やかになりアルコールが足りなくなって今度は衛生兵の薬用アルコールをみんな飲んでしまった。清原はアルコールで歯の痛みが止まり、すっかり良い気持ちになって銃声の音も隊長の命令も忘れてそこへ寝てしまったんだ。その時の軍曹が偽者の倉田君とは、これは御釈迦様でも気が付くめえだね……」

中沢は大口を開けて笑った。そして木村は急に正座して言った。

「倉田さんがあの時いなかったら俺と加藤は本部へあの儘屍体を運んでいました、そうしたらとんでもないことになってしまう処でした。言われた通りにこっそり隊長にも分隊の連中にもわからぬ様、人事の岡《おか》軍曹殿に訳を話しました。岡軍曹は話のわかる人で部下の面倒を良く見る人で、俺達の話を聞いて冷汗をかいたと言っていました。もし本部へ持っていったら隊長は詰腹を切らされてしまうし又隊長に話をしたらきっと隊長に殺されると言うんです。宮島は隊長のお気に入りだったのです。岡軍曹は、その倉田さんのことをとても感謝していました。そう言う時には誰も興奮してなかなか冷静な判断が付かないものだ、何処の人だか知らないがお前達はその人の恩を忘れるなと言って、このことは誰にも気付かれぬ様注意しろ。後は俺が全部引き受けてやると言ってくれました。丁度幸運にも翌日空襲があって岡軍曹は隊長とどういう話し合いをしたか知りませんが、うまく宮島を名誉の戦死をしたことにしてくれたんです。死んだ人間もそれで浮かばれるし隊の面目も立ったし、全部上手く納まって本当に助かりました」

彼の長い話を黙って聴いていた私は偶然の巡り合わせを神に感謝したい気持ちだった。初めて聞いたと言う周りの連中は中沢に固く口止めされた。それにしても岡軍曹と言う男は立派だと感心した。若しこれが私達の分隊の出来事だったらどうだろう、上田軍曹だったら一体この始末をどう付けるか考えただけでも私はぞ〜とした。私は木村と別れる時、彼からその時の礼だと言って出した煙草のケースを幾度も辞退したが、どうしても受け取ってくれと言うので仕方なく受け取った。併しそのケースが後で、私の生命を救い遂に彼のたった一つの形見になろうとは人の運命と言うものは計り知れぬものであった。

二月もあと僅か一週間を残すと言う或る日辻本と二人で飛行場を見学に行ってみた。島の突端の岬の一番高い山の中腹に約八百メートル程の滑走路がすでに出来上がっていた。後二、三百メートルも延ばせば充分中型重爆機位は滑走して飛べそうである。飛行場建設の軍属が大勢そこで働いていた。辻本が一人の軍属に話しかけた。おじさんと呼ばれたその軍属は、もう四十歳は超しているらしく目の縁に皺《しわ》が寄っていた。

「この飛行場は何時頃までに完成するんですか」

「そうだね、雪もそろそろ終わりに近づいてきたから天候さえ良かったらもう一ヶ月もたてば完成するだろう」

軍属は手を休めて私達の方を見た。

「一ヶ月、本当ですか、これが完成して味方の飛行機がきて船が入れば俺達は帰れるんですかねえ」

「我々だって同じだよ。この飛行場建設の為に此処へ来たんだからな、一日も早く終わって帰りたいよ。こんな女気のない殺風景な処にいつまでもいたくない」

軍属は鼻水を吸って言った。

「全く女気と言えば山にいる狸だけなんだから厭になってしまう、第一おじさん達は生理現象を一体どうやって始末しているんですか」

「その生理現象と言う奴には全く弱ってしまう、まさか毎日あれも出来ないしね」

あれという言葉におじさんは馬鹿に力を入れた。

「俺達は毎日寝る時に夢を見るように拝んで眠るけれど駄目ですね」

辻本が真面目に言った。

「成程夢精か、若い者にはそんな楽しみもあるがわし達の様な年寄りは駄目だね」

「結局楽しみと言うものは何ですか一体……」

私も興味が出てきて訊いてみた。

「バクチも喧嘩もすればする程飽きてしまうんでね、他に食う楽しみもなし強いて言えば矢張り煩悩快楽竿を片手に皮をあっちこっちかね」

私達は思わずおじさんのその手付きを見て笑ってしまった。だが軍属のおじさんは笑わず、「飛行場が出来る出来ないは敵の空襲如何に掛かっているが、わしは先ずこの飛行場は完成しないと見ている」

　辻本が前に一歩乗り出すと、

「その為に俺達が決死の覚悟で大砲を撃っている。おじさん達が一生懸命働いても駄目だと言う何か訳でも有るんですか……」

「無論、君達の苦労はよく知っている。俺達も一生懸命働いている。それに今までは大した空襲もなかった、飛行機も空母とかアラスカから飛んで来ていたからだ。併しこれからは違うぞ、ホラ君達にも見えるだろう、いや此処からは一寸見えないかも知れんがあの山の上からならあの島がよく見える筈だ」

　彼が指差す先は二、三十キロ先の米粒の様に見える島があった。

「あの島までは約三十キロしかない、アムチトカと言ってね、敵はあの島へ今船を着けて飛行場を造っている」

　私達は思わぬことをこのおじさんから聞いて愕然とした。全く予想もせぬ情報である。

「併し敵さんが島へ上がって飛行場を造るより、こっちの飛行場が先に出来たらいいんでしょう」

　辻本が理屈にあったように言った。

「早く出来る訳がない、敵は一体どう言う方法で飛行場を造るか知っているかい」

　私達はそこまではわからないが少なくともこの島の様にモッコや発破で作業するやり方

ではないかと思った。

「敵は鉄板を船に積んで島に上陸する、海岸を地均ししてどんどん撃っていく、これで終わりだよ。敷いたらそこへ飛行機を置く、簡単に飛行場が出来上がってしまうんだ。我々の方とは訳が違う。こんな千メートル位の飛行場なんか敵は三日位あったら出来上がってしまう」

「三日間で出来る、おじさんどうしてそんなことがわかる……」

辻本が鼻の穴をふくらませて訊いた。

「俺達の親方から聞いた、もう望遠鏡で見ると大分出来上がってどんどん飛行機を運んでいるそうだ」

目の前が急に真っ暗になった様な気がした。島の飛行場が出来上がれば、我々は無事帰れると言う希望も一瞬の内に消えてしまう。その島を攻撃して難問を一気に解決する方法も今の処見当たらない。制海権も制空権もまして頼みの飛行機も全部失ってしまっている。唯残っているものは島の防備の対空砲台だけである。私と辻本はそれより岬の一番先端にある十二ミリ高角砲へ足を向けた。流石に七ミリより遥かに大きく重量感に溢れ頼もしく見えた。私達は砲座にいた兵隊に今聴いた話をした。併し彼等は一番近いこの陣地から絶えず観測しているのでよく知っていた。やがて波状攻撃はやってくると言う認識は、すでに持っていた。幕舎へ帰り、私は分隊の連中にこの話を又私の知っている他の高射砲陣地にも報せた。併しこのことは大部分が未だ知らなかった。私の言うことにまさかそんなに早く敵の飛行場は出来ない、それよりこっちの飛行場の方が先に出来ると楽観的希望を持つ方が多かった。そして飛行場も八分程出来上がっているのにいまだ戦闘機が入ってこない、いつでも飛べるとうそぶいている始末である。その飛行場も我々が軍事上命懸けで守る制海の基地も肝心な飛行機が入ってこなければ労して造る前戦地も何の役にもたたない。

私は愈々《いよいよ》最期が来たのではないかと思った。

第十一章　波状攻撃

二月下旬内地ではまだまだ寒い気候であるにも拘らず島には不可思議な現象が度々起こった。雪がボタンの花の様に降るかと思うと、突然雨に変わりアッという間に晴れ間が出て太陽が顔を出す。晴れたぞ、と急いで溜池造水を汲みに行くとそこは別世界の様に雨が降っている。なお海岸辺りの石炭置場へ石炭を取りに行くと、そこはまだ雪の世界で雪が降っている。六里のこんなちっぽけな島に雪と雨と快晴の三通りの季節が実現している。雪の中を駆け出し雨の中を走ると青空である。狐にばかされた様に私達はこの現象に首をかしげた。矢張り付近に暖流のあるのが原因である。

さて二十日を過ぎると敵はこの観測を関知していて晴天を狙って襲撃してきた。それでもまだ中爆のノースアメリカンとコンソリB24の精々四、五機が来ただけだった。方向探知機はキスカ富士から飛び出すまでレーダーに指令を出していた。そしてキスカ富士から飛び出すまで、対空砲火はじ～となりを潜めて待機する様になっていた。直距離を五、六百まで待機させ五百に入ると撃ての命令が出て四十門近い対空火砲が一斉に火を噴く、敵機を落とすチャンスはこの一瞬であった。敵機は一斉射撃を食い編隊を乱し、無差別爆撃をするのだが必ず二、三機は撃墜できた。

竹田隊長は一分隊の私達の前方七、八メートル先へ蛸壺《たこつぼ》を掘り出した。それまで観測班の壕にいたが、そこで指揮を取るのには流石に気使いになったのだろう。鴨田伍長、藤田伍長、佐藤衛生兵を使って自分一人の指揮場を造ったのである。私は砲身にまたがってそれを眺めていた。一分隊の連中も二分隊の連中も誰一人その穴掘りを手伝う者はいなかった。

「おい、おい、久し振りで見る隊長さん、あんな処へ穴を掘って自分の死ぬ場所を造るとは流石に隊長だね」

「倉田、隊長は観測班に邪険にされて出ていったそうだぜ、仕方なく自分の壕を掘った訳だが、さあて三日と壕の中に入っているかな」

「辻本、三日処か一日も持たんよ」

「一日で飛び出すっていうのか、俺は三日位は持って貰いたいね」

辻本は私の前へ出て砲身にまたがった。辻本の言葉通り三日位は壕の中から指揮して貰いたいのは私も同じ思いだった。

翌日敵機は今までの三倍の大編隊でやってきた。おまけに戦闘機までが、地上すれすれで執拗に高射砲陣地を襲撃してきた。隊長は蛸壺から飛び出すと私の掩体へ飛び込んできた。私の後ろへ廻ると私の背中へ顔をおしつけ私の腰のバンドを握って離さない。必然的に操作がしにくい。

「いい加減にしろ」

私は癇癪《かんしゃく》を起こし隊長の両手を振り払ったが、

「撃て、撃て……」

隊長は振り払われてもまだ私の腰にしがみつき絶叫している。これでは撃とうにも弾丸が込められない。私は遂にたまりかね腰を振って隊長をはね飛ばした。隊長は尻持ちをつくと鉄兜で全身これに隠れんばかりにしゃがみ込んでしまった。その三日前私達は奇襲攻撃を受け超低空で、ノースアメリカンの機銃掃射を食った。私は砲身を掩体すれすれに下げて撃たせた。その時掩体の周囲にずらりと鉄兜が並べてあった。奇襲攻撃だったので砲についたのは、私と辻本と根本の三人で鉄兜をかぶる暇がなかった。鉄兜は砲身の真下にあった。辻本が撃った瞬間鉄兜の一個が吹き飛んだ。その真下にあったハシゴも吹き飛んだ。鉄兜は真っ二つに割れ、ハシゴは四等分に破壊されてしまった。その翌日から私は鉄兜をかぶっていない、今この隊長は私から見放され鉄兜一つが身を護る最後の頼りと思っている。私は戦闘が終わるといち早くこそこそ自分の壕へ帰る隊長を見ると、襟髪をつかまえて鉄兜を奪いたい衝動にかられた。

「成程、倉田のいう通り隊長の奴、一日も持たなかったな、何の為に蛸壺を掘ったのかなあ」

辻本に言われても、私は船の上や今日の隊長の醜態を二度までも見て、もう何もいうべき言葉がなかった。憂慮は憂慮が呼ぶというが、そんな私に思わぬアクシデントが翌日起こったのである。翌日の来襲はＢ24コンソリが先頭をきっていた、約六十機観測班からは伝達の声がない。ない筈である。昨日の戦闘機の機銃を受け私達の砲身も三発の機関砲を食ったが全員無事だった。しかし至近距離に爆弾を数発受け非常に危なかったのである。観測班は朝早く壕へ退避してしまっていた為、命令の伝達がなかった訳である。勿論、竹田隊長も行動を共にしたものとみえ姿を見せなかった。

敵の編隊距離がそろそろ五百に近い、弾丸の信管は総て五秒である。一斉砲撃が始まった。Ｂ24は大鷲の如く羽撃き、無数の爆弾を落としている。私は弾丸を込め両手で閉鎖機を押さえ、

「まだ撃つな、辻本正面のコンソリを狙え、藤田伍長は木田と替わって下さい」

私が高射砲の高低を確かめながら叫んだ。藤田伍長は木田の後ろにいた。私が閉鎖機を両手操作しているので、辻本が右側へ移動した。その時藤田伍長は、突然に辻本、木田両名の後ろ側にかくれた位置になった。木田が榴縄を握った。

「木田、おまえじゃ駄目だ、伍長と替われ」

怒鳴った私の声が木田に聞こえたのか、木田は藤田伍長の方を振り返った。だが藤田伍長は伍長の位置から外され、鉄兜を両手で押さえ下を向いていた。

「まずい……」

私は弾列には全部五秒の信管を切ったものを持たせてあるが、この今こめてある一発は十秒の弾丸である。私が狙い先敵の一機に外れても必ず次の機には命中する筈である。直撃弾で機が空中分解するのを狙ったのである。それは最初の一発が肝心である。その一発

が不発に終われば、こちらがやられるかも知れない。今日はなんとしてもその結果を見る為にも藤田伍長に榴縄を引いて貰わなければならない。だがもう遅い、榴縄は木田が下を向いた後しっかり握りしめている。

「木田、俺が撃てというまで榴縄を引くな」

私は木田の顔へつばが吹きかかる程の大声で叫んだ。先程の敵機が真正面に向かって爆弾を落とし始めた。いつもより大きい百キロの爆弾である。

「まだ撃つな」

私が大声で叫んだ瞬間、木田が榴縄を引いてしまった。いつも不発が多いのにズド～ンとするどい発射音が響き閉鎖機が下がった。時速〇・二で発火と同時に閉鎖機が下がり薬莢が飛び出す。その閉鎖機を両手で私がささえていた。「アッ」私は瞬時右へよろけた。右手の甲に閉鎖機の銑角が激炎し僅かにたたらを踏んで体をささえたが、鮮血が顔まで飛び散った。無意識に左手の軍手を歯でくわえて外すと、右手を圧さえたが、右手の甲はざくろの様に割れ小指が今にもちぎれる様に落ちかかっていた。

「倉田……」

辻本がいち早くそれを見て木田を突き飛ばした。藤田伍長はポカ～ンとして今の状況が全くわからなかったらしい。私は左手で右手の小指を元の様にあてると左手でしっかり押さえた。Ｂ24は高路角を外れ爆弾の雨は掩体より外れた。

「倉田が怪我をした」

辻本が皆に向かって大声で叫んだ。

「騒ぐな、大したことじゃない、伍長木田に今後榴縄を引かせないで下さい。渡辺俺の代わりを頼む。根本一緒に来てくれ」

私はしたたり落ちる鮮血で両手を真っ赤にして根本を連れ待機所の通路へ出た。

「何で右手をやられたんだ。機銃掃射を受けた訳じゃあないだろう」

根本の言うのに返事をせず私は待機所を通って二分隊へ飛び込んだ。

「鴨田伍長、一寸右手を怪我しました、弾丸込めは渡辺に頼んだが、一分隊の援護を頼みます」

私は言うなり二分隊のハシゴから掩体を飛び出した。続いて根本も私に続いた。

「佐藤衛生兵を見付けなければ……」

根本が後ろから言った。

「奴なんかこの近くにいるもんか、昨日でこりて隊長も観測班も皆んな防空壕へ逃げたさ」

私は根本に腕の付け根を手拭で出血留めさせると坂を下り真下にある一番完璧な壕へ入っていった。その間爆弾は雨あられと降ってくる。壕の中はカンテラが上からつるされ右に左にゆれていた。至近弾がやたらと落ちる。暫く中へ進むと十名ばかりの兵隊が固まっていた。

「この中に衛生兵はいませんか……」

私はその連中に声を掛けた。一人の将校が立ち上がった。

「俺が軍医だが何処かやられたのか」

「丁度良かった、右手です、診て下さい」

私は左手を離しべっとりと血糊のついた右手を将校の前へ出した。一目見たその軍医は、急に顔をそむけてしまった。

「早く治療をして下さい、早くしないとこの小指が落ちてしまうんです」

「これは大変な怪我だ、俺は内科が専門でそう言われても困る。直ぐ野戦病院へ行った方がいい」

「冗談じゃあない、ぐずぐずしていては小指が落ちるといったでしょう、早く応急手当をして下さい。いくら内科と言ってもその位は出来るでしょう」

「いや、こりゃ直ぐ縫わなくては駄目だ、俺の専門外だ。頼む野戦病院へ行ってくれ」

「どうしても駄目ですか……」

「頼む俺は内科が専門だ、それにアッヌ爆弾が落ちた」

軍医達はその場にうずくまってしまった。こんな軍医がいたとは、私は思わず竹田隊長の顔を思い出してしまった。

「ここに救急箱があるぞ」

根本が壕の中から箱を持ち出して私に言った。

「根本、それを持ってこっちへ来てくれ」

入口のカンテラの前へ私は根本を呼んだ。

「箱の中からオキシフルを出してくれ」

根本は箱の中から墿を取り出した。

「ヨドホルム、あるか」

「ない、あるのはセイロガンと脱脂綿とガーゼと赤チン」

「赤チンじゃあ駄目だ、ヨヂムあるかい」

暫く根本は箱の中を調べていたが、

「あった一墿新しいのがあった、包装してあったから一寸分からなかった、でもまさかヨヂムをつけるんじゃあないだろうね、こんなものつけたら気絶してしまうぞ」

「気絶か、少し疲れたから気絶してゆっくり寝るか」

「冗談じゃあない」

「冗談じゃあない、根本先ず最初にオキシフルを傷口にぶっかけてくれ」

「無茶だよ、脱脂綿でさあっとやさしくやらなくちゃ」

「いやぶっかけた後、脱脂綿で拭いてくれ」

「痛いぞ、倉田俺の肩につかまってくれ」

「お前が痛む訳じゃあないだろう。人事と思って思い切りぶっかけてくれ」

私は両足をふんばって右手を根本の前に差し出した。「いくぞ」根本が傷口を見て目をつぶってオキシフルを振り掛けた。頭のてっぺんから火の玉が飛び出した様な激痛に私は唸った。歯で唇を噛み口許から血がにじんできた。

「少し休もう」

根本が私の体をささえた。

「さあ今度は本番だ、脱脂綿で拭いてヨヂムをぶっかけるんだ」

私は根本が恐る恐るオキシフルを拭いている時、しっかりと小指を元の位置にあて狂っていないことを確かめると脱脂綿を口の中に入れた。根本は私の後ろへ廻り背中を左手でささえるとヨヂムを傷口にぶっかけた。「ウ〜ン」ざくろの様に割れた傷口は六センチあった。しかも小指の根本近くで。その為小指が今にもさけて落ちかかっているのである。その傷口へヨヂムがふりかけられた、一寸の傷でも誰もがこの薬は切り口にはつけたがらない。打身か打撲の時しか使用したがらない、それ程この薬のしみることは一般周知のことだ。私は脳天から爪先まで激痛が走り、目から火が出たのを初めて知った。先程の痛み処ではない。「ウ〜ン」私は遂にその傍らにあったパネル板の端に片膝をついてしまった。

根本は私の左腕にしがみつき早、泣き声になっていた。

「しっかりしてくれ、さあここへ寝て暫く休んでくれ」

彼は私を横にして寝かそうとした。

「休んでなんかいられないよ、頼むガーゼと包帯を取ってくれ」

根本はおろおろして品物を渡した。私はガーゼを傷口に乗せ小指を隣の薬指にピッタリ付け左手で包帯を巻いた。最後の結びを根本に手伝ってもらい治療は終わった。

「さあ行くぞ根本、救急箱は箱ごと頂いていこう、どうせ内科の先生じゃあ用のない品物だ」

私は防空壕から外へ出た。根本は私がこれから野戦病院へ行くと思っていた。私が再び掩体へ戻るのを知るとびっくりした。

「倉田、これから野戦病院へ行くのじゃあないのか」

「根本、敵はまだ爆撃しているんだぞ」

「……」

あきれた顔をした彼は黙って私についてきた。両手で救急箱を大事に抱えて、敵機は私達が帰った時はもう殆ど飛び去っていた。

二分隊が、今まで撃ってない程夢中で撃ったそうである。渡辺も一生懸命やったそうである。だがその間、皆どれ程心細い思いをしたことか、私には痛い程想像が出来た。それからの私は三角布で腕をつるし掩体の前に立ちふさがり分隊の連中と行動を共にした。木田は勿論榴縄引きは首で、藤田伍長が替わった、木田は弾列に廻った。私は傷の手当てに野戦病院へは遂に行かなかった。毎日就寝前に包帯の上からヨヂムをぶっかける療法だけであった。毎晩激しい痛みで中々寝つけない日が、数日続いた。その間天候が悪く雨が多く幸い一日一回敵機は来襲してくるが、我々はまだ健在であった。その後竹田隊長とは、二度と会うことはなかったが、観測班の中では唯一人古川だけは毎夜私の処へ顔を見せてくれた。彼は壕へ入ってるのが厭で私の処へ来たがっていた。

数日たって弾列が一人そして二人と壕へ入ってしまった。補助に私は古川と水炊場にいた渡部《わたべ》を一分隊へ入れた。負傷してから十日後、私は包帯を取る決心をした。包帯は十日も取り替えずおまけにヨヂムでもう真っ黒になっていた。痛みがもう殆どなく小指がどうなっているか、それも心配で思い切って取ってみることにしたのである。祈る気持ちで、根本に手伝って貰い包帯をはずした。私の周囲には皆心配そうに私の右手を凝視していた。ガーゼは岩肌にべっとり張り付いた海藻の様に張り付き、私は脱脂綿にオキシフルをつけ根気よくはがしていった。傷口は半分の三センチ程くの字に残っていたが、小指は見事に元の位置に泰然と戻っていた。私はこみ上げる歓喜を顔面一杯に表し、皆の前に右手を広げた。

「ワア～、ついた元の儘についた癒ったぞ……」

最初に声を張り上げ根本が踊り上がって喜んだ。

「それにしても魂消《たまげ》たね、お前の精神力には驚いたね、どうなってんの倉田の体は……」

辻本も笑い顔で歓喜の声を上げた。

「おい木田、お前倉田が癒ったからいい様なもの若し元通りになっていなかったら倉田に何と詫びたらいいんだ、俺はそれが心配で夜もおちおち寝られなかったぞ、この馬鹿者奴《め》」

辻本のいう通り彼がミスした原因はもう誰もが知っていた。だが木田は馬鹿なのか全くの無神経者なのか相変わらず無表情で、一言も言葉を吐かなかった。そしてそれに対して私も何一つ文句も言わなかった。

「さあもう大丈夫、明日から又もりもり俺が弾丸を込めるぞ」

私は嬉しさの余り両手で拍手を打ったとたんに顔をしかめた。

「駄目だ、まだ無理をしては……」

根本が慌てて私の腕をしっかりと押さえた。その日が、三月六日私の二十四歳（満で二十三歳）の誕生日であった。

島の戦闘兵力は僅かに二千名足らずである。その倍もいる非戦闘員は何の役にも立たない独活《うど》の大木である。敵はこの島に何故それだけの量と戦力を充てて消耗させるのか。言わずと知れた北方の牽制《けんせい》地帯には此処から飛び石伝いに軍略地を進めておかねばならなかった。南方を一時制覇した我軍も形勢不利に戦況が悪化すると、北方の戦力も南方に補充せざるを得なくなり勢い北方に手が廻らなくなってきた。いや戦局は愈々急で、強力な陸海軍も徐々にその効力の神通力を失いつつあった。

そんなある日、私達は本部から弾丸の補給を受けることになった。唯受け取って来いと言うだけで引率者はいなかった。私はそれでも黙って自分が引率して補給を受けに行った。百キロ、二百キロ落ちてもびくともしない壕に弾薬は未だ積まれてあった。表にトラックが停めてあり各自が弾薬箱を担いでトラックに運ぶことにした。本部から来た弾薬係が、台の上から二人して一人の肩に乗せても私達分隊の連中は満足にそれをトラックまで運べる者がいなかった。重さにして箱ぐるみ四発入りで約十二、三貫目はある。へっぴり腰で途中でほうり出しそうになるのを見ると私は手伝ってトラックまで載せたが、こんなことではとても捗らない。今までの弾薬運びは二人で一箱を手にぶらさげて運んだ経験しかないので無理はないと思ったが、弾薬係の二人はそれを見ると呆れる始末であった。

「何だ貴様達、弾薬箱一個が一人で担げないのか、こんなことじゃ全部終わるまで幾日掛かるかわからない、時間が来て後の連中が来たら貴様達が残した分は、俺達でも責任が持てんぞ」

大声を出して怒ってしまった。言われて余計慌てると狭い壕の中では益々混雑してしまう。私は係が、今まで立っていた台の上に乗ると大声で叫んだ。

「皆んな運ぶのは止めよ。一分隊、二分隊揃って俺の前から一列縦隊に並べ、並んだら一分隊は右向き、二分隊は左向き、両方共トラックの距離を片手間隔しろ。余った者は一寸手を挙げてくれ」

私は一、二、三と数をして十二人いるのを確かめ、

「六人トラックへ上がって六人はこっちへ来てくれ、来た者はこっちへむいてくれ、それから辻本と細井《ほそい》は列から出てこっちへ来てくれ」

私は皆をその儘にして係の兵に金テコ二個借りた。一分隊の前列へ辻本と後ろから廻ってきた三人を、二分隊の前列へは細井とこれも後ろから廻ってきた三人を配置した。辻本と細井に金テコを渡し蓋を開ける様に言った。黙って並んだ分隊の連中もやっと自分達のやることがわかったらしい。辻本と細井が手に唾を吹っかけて蓋を開けた。傍らにいた三

人の一人が、片方釘が抜けたのを待ってぐいと蓋を持ち上げる、後の二人が素早く中の弾丸を一発ずつ取り出すと前列に渡す、前列から後列、後列から順にトラック迄リレー式に運ぶ、箱が空になると、三人が交代で駆け出してトラックへ運ぶ。最初は多少空箱が遅れていたが、流石に大工の細井と家具屋の辻本の腕前である。見る見る内に追い付いてピッタリとタイミングが合ってきた。瞬く間に割当の弾薬が、トラックに運搬完了した。トラックに乗って最後の管理をしていた三人も手に余った人の応援を得て私の許に戻ってきた時は、私もやっと一安心した。終わってものの五分とたたない内に次の分隊が弾薬を取りに来た。表でトラックを離れ一休みしてその作業を見学した。流石に私達の兵とは違っていた。皆軽々と一人で弾薬箱を担ぐとトラックまで運んでしまう。体の違いか訓練の違いか、どちらにしても私の隊は情けない隊であった。相変わらず敵機は朝早くから夕方陽が沈むまで間断なく襲撃してきた。予定通りの波状攻撃である。朝から敵機の去る夕方まで私達は掩体の外に一歩も出ることが出来なかった。朝は敵の来ない間に朝食を終え、昼は敵機の間隙を利用して食べていたが、その隙がなくなってくると、朝飯上げの時に昼食分まで握り飯にして戦闘しながらこれを食べた。

一日、二百機来たのが、二日目には三百機その次は四百機と次第に延機数も数を増してきた。それまでに私達の分隊では四人の落伍者が出ていた。二分隊でも同じ様に四人いた。彼等は朝早く敵機が来ない間に自分達の割り当ての握り飯を携帯すると、非戦闘員の完璧な防空壕の中へ入り敵機が去ったのを見届けてから私達の幕舎へ帰ってきた。併し私はこの連中には一言も不平を言わなかった。砲に付いて毎日死ぬ思いをしている連中も、何時自分達もその連中と行動を共にする運命を考えてか同じ様に黙って彼等を見ていた。だがそんな時、たった一人以前にも増して張り切り出した男があった。それは辻本であった。彼は全く良く働いた。もう私が確認しただけでも撃墜した機数は三十機を数えていた。彼は何時でも戦い終わって私が今日は三機落としたと言う。いや四機だ或いは二機だと言ってその時の状況を確認した。全く戦況感喜或いは戦況悔悟を互いに語り合えるのは彼一人であった。初めはそれ程でもなかった彼も実戦の数を積み重ね所謂体験度胸が付いてきたのである。そんな明日をも知れぬ或る日、私は暗くなってから石炭を取りに出掛けた。私が石炭を取りに行く時はいつでも海岸通りを通っていく。今日もどうやら生き延びた、そして明日は又どうなるかわからない。そんなはかない運命を考えながら海岸通りへ出たが、そこで図らずも大勢の男がワイワイ騒いでいるのを発見した。何だろう一体何を大勢で騒いでいるのだろう。訝《いぶか》しながら私は海岸へ出てみた。きらきら光る水面が波紋を残して遠く近くに寄ってくる。将校もいれば下士官もいる。ややもすれば軍属もいた。各自が水平線の彼方に向かって大声で叫んでいるものもいれば、砂浜に跪いて伏し拝んでいる者もいた。私は啞然とそれ等の姿態を眺めていた、気が狂っているのである。精神錯乱者の集まりである。言い知れぬ思いとやる瀬ない情感に溢れる思いを胸に、私は砂を嚙む思いでいつ迄もいつ迄もそれを眺めていた。石炭を運ぶ私の足取りも重く、ともすれば、取手から滑り落ちそうになる荷を両手でささえながらトラック中継所まで来た時、中から出し抜けに声を掛けられた。中から声を掛けたのは、谷川隊の木村であった。彼は真っ赤な顔をして私の手を取ると中へ招き入れた。ストーブの火が、真っ赤に燃え続けそれを挟んで三人の男が私を迎えた。加藤の姿は直ぐに分かったが、後の二人の中一人は清原で一人は運転手だと言った。自動車隊の運転手は、これから来るトラックと自分は交代する。もう直ぐそのトラックが来るから池の先まで送って行くと言った。私は丁度先程の大勢の精神錯乱者を見て元気なく、これから帰るのには好都合と喜んだ。私の顔色が悪いので、木村は心配して、

「顔色が悪いですね、丁度良かった。美味しい物があるんです」

彼は傍らの机の上にあった酒の壜を持つと自分の茶碗へその液体をついだ。プ～と鼻につくその匂いはアルコールの匂いであった。私は受け取って一口付けるとべェ～と言って思わず吐き出してしまった。

「大丈夫ですよ、メチルですが此処にいる清原がいつも飲んで大丈夫だと言ってます」

木村の言葉に清原の方を見たが彼は飲んでいなかった。生のアルコールなど未だ私は飲んだ経験がなかった。妙な口当たりで、全然喉に通りそうもない。無理に口に入れても直ぐ戻してしまった。私はそれが今見たあの厭な妄想の為だと思った。それで胸がつかえて飲めないのだろう。そしてあの海岸に或いは私達の隊長も交じっているのではないかとそんな気がしてならなかった。

「まだ有りますから自動車が来るまで飲んで下さい」

そう言って木村は別の茶碗へそれをつぐとチューチュー音を立て又私の処へ壜を突き出した。だがどうしても私は飲む気がしなかった。悪いとは知りながら、茶碗の液体は下へ皆こぼしてしまった。表で自動車の停まる音がして二人の男が入ってきた。一人は鼻の大きい中沢であった。彼は私の顔を見ると飛んできた。

「久し振りだった、よく無事でいた」

手袋を脱ぎながら今度は木村を見て言った。

「工業メチルだけは飲むなよ、良くて目が潰れ、悪ければ一コロだぞ」

傍らにいた清原が妙な顔をした。

「大丈夫ですよ、なあ清原これは薬用メチルだな」

中沢は清原の方を見て眉を顰めた。清原は真っ青な顔をしていたが、傍らの茶碗を手に持つと、

「どうです一杯、嫌いじゃあないでしょう」

と言ったが何故かその手がぶるぶる細かく震えていた。

「俺は正直に言って君が大嫌いだ、嫌いな奴からの勧める酒は飲まん」

彼の言葉に木村が、まあまあと言って中沢を宥めた。中沢は清原に背を向けて私に語り掛けた。

「海岸の方を見たが、これからはもっとああいう患者が増えるぞ、癪にさわるが可哀相な気もする。併し将校には向かっ腹が立つ。君はどう思う」

私も今それを考えていた処である。

「職業軍人の職人さんがあれでは会社が成り立たんよ、情けなくなって俺は気持ちが悪くなってきたよ。あの下にいる部下が気の毒だよ」

「内地にいれば弾丸は飛んでこないから威張り放題威張れるからね、実戦となると違うね、自分の頭の上に弾丸が飛んできたら今までの虚勢が一遍に飛んで急に頭が可笑しくなってしまったんだ」

私と中沢は同じ様な解釈で頷いた。前にいた運転手が手袋をはめながら私達の話を遮った。

「遅くなるといけないからそろそろ出掛けるぞ」

その男も飲んでいなかった。矢張りアルコールの匂いが強すぎたのかも知れなかった。何とか言えと言っても中沢が一人で喋っているので私は言葉の出し様がない。私は土間へおり手桶から水を汲んできて彼に飲ませた。

「無我夢中で駆けてきた、倉田が死んでると思ってな」

私はがぶがぶ水を飲みながら言う中沢を見て急に目頭が熱くなってきた。良い奴だ、本当に良い奴だ、こんなに自分のことを心配してくれている。この島で初めて信実性のある男を見出した、落ち着きを取り戻し彼に私は笑って言った。

「俺は飲みはせん、飲んだと見せかけて実は捨ててしまったんだ」

「すると工業メチルだと知っていたのか」

「冗談言うなよ、そんなこと知る訳がないよ。唯あの時は丁度海岸の精神患者を見た帰りなので胸糞が悪くて飲む気になれなかったんだ、そのお蔭で助かったって訳だな」

「そうかそれで飲まなかったのか、俺はお前をメチルなんかで死なしたくないよ。俺だって危なかった。清原があの時いなかったら俺も飲んでいたかも知れない、虫が好かないあの反っ歯を見ただけで気持ちが悪い」

「成程、一寸した微妙な感情で我々は助かった訳だな……」

私は互いに顔を見合わせて笑ったがその顔は矢張り強張った儘だった。全く危機一髪と言う訳である。お互いに飲んでいれば今頃二人共天国行きである。急に思い出した様に中沢が立ち上がった。彼の目は爛爛と輝き始めた。

「可笑しい、清原の奴が確かに可笑しい、倉田、清原が可笑しいとは思わないか……」

私は彼が何を言う積りか一瞬解らなかった。

「可笑しいって、清原がどうしてだ。あれから後のことを話してくれ」

私は私の去った後のことを知りたかった。

「倉田が帰った後、俺の前に置いた茶碗は清原が手を出さなかった。木村と加藤は飲んでいた茶碗をあげると又ついで飲んでいた。確かに清原はその間飲まずに二人を見ていた。俺と一緒に降りた運転手はストーブで手袋を乾かし俺の前の茶碗を取った。そして壜からアルコールをつごうとした時、突然二人が苦しみ出したんだ。運転手は慌てて壜をほっぽり出して木村を抱き起こした。俺は加藤を抱き起こした。二人は下へ倒れて七転八倒の苦しみ様だった」

「清原はあわくって直ぐ分隊へ報せに行った。俺達は介抱するにも手の施し様がなかった。分隊の連中が担架を持ってきて二人を運んだが、俺は従いて行く元気もなくぼんやり待機所へ残っていた。暫くして谷川隊の者が、今木村と加藤が死んだと報せに来た。それを聞いた瞬間俺は倉田を思い出して夢中でここへ飛んで来たんだ」

「成程そう言う訳だったのか、清原は飲んではなかったんだな、そう言えば清原が君に茶碗を出した時、奴の手がぶるぶる震えていた」

「計画的な奴の殺人行為だ、間違いない清原と宮島は大の親友だ、奴がその復讐の為に計画したんだ、それに間違いない」

「充分考えられることだ、宮島を殺したのは木村だから恨んでいたのは間違いないだろう」

「絶対に間違いない、而も奴は倉田までも道連れにしようとした」

「中沢、お前もだ。飛んで火に入る夏の虫で一石二鳥を狙ったんだ」

う〜と唸ると腕組みして考え込んでしまった。容易ならぬ事態に直面してしまった。彼が何を考え始めたのか私は薄々それが分かってきた。

「倉田手を貸してくれ、誰かが裏で糸を引いている様な気がする」

「中沢、お前清原を殺す積りではないか。お前が又木村の復讐するのと違うか」

「復讐すると言ったら、お前どうする手を貸さんか」

「未だ貸さんとは言わない、併し貸すとも言わん。お互いに上の敵を忘れて味方同士で殺し合って一体何になるんだ」

私の予期に反した言葉を聞くと彼はズボンのバンドをしっかり締め直して立ち上がった。

「手を貸さなければ貸さんでいい、傍観の立場でいるお前に俺はとやかくの指図は出来ん。だが俺はやる、絶対に清原は許せん。貴様、止めるなよ」

彼は言うだけ言うと、さあと表へ飛び出してしまった。一部始終を見たり聞いたりしていた辻本が心配そうに私の顔を覗き込んできた。

「君達には関係がないよ、味方同士の殺し合いだ」

辻本も安心した様に毛布を被りながら、

「気を付けてくれよな、大事な体なんだから。今倉田に万一のことがあったら、この分隊は支離滅裂だよ」

一緒に出て行かなかった私を見てホッとした様に言った、実際に私も中沢と同じ気持ちで清原をこの儘黙って許しておくことが出来ず一緒に出掛けようとしたが、よく考えてみると私にしてもやたらと無益な感情は持ちたくなかった。ましてや他の分隊のことである。私は見張る感情を押さえ付けたのである。ゆっくりと上着を脱いで寝ようとした時、その上着に何か硬い物が当たった。何だろうと私は脱ぎながら上着に触れてみた。内ポケットから木村に貰った煙草のケースが出てきた。黒いぼかしの硬鉄製の肌触りを手に感じて、私はじい～とそれを眺めていた。そうだこの品物は木村が私に残したたった一つの形見になった。全く泡程の様な儚い付き合いだったが運命の悪戯はこの品物を私の手に残して彼を昇天させてしまった。中沢は同郷の誼で彼の仇を討ちに行った。その手助けをしなくとも木村が私に暗示した様に、彼の死をはっきりとその死の限界を見極めることも何かの責任の様な気がしてきた。私は直ぐ上着を着直し防寒具に身を固めると幕舎を飛び出し中沢の後を追った。半分淡い灰色になった雲の上から三日月だけが寂しく私の行手を見送っていた。

第十二章　岡軍曹と上田軍曹

谷川隊へ着くまでに私は中沢に追い付いた。彼の背後から「中沢」と私が声を掛けると振り向いた彼が私の姿を見て暫く立ち止まり、大きな鼻の下から彼独特の分厚い口許があき夜目にもはっきりと白い歯がキラキラ光る様に輝いた。

「矢張り来てくれたか、お前は頼りになる人間だ、有難う」

彼は静かに前を向いて歩き出した。

「中沢、いきなり谷川隊へ飛び込んで清原を連れ出すのはまずいぞ」

「それでは一体どうする」

彼は私の考えていた通りいきなり谷川隊へ飛び込む積りであった。

「谷川隊には、岡軍曹と言う話のわかる人間もいる。いいから俺に委せろ」

「委すのもいいが、俺は木村がかわいそうだ。奴とはお互いにどちらかが生きて帰れたら故郷の親へ俺達のことを知らせようと約束していた、俺は生きて帰れたら奴の両親に何と言っていいかわからん」

「故郷の両親に木村はメチルで清原に殺されました。私は清原を殺して仇を討ちましたと報告するのか……」

中沢の足が急に速くなってきた。

「まあ待て」

私も彼の足に追いついた。

「倉田、現実の嘘はつけん、これが内地であったら警察問題で我々の手に負えん。奴が幾ら逃げてもやがて捕まって法の裁きを受けるが、現在この島で一体何の秩序がある、何の治安法がある」

私は黙って歩き続けた。

「わかるだろう俺の言うことが、倉田の冷静な判断も俺にはわかるが俺の思い通りにやらせてくれ」

「よしわかった、明日をも知れぬ俺達だ、ここで白い黒いのと言ったたって今更始まらぬ、木村の仇を討ってやろう。殺す殺さぬは次の問題だ」

「わかってくれたか、お前は頼りになる人間だ」

「よせ、直ぐお前は頼りになる人間だとおだてる」

「ハハハ……」

中沢は月を仰いで笑った。谷川隊の前まで来た私達は入口の処で暫く中の様子を窺った。中からどうやら人の出てくる気配がした。私達は急ぎ入口から離れ道路の横に隠れた。大きな声がして、敬礼と言う声が聞こえ、やがて二人の男が中から出てきた。私達は彼等の後をつけた。一人が将校で一人は下士官であった。

「じゃあ隊長殿はどうしても木村達の死を戦死として取り扱ってくれないのですか」

どうやらこの男は木村達のことを何か嘆願しているらしい。

「駄目だ、とんでもない奴等だ。あいつ等は俺の隊が盗人隊だと喧伝していたんだぞ、黙っていても俺が日本刀でぶった切ってやった処だ。メチルで死んだのは自業自得だ、そんな奴をいちいち戦死にしてたまるか」

嘆願している男が、今度は将校の前に立ち塞がって言った。

「宮島の時は戦死にしてくれたではありませんか」

「くどいぞ、幾ら言っても駄目なものは駄目だ。宮島はよく気のきく男だった。甘味品も俺の為に盗みに行った位だ、あいつが死んだのは俺の為に犠牲になった様なものだ。俺は責任上宮島を戦死にしたが、岡軍曹にはそれがわからんのか」

矢張り嘆願者は岡軍曹であった。併し思わぬことを私達はここで聞いてしまった。私はゴクリと唾を飲み込むと、中沢の袖を引っぱった。中沢の方も緊張していた。岡軍曹はそれを聞くと一歩も先へ通さなかった。

「盗人隊にしたのはそれじゃあ自分ですね」

「何いやそれは俺は命令はせん、唯、大目に見ていたんだ。宮島は勝手に自分でやったんだ」

「命令を出さなくても知って黙っていれば命令したと同じです」

「いや違う、勝手にやったんだ、だから俺は木村に殺された宮島が、かわいそうで清原が仇を討ちたいと言った時……」

うっかり隊長はとんでもないことを口に出した。直ぐそれと気が付いて慌てて口をつぐんでしまった。

「仇を討ちたいと言って、どうしたんですか」

「何も知らん、俺は何も言わん、いい加減にしろ」

隊長は怒鳴ると岡軍曹の体をどけて前へ進もうとした。突然岡軍曹が隊長の首を絞めた。除けようとした隊長の足を払って横に倒すと、隊長の上に馬乗りになって首を絞めつけた。

「ウーム、苦しい、殺すのか貴様、上官に向かって、ウ～ム」

「殺すかも知れません、さあ仇を討ちたいと言ってそれからどうしたか、言わなければ殺す」

「言う、言う、言うから手を離せ」

岡軍曹が手を緩めたらしく、弱々しい声がその下から聞こえた。

「清原が言うので、俺は仕方なくどんな手段でもいいから仇を討てと言った」

「仕方なく、どんな手段でもいい、それが隊長として部下に言う言葉か……貴様……」

言うが早いか岡軍曹はポカポカ隊長の顔を殴り始めた。私達はゆっくり立ち上がってそれをじ～いと見ていた。

「助けてくれ殺さないでくれ、木村達のことはお前の言う通り戦死にする、戦死にするから勘弁してくれ」

悲鳴を上げる声に壕の中から三人の下士官が飛び出してきた。

「アッ……隊長殿が」

月の明かりで二人の姿を発見した彼等は三人して岡軍曹を押さえ付けると寝ていた隊長を助け起こした。そして再び岡軍曹を取り囲んだ。

「岡軍曹、隊長に手を出したな、上官侮辱罪だけじゃ収まらないぞ」

三人の内一人が岡軍曹の目を離さず言った。矢張りその男も軍曹である。

「篠崎《しのざき》軍曹、隊長のおべっかはもうよせ、今はもうそんな上官もへったくれもない。俺達は兵隊と同じでなければいけない。隊長はそれがよくわからない余りにも勝手過ぎる、だから俺が制裁した。貴様達隊長の仇を取りたいなら皆んな掛かって来い、俺一人で相手になってやる」

岡軍曹は改めて三人の前に見構えた。三人の岡軍曹への敵愾心は意外に強く、ジリジリと彼の周囲を取り巻いた。えらいことになってしまった。それにしても谷川隊の偶然にも見たこの内幕に私達二人は血が頭に上ってしまった。あっという間に中沢が、その真っ只中へ飛び込んだ。私も負けずに中沢の後を追って飛び出した。ぞろぞろ壕の中から兵隊が大勢飛び出して私達の周りを取り囲んだ。殺気が見る見る内に状態を緊縛した。岡軍曹殿と言う兵隊の方を声で岡軍曹は答えた。

「お前達はそこで見ていろ手を出すな」

私達二人はそれより早く岡軍曹の前へ立ち塞がっていた。

「貴様達は一体……」

岡軍曹が言うと同時に中沢が、

「自分は清原に殺された木村の親友です、自分も危うく清原に殺され掛かった者です。そのことで今この隊長に掛け合いに来た処です。この男も同じく殺され掛かった男です」

言いながら中沢は私を指して一歩前に出た。

「隊長、前に出て下さい。それから清原いたら此処へ出て来い」

周りにいた兵の中から清原がつまみ出された。

「自分達は今此処にいて岡軍曹と隊長の話を一部始終聞いてしまった」

中沢がここまで言うと隊長の周りにいた六、七人の男が無言で私達に飛び掛かってきた。岡軍曹が後ろから中へ入ろうとした兵を、待てと言って押し留めた。私と中沢は三人の下士官をはね飛ばし一人ずつ男を押さえると、

「貴様達も隊長とぐるになって兵隊を苦しめたな」

と言ってツンドラの上へ叩き付けた。併しツンドラが軟らかいので叩き付けても痛くない、直ぐ又飛び掛かってくる、私は拳を握ると向かってくる者の顔面へ拳を叩き付けた。中沢も強かった、彼は向かってくる者に足を上げて瞬く間に二人の睾丸を蹴り上げた。股を押さえてちぢこまると周りにいた連中がどうと歓声を上げた。その時一人の見習い士官が、押っ取り刀で決闘の真っ只中へ飛び込んできた。若く凛々しい顔付きしていても顔色は悪く何か病み上がりの様な姿勢であった。そして叫ぶ声が、何とも非健康的で、はりが

なかった。

「静まれ、静まれ」

　彼は自分の声が届かぬとわかると日本刀を抜いた。併し我々の決闘は続いていた。岡軍曹も大声を上げて私達を制した。やっと決闘も落ち着き、皆離れ離れになると大きく肩で息をした。見習い士官は軍刀を鞘に納めると、谷川《たにがわ》隊長の前へ直立不動で立った。

「谷川少尉殿、小隊の指揮は今から自分が取ります」

　思いがけぬことをはっきりと言った。真っ青になっていた谷川隊長はそれを聞くと真っ赤になり、

「何、君が……君は病気で入院してるじゃあないか」

「病気は未だ治りません。併し落ち着いて入院なんかしていられません、毎日の報告は岡軍曹から全部細大洩らさず報告は受けています。今度の出来事も全部聞いています。岡軍曹は隊長に詰問して、若し軍律に反する事実が判明した場合は抵抗も差し支えないと、自分が命令しておいたのです。あなたのやっていたことは全部本部で知れています。盗んで隠してある品物もやがて没取されるでしょう」

「何貴様、わざわざそんなことまで報告していたのか、黙っていればわからんのに」

「引かれ者の小唄は止めて下さい。皆平等に配ってやったなら私も黙っていたでしょう、併しもうこれ以上は自分も我慢が出来ません。谷川隊は本部から一番睨まれています。それに自分はこの三月一日附で少尉に任官致し、本部からの命令で今から池辺《いけべ》見習い士官改

め池辺少尉がこの小隊の指揮を取ります」

池辺少尉はこれだけ言うと大きく肩で息をつき岡軍曹の手を取った。

「岡軍曹、色々苦労を掛けて済まなかった」

彼は泣いている様であった。その時周りにいた連中がワァとばかりに歓声を上げて二人を囲んだ。

我々はもうこうなると蚊帳の外である。完全に忘れられた置物みたいに隅の方に片付いていなければならなかった。谷川隊は、岡軍曹の正統派に破れ去ったのである。新しく迎えた池辺隊長に私と中沢も心から祝福を送りたい気持ちで一杯であった。暫くすると、岡軍曹が満面の笑いを堪えると私の前にやって来た。

「貴方達に本当に大変な処を見られてしまってお恥ずかしい次第です。併しこの島ではこんな出来事は何処の小隊でも似た様なものがあると思います。これも島全体のある意味での統一が不徹底した悪循環だと思います。どうかお許し下さい。木村、加藤のことは我々の手で戦死として処理致します、宮島の様に手厚く葬ります、それから清原のことは今日限り忘れて下さい、私が彼の替わりに両手をついて謝ります」

彼は両手を膝について深々と最敬礼をした。筋道の通った気持ちのいい立派な岡軍曹の態度であった。私達はもう何もいうべき言葉は見当たらなかった。慌てて、彼の手を上げると私達も水に流すと約束した。日を背にして私達は帰りを急いだ。分かれ道の待機所まで来た時、無言でいた中沢が私の手を握って言った。

「岡軍曹っていい奴だね、俺はすっかり気に入った。ああ言う男と一緒に死ねる奴は幸福だな」

私も彼と同感であった。それにひきかえ私の処には一人として頼りになる下士官はいない、思わず溜息をつく私を中沢が見て笑った。

「倉田の処にもああいう下士官はいないらしいな、俺の処も同じだ、厭になってまう。お互いに巡り合わせが悪いんだな」

彼は私の手を握り締めた。

「下士官の良いのと悪いのとは、兵の苦労が雲泥の差だな、この島へ来て今まで俺は余り信実性な男に逢ったことがなかった。今日の岡軍曹を見て俺も久し振りでさっぱりした、そしてお前の様ないい男にも又会えたしな……」

「俺の言うことを先に言うな、人間って奴はいざとなると畜生と同じだ谷川隊長も文明人と言う皮が破れて畜生になってしまった。こんな島にいては無理はないと思う。だが岡軍曹の様な根性のある者もいる。俺達も死ぬまで畜生にならずせめて普通並みでも良い根性を持とう、お互いに生き残った方が線香の一本を上げることを約束してここで別れよう」

彼は私の手を離すとさっさと暗い道へ消えて行った。私はじっとその後ろ姿を何時までも見送っていた。

翌日私達は、朝早々に朝と昼の飯上げを終えて、飛び始めた敵の哨戒機を上空に寝不足の眼で追っていた。そこへ珍しく浅井が話があると私の傍らへ神経質な顔を見せてやってきた。随分長いこと見ない顔であった。その後隊長達とどんな生活を送っていたのか、私には皆目見当が付かなかった。倉田を倉さんと呼ぶ声も、いささか弱々しく元気がなかった。

「久し振りだったね、元気かい、隊長を始め皆さんは……」

何だか私は言ってから遠い親戚への安否を訊いている感じがした。

「え、元気は、元気なんですが、実は言っていいかどうか迷っているんですが、どうか怒らないと約束して下さい」

妙な話である。急に倉さんとか怒らないで下さいとか、何か余程のことを彼は言おうと決心をしているらしい。

「一人でくよくよするより言ってみたらどうなんだ、お前を怒ると石山軍曹に俺が怒られる……」

彼は私が笑って冗談を言うのに勇を得たが、

「実は竹田隊長殿は帰ってしまったんです」

と言った。そして顔を横へ向けてしまった。

「帰った、帰ったって何処へ帰った」

私は一体隊長が、何処へ帰ったのか本部へ帰ったのか、防空壕の中へ帰ったのか、浅井の帰ったと言う意味の解釈が付かなかった。

「故郷へ帰った……内地へ、北海道へ」

「馬鹿野郎、冗談を言うな、内地へどうして帰れる」

私は思わず大声を出してしまった。とうとう浅井も落伍者の立場から私達への良心の呵責に堪え兼ね精神錯乱者になったのかと私は思った。

「それが実は潜水艦で、潜水艦で帰ったんです」

「何～」

私はそれを聞くと、やにわに浅井の胸倉を締め上げていた。潜水艦、全く考えもつかぬことだった。唖然と驚愕した。その時の衝動は私にとって生涯忘れることが出来なかった。制空、海権を失った我軍はそれでも最後の頼みの潜水艦で僅かな弾薬、糧秣を運び、そして帰りに島の患者を護送していた、その潜水艦で竹田隊長は我々部下を置き去りにして帰ってしまった。而もここにいる兵一人に一言も言い残すことなく。私は浅井の胸倉に手のあるのに気が付かず、そして浅井がその下で悲鳴を上げているのも全く気が付かなかった。それ程私は興奮していた。

「潜水艦でいつ帰った」

「一昨日の夜……」

「何故俺達に黙っていたんだ、何故だ」

私は完全に頭に血が上がったのではないかと錯覚した。

「それが、口止めされていたので」

やっと私の手を逃れると首筋をなでながら彼は言った。

「口止めされていた、誰にだ」

「石山軍曹に……」

「じゃあ石山軍曹は知っていたんだな、上田軍曹は……」

「上田軍曹殿には内密でした。併しもう上田軍曹殿にもわかってしまいました」

「上田軍曹に内密で鴨田伍長と藤田伍長はどうした」

「伍長殿は、いや二人は知っていました」

「知っていて二人共帰るのを止めなかったのか」

「実は隊長は病気だったんです、病院の方へずっと行ってて一昨日石山軍曹と私が病院へ行ったら、今夜遅く潜水艦が入るが無事に入ったらそれで帰れる。この品物は皆んなで分けてくれって色々な品物を貰ってきました」

「最後までそんな物、後生大事に持っていたんだな、潜水艦でなければ家へ土産に持って帰りたかったんだろう」

「昨日病院へ行ったら潜水艦は無事に入ってそれに乗って帰ったと軍医から聞き、隊長はもういませんでした」

「病気とは一体どんな病気だ」

「胸部疾患です、自分も少しその気があるんです。毎日病院へ行って薬を貰っていますが、負傷者が多い時は中々薬はくれません」

「当たり前だ戦闘もしてないでぶらぶら病になって薬を貰おうなんて、いい加減にしろ」

と言ってはみたが冷静になって考えれば砲につかぬ者の方が、或いはつく者より余計恐いのかも知れない。

秀才型のこの浅井もかつては事務所付で石山軍曹の庇護の許に権威を張っていたものである。一線抜きで一等兵になった時、一番が私で二番が辻本で三番が、この浅井であった。併し今では我々の前にも出られず、砲台にもつけず毎日を防空壕の中で、戦々恐々と運命を託し送っている身だとすると、或いはそんな病気に罹ってしまうかも知れない。併し胸部疾患とは、体裁の良い病名だ、私に言わせれば完全なる一種の恐怖病であると思った。竹田隊長や浅井が罹りそうな名である。

「さっき言った、その品物は一体どうした」

「エッ、あれですか、皆んなで分けてしまいました」

「皆んなって、貴様達だけでか、隊長は貴様達だけで分けろと言ったのか……」

私はそんな品物は欲しいとは思わぬが、どうそれを処理したのか知りたかった。もう浅井は黙って口を開かない。

「貴様達は最後まで勝手なことをしている、俺達を見ろ、毎日生命がけで大砲を撃っているんだぞ。貴様の様に毎日防空壕の中に入っているのと違うぞ」

私はもうこれだけ言うと胸が息苦しくなってきた。幾ら言っても私が一人此処で喚いてみた処でもう仕方のないことである。隊長は一人でさっさと我々を置いて逃げ出してしまった。残された私達はそれを知らずに今まで一体何をしていたのか、私達の様に馬鹿正直に夢中になって大砲を撃っている者もいれば、浅井の様に安全な防空壕で毎日を送っている者もいる。それ等は一体何に頼って生きていくのか、何の希望がこの先あるのか、責任を何処へ持って行けば良いのかわからなくなってしまった。だがよく考えると私以上に浅井も可哀想である。すっかり彼の顔もやつれ目も窪んでいた。

「毎日壕へ入っているのか」

「え〜」

彼はこっくりした。

「誰か仲間はいるのか」

いたらいいと私は思った。

「大勢います、一分隊、二分隊合わせて十人以上いるでしょう、今日川島が来たいと言うので呼んでいます、すみません」

済まなそうに彼は頭を下げた。あの飲んべえの川島までが……私は暫く言うべき言葉が見付からなかった。私の沈黙を見た浅井は黙って私の傍らを離れ二分隊の方へ川島を連れて行った。握り飯が来て私は一掩体より離れて握り飯を食べ始めた。そして頭の中でいろいろと脳味噌を絞って今後のことを考え始めた。竹田隊は指揮者なくして全員落伍すべきか、又は今日までの行動をこの儘継続すべきか熟考した。答えは矢張り大義名分として後者が出てきた、しかし皆んなが隊長の帰還を知れば、やがて砲につく者がいなくなって前者になる恐れがある。併し私達はそれまで果たして生きていけるだろうか、いやいくら頑張っても私は生きていられるとは夢にも思えなかった。兎に角死ぬまで、一人も砲につかなくなるまで私は掩体を守り最後まで砲と運命を共にしようと心に誓った。その時突然浅井が私の処へ駆け寄ってきた。彼の後ろから川島が真っ青になって逃げてくる。その後ろから上田軍曹が、日本刀を振り上げて追い掛けてきた。浅井と川島が私の背後へ隠れた。日本刀を中段に構えた上田軍曹は、四、五メートル前で立ち止まると私の顔をきっと睨み「川島を前に出せ」と言った。私の背後で川島は震えていた。

「どうしたんです、一体川島が何をしたんですか」

「どうもこうもない、川島は逃げ出そうとしたんだ。これから逃げだす奴は片っぱしから俺がぶった切ってやる、川島前に出ろ」

「冗談じゃあない、斬られに前に出るなら、誰も大砲から逃げ出す奴はいない」

「やかましい、いいか倉田今日から俺がここの隊長だ。竹田隊長なんか恐怖症でとっくに貴様達を置いてけぼりにして帰ってしまったぞ、隊長はこれから俺がやる、いいか上田隊長と呼ぶんだぞ」

「気でも狂ったのか、隊長、隊長と言って俺達に今まで隊長がいたか。そんなものは今まで一度もなかった筈だ。これからも俺達には隊長なんかいらん、貴様になんか用はない」

「この野郎俺の言うことがきけんのか、ようし片っぱしからぶった切ってくれる。貴様には恨みがある。貴様から先にぶった切ってやる」

「大根や菜っ葉と違うぞ、貴様の様な奴に斬られて堪るか、斬るなら斬ってみろ」

私は一歩彼の前へ出た。逆に上田軍曹が二歩後ろに退って刀の柄に唾を吹っかけた。目は爛々と輝き殺気が漂っていた。じりじりと間隔をつめてきた。私の隙を見ている。進むことも退くことも彼の目の殺気に圧迫され出来ず私は身動き出来なかった。間隔が刀に一歩手前という処まで来たその瞬間、その間へお～と言う掛け声が聞こえて私の目の前へ砲に使う栓桿棒《せんかんぼう》が唸りを生じて飛んできた、ハッと思わず無意識に両手でそれを摑むといきなり彼が振りおろす刀より速く私はそれを横に払った。「アッ」と言う叫び声が聞こえたかと思うと軍刀は空中高く舞い上がってツンドラの上に突きささった。上田軍曹は五、六メートル先にぶっ倒れていた。一瞬の内に勝負は決まってしまった。周りにいた連中は息を飲みこの光景を眺めていた。誰一人口を開く者はいなかった。それ程私にしても今の瞬間は鬼気迫るものがあった。万一あの栓桿棒が私の目の前に飛んでこなかったら私は上田軍曹の刀の下に倒れていたかも知れない。栓桿棒を握った儘私は暫くはじいっと胸の鼓動をおさえ動かぬ上田軍曹を見詰めていた。その時背後から肩を叩く者があった。笑顔が私に言った。

「本当に良かった、上手く栓桿棒が間に合って」

その声は根本の声であった。私はツンドラに突きささっていた軍刀を引き抜くと勢いよく遠く海の彼方にそれを投げ捨てた。

第十三章　記憶の名前

上田軍曹の怪我はそれ程大したものではなかった。頭を打ったその瞬間、軽い脳震盪を起こした。そしてその倒れた儘の上田軍曹を又誰一人助け起こそうと言う者もいなかった。私は彼を幕舎へ担ぎ込み頭を冷やして一人で看病した。何も言わぬ私に対して彼も一言も口をきかなかった。私は傍らにいた石山軍曹外二人の班長には、烈しく落伍者に対して非難した。私の非難した理由は凡そ上田軍曹とは言い分が違っていた。勝手気儘に上田軍曹の如き個人的挑発は許されるべきか、私には彼等の意見が聞きたかった。そして彼等の答えは暫く冷静に我々も判断すると言った。戦闘は益々執拗加熱を帯びてきた。三月の中旬に入るとすでに延一千機を数えてきた。併し未だ私達の陣地は健在であった。そして上田軍曹とのあの事件以来、石山軍曹始め二人の班長も急に態度が改まり我々と一緒に行動を共にしてきた。これは全く喜ぶべき現象であった。併し敵は完全なる防空壕と決死的に抵抗する対空砲火に業を煮やし新たなる新兵器時限爆弾を使用してきた。流石の勇敢なる戦闘員達もこれには参った。いついかなる処で落ちた爆弾が破裂するかわからない、うっかり表へも歩けなくなってしまった。池の周りにこれが落ちて夜水を汲みにきた連中が、五人も吹っ飛ばされ犠牲になった。工兵が出動し爆弾を探し当て信管を取り除く仕事は、これも我々に増して危険な仕事であった。弾薬も日一日と残り少なく心細い、飯上げをする前に私達は敵機の襲撃を受けた。私達の弾列の補充には観測班の古川と石田《いしだ》が廻って来ていた。飯も食べず戦っていたこの二人が、遂に音を上げてしまった。もう今では観測班も伝令もなくなっていた。方向探知機はすでに爆撃の為吹っ飛ばされ観測班は支離滅裂であった。思えば朝四時からの戦闘で、昼も過ぎ午後の二時である。私達は今朝から朝食も昼食も食っていなかった。一食の飯が、今では糧秣不足の為、以前の半分である。又非戦闘員はその半分で而も重湯であった。腹がぐうぐう鳴るのも当たり前であった。戦闘中でも時には襲撃後、一寸した間隔はあった。これを利用して誰かいや今日の飯上当番が水炊場へ行かねばならぬ、ぐずぐずして日が暮れ晩飯を取りに行く時にはもう我々の昼までの割り当てはなくなっていると思わねばならない。併しこれは決死の覚悟がいる、大砲にかじり付いて弾丸を撃っていれば敵機もある程度は避ける。だが一度掩体を出て外へ出て発見されれば禿鷹の様に襲い掛かってくる。二分隊の当番が全然出る様子がなく誰もがじりじりしてきた。鴨田伍長も流石に行けとは言い兼ねた。丁度いい具合に一寸した敵機の間隔が見付かった。私は二分隊へ入ると食桶を二つ手に取ると、皆んなが止めるのを振り切って掩体から飛び出した。敵機の識別はアムチトカ島の飛行場が出来てからは、ノースアメリカンとカーチスがその編隊の大部分に変わっていた。コンソリ重爆機とロッキードはこれ等新たなる戦力に総てを託し悠々と島の上空を飛んでいた。私が飛び出した時には、カーチスの編隊が我々の近くにある高射砲陣地と機関砲陣地の上空を執拗に爆弾を落とし機銃掃射して去った。一瞬の間隔の時だった。その他の爆撃機戦闘機は、三百メートル位の低空で旋回はしているが、我々の上空には目標らしき敵機はいなかった。水炊場の距離は、約七百メートル位ある。隣の高射砲陣地を駆け抜け、次に機関砲陣地へ飛び込んだ時は流石の私も狙われた自分を意識した。鷲が小雀を狙う様に一機、二機と私は狙い撃ちに低空で機銃掃射を浴びた。地形地物を利用するにも利用する物が、何一つないツンドラにはいつくばっている私を機銃の弾丸は、恰もミシンで布を縫う如く肩先或いは頭の先を縫っていった。ばさばさと私の顔にツンドラの青い葉が飛び散る。やっとの思いでこの陣地へ飛び込んだもののうかつにはとても飛び出せない、機関砲のトーチカの蔭へ隠れた私はじぃ～と飛び出す機会を狙っていた。機関砲が攻撃すると敵機も矢張り多少方向を転換する。併しよく見ていると中々当たらないものである。高射砲より確かに操作は容易で又効果もあると思っていた私も意外に効果の薄いのに驚いた。私はこんなことを思い出した。ある時、墜落したコンソリデントの胴体の周りに機関砲の連中が集まった。先ず陸軍の二五ミリの機関砲をその胴体百メートルの距離に据置き発射した。併し弾丸は胴体へ貫通せず、ことごとくはね返った。それを見ていた海軍が同じ自分の隊のこれは戦艦から取り外したものだが、二五ミリの機関砲を同じ距離に据えて発射した、結果は全弾貫通した。同じ二五ミリでも陸軍より海軍の機関砲の方が威力があったのである。機会を見付けて私は、再び水炊場へ向かってそこを飛び出した。小高い山が表面に見えてきた。二メートル幅の溝を飛び越えれば、山続き壕が水炊場である。山陰にはあちらこちらに防空壕があった。

溝には橋が、かかってあったが私はその橋の下に誰かがうずくまっているのを見た。海軍の軍服をその男は着ていた。私が橋を渡ろうとした時、下からその男が怒鳴った。

「危ない、降りろ敵機が来る……」

私は思わず後ろを振り返った。四列縦隊にカーチスの編隊が、急降下して私に襲い掛かってくる。私は橋の真ん中から溝の中へ飛び込んだ。ブッブッと言う機銃弾の突きささる音が、耳許へ響く。両手に持っていた飯桶の一つが中にいた男の頭にぶつかった。男は咄嗟にそれを頭から被った。同時に橋が吹っ飛んだ。ザァ〜と頭から全身泥とツンドラを被った。続いてパシンと言う物凄い衝撃と顔面に強力な激流にでも触れた様なしびれを感じた。横飛びに爆風で私の体が、溝の壁に二、三度叩きつけられた。続いて胸許に強い打撃を受けると私は俯せになった儘暫くは起き上がることが出来なかった。顔中がぽうと暖かくなり何かぬらぬらとしたもの感じた、私は顔の何処かを負傷したものと思い手袋を脱いで顔に手を触れてみた。右の頰がヒリヒリとして痛いが傷らしいものはなかった。胸が時々キューと痛む、だがそれ以上は別に痛む処がない、すると夥《おびただ》しい血は一体何処から出た血なのだろう。私はあちらこちら体を撫で回し暫く放心状態だった。放心状態で敵機の去った方向を眺めていた。ひょいと横を見た私はそこに桶が粉々になってその中に一人の黒い服装の男が、そこでかすかに唸っているのを見た。一瞬の内に私は現実に呼び戻った。思わずその男を抱き起こした。顔は半分やられ肩先から右腕が真っ赤な血の中でぶら下がっていた。かすかな息の下からその男は目を瞑った儘で、「山込隊……」と言って息を引き取った。私は静かにその男を横に寝かすと山込隊と言って首を傾けた。確かに何処かで聞いた記憶の名である、だがどうしても思い出せなかった。私は諦めて素早く立ち上がると残った飯桶を持って弾丸の様に水炊場へ飛び込んだ。水炊場の釜の後ろから一人の男が顔を見せた。此処は陸軍の私達の水炊場である。見ればこの男も黒い海軍の服を着ている。水炊場の兵隊はもっと完全な壕へ移ったらしく誰も姿を見せなかった。私は急いで釜の蓋を取って中を覗いた。真っ白な飯粒が暖かく私を迎えてくれる様な気がした。私は急に肩の荷が下りた様な気がした。此処まで命懸けで来て、飯が一粒もなかったら私も折角来た甲斐がない。私の努力もみのらず、遂には皆んなの戦意を失う。ご飯様々と私は傍らにある水桶へ手を入れ夢中になって飯を握った。

先程顔を見せた男がいつの間にか傍らへ寄って私の手付きを見ながら、

「陸軍さん此処へ来る途中で私の戦友に会いませんでしたか」

私は飯を握りながら答えた。

「この前の溝の中で会った」

「で……今もいますか」

私は握った飯を飯桶の中へ入れるとその男の前へ立った。

「死んだ、機銃掃射で、殆ど即死だった」

聞くと同時にその男はへたへたとそこへしゃがみ込んでしまった。

「海軍さんの戦友だったんですか……」

「戦友だったんです、今の今までそこで死ぬまで一緒だったんです」

彼は流した泪を手の甲で拭う。又暫く嗚咽した。

「そうか、君が此処へ飛び込んであの人はあそこへ隠れたんですね」

私は彼の顔を見ないで再び飯を握り始めた。彼は暫く黙っていたが、やがて、

「私達も実はこの先へ飯上げに来たんですが、この空襲でしょう、全然壕の中から一歩も出られず弱ってしまったんです。併し何時までたっても出れないと、隊長に怒鳴り付けられるので敵機が飛び去る合間、合間を利用してやっと此処まで来たんですが」

「貴方の入っていた、いや水炊場は遠いんですか」

「いや此処から二百メートルも離れていないでしょう」

「成程この飛行機じゃ此処まで来るのも大抵の苦労じゃあないけれど、どうして貴方だけ此処へ来たんです」

私は別れ別れになった二人のことを訊いてみた。

「実は彼の方が先に飯を運んで此処の壕へ飛び込んだんです、私の遅れた理由はあの溝を跳び越せずまごまごして一旦溝の中へ降りたんです。彼が壕の中へ入って私のいないことに気が付いて壕から溝の方へ捜しに行ったんでしょう、私はその時溝の中に伏せていたのできっと彼にはわからなかったんです」

「すると行き違いに敵機がきて貴方が壕へ飛び込み彼が溝の中へ隠れた訳ですね」

「きっとそうです、彼は私がその辺にやられて倒れていると思って探しに来たんです、自

分の危険も考えずに……あの爆撃の最中に彼が私の為に……私は彼を死なせてしまった……」

　彼は又急にしゃっくりを始めると泣き出した。

「貴方の責任じゃあない、本当に運、不運ですよこれは。私だってあの時はやられていた筈だ、一緒に同じ場所で伏せていたんですから」

　私も運が強かったと今にして初めて感じた。

「彼は何か言い残して死にませんでしたか」

「私が抱き起こした時は未だ息があった。併したった一言言って直ぐに息を引き取った。さあ何と言ったか、一寸忘れてしまった」

　そう言った私はその時の言葉を思い出そうとしたがどうしても思い出すことが出来なかった。飯を握り終えて支度が出来てもまだ私は思い出せなかった。海軍の男は辛抱強く黙ってそれを待っていた。やっと出掛けようとした私はその言葉を思い出した。

「そうそう、山込隊、山込隊と言った」

　どんな言葉が飛び出すかと期待していた彼はそれを聞くと急にがっくりと肩を落とした。

「矢張り隊長のことが気になっていたんですね」

「隊長のことってなんです」

　今度は私が気になった。

「隊長は非常に病癖の強い人なんです、飯上げだってこれから無事に届けなかったら半殺しの目にあってしまうんです」

「そんなに貴方達の隊長って乱暴なんですか……」

「乱暴なんて言うもんじゃあないんです、一口に言えば気狂いかも知れません。私達は元戦艦に乗っていましたが急に陸戦隊になり山込隊へ転属になり、十二月二十四日に潜水艦でこの島へ上陸したんですが、最初は山の下一陣地を構えたんですが……」

ここまで聞いて私は初めてこの男が戦闘員であることを知った。

「すると貴方は海軍の機関砲隊ですね、あの山の下にはもう陣地はない筈ですが……」

私も最初私達から一キロ程離れた山の下に海軍の機関砲隊があった事は知っていたが噂で聞いて今はもうその陣地のないことは知っていた。

「今は勿論有りません、いやそれより全然隊長が落ち着かないのです。山の下から上の方へ上の方へと陣地を移動していくんです」

「そんな危険なことをして敵の絶好の目標になるばかりだ」

「そうなんです、目標になる様にしているんです。今も一番高いあの山の頂上へ陣地を造るんだと言ってきかないんです。併もトーチカなしです」

「ウ～ム」

私はすっかり驚いてしまった。世の中には変わっている男がいる。その隊長は変わっている処ではない、一番危険な場所へ身を晒して死に急ぎをしている。一寸私には想像も付かなかった。

「隊長は、俺は鳴神島の一番高い山のてっぺんから海を見下ろして死ぬんだと虚勢を張っているんです」

「成程、隊長の虚勢はわかるけれどそいつの巻き添えを食う貴方達は敵わんですね。思い切って壕の中へ逃げだしたらいいんですよ、どうせ一機、二機余計に飛行機を落とした処で戦況が変わる訳じゃあないし、最後まで生きることですよ」

彼は驚いた様に手を振ると、

「とんでもない、そんなことをしたら半殺しですよ、以前一寸砲に着くのが遅くなっただけで殴ったり蹴られたりして大変でした。足腰が立たなくなっても翌日の戦闘では隊長が傍らについていて一寸でも方向を間違えると又ぶん殴るんです、全く話になりません」

勇敢な隊長とも思うが余りにも冷酷無情すぎる。聞いていて私も堪えられなく胸がむかついてきた。

「おとなしいんですね貴方達は、山の頂上へ陣地を造ることは止めた方が良い、隊長一人なら反対してでも皆んなで押さえられるだろう」

私はもう聞いているのが厭になり上空の敵機の様子を見て飛び出す用意をしていたその時彼が、

「強い人です、とっても我々が四、五人掛かった処で隊長にはてんで歯が立ちません」

と言った。その言葉を聞いた私は急に今まで私の脳裏に隠れていた山込上曹の名を思い起こした。彼の肩をいきなり私は摑んだ、

「山込隊と言ったな」

あっけにとられた彼は私の顔を穴のあく程じい～と見つめた。新しく記憶が蘇った。あの北海道の製缶会社にいた当時のことを、そうか山込上曹がこの男の隊長だったのか、さっき私の手に抱かれて死んだ男の口からはどうしても思い出せなかった。今彼が最後に言った強いと言う言葉で私はやっと思い出したのだった。

「私の隊長を知っているんですか」

彼の声が全然耳に入らなかった。

「貴方の陣地は何処だ」

私の険しい目付きを見て彼は慌てて前の山を指差した。私達の直ぐ後ろの山であった。道理でいつも私はあの山の後ろから激しい抵抗する機関砲に感心していた。あの鬼の様な山込上曹ならやり兼ねないことだ、私も一度彼に会ってみたい。そして出来ることなら彼に忠告してやりたい。花々しく昔の武士の様に死に花を咲かすのも良いがそれもことによりけりである。厭がる者を無理に道連れにした処で本当の武士だとは言えない。これは私の独断主義ではないが気持ちが又上陸当時のあの誹謗的な感情に戻ったのかも知れなかった。彼の名も聞かず、私も名乗りもせず、その儘彼と別れて編隊の隙間を利用した私はどうやら無事に掩体へ着くことが出来た。無事な私の顔を見た分隊の連中は歓声を上げて私を迎えた。飯の美味しかったことは想像を絶する、弾丸を撃ち、撃ち飯を噛む、弾丸を運びながら飯を食べる。その時程誰もが生命の危険を忘れ去ったことはなかった。人間飢えには敵わぬと私自身も沁み沁みそれを感じた。その日も遂に無事に終わった。そして日が暮れ島もすっかり暗闇に包まれた頃、私は誰にも言わず唯一人で彼から教わった山へ登った。登る時は爆弾の跡が大小至る処にあった。小さい穴は跨いで大きい穴は廻り道して上へ上へと登った。山の上から三日月が黄金に輝きツンドラの若い芽をことさら美しく照らしていた。少しずつ汗が出てきた。そろそろ頂上に近い頃だと見上げた時、人の声が僅かに聞こえてきた。何か盛んに怒鳴っている様に聞こえる。近づくにつれ次第にそれがはっきりとしてきた。頂上へやっとたどり着き人声に近づいた。傍らに掘りおこしたツンドラが山と積まれてあった。それを廻って私は大勢の人影を見た。一人の大男が、七、八名を前にして何か怒鳴っている。その男が山込上曹だと私は直ぐ分かった。私は気付かれぬ様そっと山込上曹の後ろへ廻った。

「貴様達は何回聞いたらわかるんだ、一体弾丸を何処へ向けて撃っているんだ、てんで当たっていやしないぞ、貴様達は恐くて下ばかり向いて撃っているからだ。何故上を見ない俺の言うことが聞けんのか……」

皆、し〜んとしてうなだれて聞いている。左手に持っていた鞭を一振りすると、

「返事が出来ないのか、黙っていてはわからん。貴様達はそれでも日本海軍の軍人か……」

癇癪の糸が切れ、彼は前にいる兵を片っ端から殴り始めた。半分程殴ると左手の鞭を右手に持ち替え、今度はそれでぴしりと打ち始めた。忽ち顔を覆ってしゃがみ込む人間が出

てきた。私は思わず無言で飛び出すと彼の右手を両手で押さえた。押さえたと言うよりぶら下がったと言う方が正しかった。幾ら島の食べ物が悪くても強力な腕力の持ち主である。片手位では直ぐはね飛ばされてしまう。案の定、私は彼の振った怪力に二、三間振り飛ばされた。危うくたたらを踏むとやっと私は重心を持ち直しそこへ立った。

「何だ貴様は」

鋭い眼光で私を睨み付けた。私は月の光を正面に受け見えるように彼に近づいた。

「山込さん、私です。お忘れだと思いますが……」

一瞬眉を顰めた。彼は暫く私の顔を見つめていた。

「あの北海道の製缶会社にいた時、お世話になった者です。地下のボイラー室で」

私がそこまで言うと、突然彼は大口開けて笑い出した。

「ハハ……貴様だった、確かに貴様だ忘れてたまるか、あの時の偽軍曹だったな」

「よく覚えてくれましたね、あの時は危うい処を有難う御座いました」

私はあの時礼を言い忘れたことを思い出した、そして静かに頭を下げた。

「あの時の礼に来たのか、貴様がこの島にいるとは一寸も気が付かなかった。よく陸軍の輸送船が入ったな、待てよ、あの一月元旦に入った最後の船に乗っていたんだな」

彼は懐かしそうに満面の笑みを浮かべて話し掛けてきた。良い具合に機嫌が少し直ってきた様だ。私も幾らか落ち着いてきた。

「私も驚きました、山込さんが此処にいるとは一体何時どの船でこの島へ来たんですか、輸送船団は私達が最後の筈ですが……」

「陸軍の輸送船団なんかあてになるもんか、俺達は潜水艦で来たんだ、潜水艦に乗せるカタパルトを外してそこへ乗せて貰って来たんだ、そうだあの日貴様と会った三日後に俺達は小樽を出発したんだ。あの時はあのボイラー室に友人がいて最後の別れを言いに一寸寄ったのだ、貴様にはその時会った訳だ」

成程、それで陸軍の駐屯所だったあの会社に彼がいた訳だ。

「高射砲隊だな貴様は……」

「船が駄目になったので上陸して撃っています」

「そうか、貴様この山の向こうの下にある高射砲陣地を知っているか……」

私の陣地の事を言っている。私がうなずくと急に彼の目が輝いた。

「貴様も知っていたか、大分評判が良いからな、隊長が逃げてしまった居候部隊の癖に中々よくやる俺は感心している。きっと残った下士官共がしっかりしているからだろう。俺はあの高射砲隊に負けない様に此処へ陣地を造った」

彼が負けぬ様にと力を入れたのは何かのスポーツの競技でもしている様に聞こえた。

「よく奴等は撃つ、全く勇敢だ。それに確実によく墜す。俺は奴等には絶対に負けん、山の下では奴等の鼻を明かすことが出来ん、それで俺はわざわざ陣地を山のてっぺんへ持ってきたんだ」

彼はそう言って私達の陣地を見下ろすと、両眼をカッと見開いて睨んだ。思わず私はその陣地は自分の陣地だと叫んでしまった。結果としては全くこれが良からぬ最悪な状態にになってしまった。

「何……」

唸る様な声を絞ると、

「貴様が、貴様が、あの高射砲陣地の者か……すると兵隊で一人威勢がいいのがいると聞いていたのは、それでは貴様だったんだな」

私は吃驚して思わず、二、三歩飛び退いた。

「貴様、今までいや今日まで一体何機墜した」

私は咄嗟に返事に困ったが、彼の威勢に負け、

「五十機位でしょう」

と答えた。

「何、五十機確かに五十機だな」

彼はいきなり後ろを振り向き前の兵の一人の胸倉を摑むと、

「貴様、今の言葉を聞いたか、陸軍の居候部隊でさえ五十機を墜しているのだぞ、恥を知れ恥を、一体俺の処は今まで何機墜したと思っている、それでも海軍軍人と言えるか」

いきなりその兵の横面を張り飛ばした。そして兵の中へ駆け込むと誰彼の容赦なく片っ端から両手で殴り始めた。荒れ狂う山込上曹は全く狂人の姿としか思えなかった。この儘にして置けば、兵達の中で体の参っている者は、相当の怪我か或いは死ぬ人間も出るかも

知れない。私とても同様、半殺しの目に遭わぬとも限らない、何しろ彼の腕力はずば抜けている。私が幾ら鯱《しゃちほこ》立《だ》ちしても到底勝ち目はない、それがわかっていても私にはこれを黙って見ている訳にはいかなかった。傍らに落ちている彼の鞭を拾うと、私は夢中で彼の顔を狙った。ぴしゃりと大きな音をたてて彼の顔面に当たったが、瞬時彼の手はそれを摑むと「ウム」と言って奪い取った。そしてくるりと私へ全身を向けた。彼の顔はあたかも鐘馗《しょうき》の様であった。五、六歩私は後ろへ退いた。彼は奪い取った鞭を片手で折り、捨てると両手を拡げて一歩二歩私へ前進して来た。退りながら私は彼の目を逸らさず口を切った。

「俺の墜した敵機の数と一体どんな関係がある」

「くやしい。俺達は精々その半分位しか墜しておらん、俺は負けるのが大嫌いだ、何としても厭だ。貴様達に負けてたまるか」

彼が言いながら進むのと同じ間隔で退いた。

「あんたの英雄主義の為に皆んなを犠牲にしてもいいと思っているのか」

「犠牲もへったくれもない、俺が部下に気合を掛けるのが何故悪い。陸軍の様に一人の兵に大勢で気合を掛けるのと訳が違うぞ」

「あんたには弱い者が怖がっているのがわからんのか、怖い者は矢張り怖いんだ、あんたの様に情け容赦なく無理矢理撃て撃てと言ったって敵機が墜ちる訳がない。幾ら尻を引っぱ叩いても相手は人間だ、馬や牛じゃあない。あんたの言う通り動けるか、余計に委縮するばかりだ」

「うるさい。兵隊なんか馬や牛と一緒だ、幾ら殺したって構わぬ、俺は帝国海軍の精神に基づいて奴等に気合を掛けているんだ」

「殴ったり蹴ったりする気合だけしか知らんのか、敵機は幾ら墜したって後から後から飛んでくる。俺達が何十機墜したって何百機墜したって何の役にも立たないんだ、そうは思わないか」

「貴様、俺に向かって説教する気か」

「貴様に飛行機を墜せと言って殴り殺す権利が何処にある。貴様は自分のことしか考えないのか、敵機は何機墜しても味方の飛行機は助けにも来ん。併し俺達は戦闘員だ、助けに来なくとも使命を全うして戦死するのは軍人我々の本分だが、併し貴様の部下にだって体の弱い者や病気の者もいる筈だ。十把一絡げにして貴様が自分の名誉だけを重んじて手柄の餌にするのがいいと思っているのか」

　私は額から落ちる汗が目に沁みるのを感じた。彼の摑み掛からん状態では、最早私も捻り殺す信念でいるらしい。容易なことではこの危機を避けることは出来そうもない。確かに腰のバンドに手を掛けたがバンドを抜く隙がなかった。それ程彼はもう私に接近していた。退いた右足の踵が、はたと停まった。足も同じく停まった。手を後ろに廻すとツンドラの芽が手に触れた。最早絶体絶命である。ツンドラの山に行き詰まったのである。

「ウォ〜、殺してやる」

大声を振り上げると彼は全身の体を私にぶつけてきた。その僅かな肩先から私は横っ飛びに飛び抜け三転、四転した。その足許にツンドラの芽が吹雪の様に散った。山込上曹はもろにツンドラの山の中へ体を頭から突っ込んだ。転がるとツンドラの山が崩れ彼の全身を埋めた。私はそれを転びつつ見ると、ばねの様にはね起き彼の許へ走った。もがいた彼はもがけばもがく程、全身がツンドラの根と葉の為、体の自由がきかなくなってきた。ここぞと思う彼の体めがけて私は蹴れるだけ彼を蹴った。根っこから出した彼の顔も葉に絡んだ彼の腕も足も私はありったけの力をこめて蹴り殴った。何時しか山込上曹の体は石仏の様に動かなくなった。私はぐったりしている彼の襟元を持ち上げ、月の光で彼の顔を覗き込んだ。泥と血にまみれたその顔は目鼻が一体何処に付いているか、見当も付かなかった。併し生きている証拠には鼻と覚しき処から顔一面についているツンドラの葉が、かすかに上下に揺れていた。私の頭上にあった北斗七星は爛爛と銀色に輝き島全体を全く静かに見下ろしていた。今日の戦闘も昨日の爆撃も何もなかった様な平和な光を投げ与えていた。人間は何故人間同士で、殺し合わねばならないのか、誰が一体飛行機なぞ発明したのか、その飛行機の為に高射砲がある、そして機関砲がある、高射砲や機関砲があるから私達は苦労する。循行《じゅんこう》に尾を追って運命は、転換する。それが私達人間の宿命と言うものだろうか。私は静かに襟元の手拭を抜き額の汗を拭って一人寂しく山を下りた。

第十四章　野戦病院

三日ばかり過ぎたある夜、私は山込隊のあの時水炊場であった男の訪問を受けた。目の縁の黒い彼もあの時の被害者であった。山込隊長はあれ以来寝た切りであった。そして余程私の制裁が功を奏したのかあれ以来、がっくりまるで人間が変わった様に純情になり陣地は一門だけそこへ据え置き後ろの一門は山陰へ陣地を構築した。その訳は彼の隊でも胸部疾患が、約半数出たのである。この儘にしては全員が病に倒れる、早速その者達は海軍病院へ収容し健全なる者が一門の砲に付くことになった。山の上の一門はどうしても彼がその儘にしておく様にと、これだけは俺の我儘を許してくれと言った。彼とても人間である、併し彼は特定の人間であった常人の数倍はある。彼のエネルギーに普通の人間が彼に従って行ける訳がなかった。

四月の声を聞くとツンドラの花が一斉に咲き乱れた。化粧の花に似た華麗な白いこの花は爆撃の恐ろしさも忘れて私達の足許に強い北極の粘りを見せてくれた。明け方私達は敵機の来ない間にこの白い花を摘んで、僅かながら郷愁を楽しんだ。敵機の数は、誰もが想像し得なかった千五百機以上の大量を数えていた。夜毎海岸に集まる精神患者は、その数五百を数え負傷者は続出して陸海軍の野戦病院は何処もかしこも満員の盛況であった。四月中旬敵機は遂に二千機を超えた。私達の撃つ弾丸は最早一発も粗末には撃てなかった。低空で直線コースに向かって来る敵機にだけ僅かに発射して撃退するより外に道はなかった。砲身の螺旋は完全に溝が、平になってしまった。不発の数も増えた。毎日毎日が全くの風前の灯火であった。谷川隊も小隊全員砲と共に爆撃の華と散ってしまった。あの病弱上がりの池辺少尉も頼もしい岡軍曹も共に空中に散華した。又五十嵐の瀬戸口隊も百キロの爆弾の直撃を受け砲と共に大半は戦死したが、黒田の消息はわからなかった。そして山込上曹はたった一人で山の頂上から猛烈に敵機に抵抗し銃を握った儘遂に壮烈な戦死を遂げた。だが野口隊の中沢は一体どうしたろうか、彼の小隊は一門の砲が砲口破裂して半数を残し戦死したが、彼の分隊は幸いにも私達同様未だ健在であった。四月十六日の払暁、その彼が最後の別れに私の分隊へ顔を見せた。日の出は、今はもう二時である。朝が早くなり遂に夜が短く日が沈むのは八時過ぎであった。これから次第に暖かくなり、七、八月頃になると夜暗い時間は僅か二時間位になってしまう。木立草木はもとより生存物と言う名のつくものは山犬とも孤ともつかぬ狸より外には住んでいなかった。曾て我軍が此処へ初めて無血上陸した時は、アメリカの観測班が発電所を設けて僅かな人数でこの島から気候の観測をしていた。併しこの発電所があった為、壕の中には何時でも煌々と電灯が灯っていたのである。彼はツンドラの花を手帖に押し花にして私に見せた。そして色々な思い出話を語った。我軍はこの危機存亡の折、果たして援軍が来てくれるのか、さもなくばこの儘見殺しにするのか、もう飛行機より艦砲射撃を受ける方が公算大である。いよいよ最後の玉砕の時が来たのではないか、話は希望的楽感は何処にもなく総てが消極的な話になってしまった。彼の分隊では彼が何時の間にか生き残った連中の最右翼になっていた。残った一門の砲で彼は従ってくる人間だけで砲を撃っていた。そしてその数は最早十人とはいなかった。私の掩体へ来て砲身の中を覗き見て、あれだけ撃てば螺旋の溝は影も形もないと笑った。彼の方の砲身も我々同様螺旋は真っ平だと言った。東の水平線が、やがて赤味を帯びてきた。彼はそろそろ帰る仕度を始めた。上半身未だ真っ白な綿帽子を被った。キスカ富士から何時も襲撃してくる敵機の爆音もまだ聞こえてこなかった。併し突然逆の方向位置から機関砲の撃ち出る弾丸の音が私達の軍を攻撃した。後方のアッツ島方向より敵十機からなるノースアメリカンの編隊が昇る朝日よりいち早く島を襲撃してきた。いつもの時間より二、三十分は早い。彼が直ぐ掩体から飛び出そうとしたのを私は執拗に止めた。だが彼は皆が心配するのを無視して死ぬ時は一緒に死のうと約束したが、お前と一緒に死ぬのが残念だと、腰のベルトを締め直し私の手を強く握ると掩体を飛び出していった。敵機はアッツ島を払暁《ふつぎょう》攻撃しての帰り途らしい。爆弾は落とさず盛んに機銃掃射をしていることで、それとわかった。中沢はまっしぐらに駆け出した。目標を摑んだ先頭の一機は、編隊から抜けると矢の如く彼を襲った。私は中沢が、どうせ駆けるなら敵機の真正面へ正面衝突する恰好で向かって行くものと思っていた。瞬間的に通り越せば、その機は行き過ぎてから又目標にわざわざ戻っては来ないからだった。戻ってくるには大きな方向転換しなくてはならぬ。島の戦闘は体験している、私はよくその手を使った。今も後続編隊は、同じ航路角である。一瞬の危険が去れば、その間には直ぐ前方にある山の陰に隠れることも出来る。私はそう思って彼もその編隊、即ち一機向かってくる先頭の方へ駆け出すものと思っていた。併し彼はどうした訳か、逆に敵機の向かう方向へ駆け走った。それは恰も敵機に追い駆けられてどんどん逃げ出す態勢であった。先頭の一機の急降下掃射は幸運にもはずれた。彼の逃げる前方は池に当たる、成程彼は池を通って早道して自分の分隊へ帰る積りでいる。一番後列の一機が飛び去れば、彼の危険もそれまでである。後ろからは絶対に射撃出来ない。併し突然異変が生じた。最後の一機が、頭上の後ろからものの見事な超特急急降下した。高度はたったの僅か二百メートルそこそこである、グイと機が一瞬止まったかと思うと、真っ逆さまに中沢の頭上へ落下した。「あ～」と思わず私は息を止めた。正に一瞬の差であった。肉眼で見る私の視角では彼の背に敵機が、もろに衝突したと思った。急にサイレンの様な音を上げると機は彼と離れてツンドラの葉を蹴散らして次第次第に上昇していった。中沢の足がふと止まったかと思うと、彼の体はふわあと宛《さなが》らダイビングの選手を高速度撮影した様に二、三メートル軽くジャンプした、そして二転、三転すると彼の体は全く動かなくなった。恐るべき敵機操縦士の手腕である。私は汗ばんで固く握り締めた両手を開くのを忘れ呆然とそれを見ていたが、はっと我に返り無我夢中で倒れている中沢の許へ飛んで行った。中沢の体から約四メートル後に彼の軍帽が落ちていた。抱き上げようとした私は中沢の頭の半分が、えぐり取られた様に無くなっているのを見た。あっという間もない即死である、落ちていた帽子を手に取ったが帽子と言ってもそれは全く形のない鍔《つば》だけの一部分であった。遂に中沢も而も私の目の前で敢えない最期を遂げてしまった。あの曲芸技の而もたった一発の弾丸で言い様のない悔しさと惨劇の後の痛恨とで胸が、焼きつく様であった。さだめし中沢も無念の情を飲んであの世へ行ったことだろう。三十分も過ぎぬ内に私達は慣例の様に又も執拗な大編隊の空襲に見舞われた。だがその日も無事に生き延びられた。こうして一日一日と生き延びることが又堪えられない苦痛でもあった。私の分隊は結局私と辻本の献身的な誘導努力に依ってその後の落伍者を食い止めた、いや食い止めたと言うより各自が全く死を超越したと言った方が正しかった。そして又これは全く生涯の私のたった一つの尊い錯誤でもあった。戦闘員としての私達の任務は当然完了していることであった。すでに北海道から船舶輸送船の備砲隊として糧秣弾薬を無事援護して島へ送り届けて船舶備砲隊としての任務は終わった。そして船が大破され帰途を失った私達は新しい島の警備の任務についた。併し隊長が一人先へ帰って指導官を失った。その時はすでに私達は強硬な手段として壕へ入っていても良かったのかも知れない。だが高射砲と言う警備に得難い別の武器が残されていた。私達は敢えてこの武器に対して全くの自発的な任務に着いた、だがこの任務もすでに撃ちつくし砲の螺旋もなくなり又弾丸にしてももうすでに残り少なくなっていた。大事に大事に私達はこれを堪え忍び節約して今まで持たせた。最早私達の任務は何もかも総てが終わってしまっていたのである。

各自の戦意無き意志を此処まで引率してきた私に果たして責任がなかった、とどうして言えようか、私の行動を端から見てそれをかつて限りない勇敢無類な人間の仕事と解したら、その人は私と同じ生命の尊さを知らぬ生の反逆者かも知れない。私の脳裏には廻り灯籠の如く、その反逆者の名前が強く刻み込まれていった。

その晩私は珍しく下着を脱いでさっぱりとした下着に着替えた。そして一張羅の上着に着替える時、内ポケットから真っ二つになった煙草のケースを発見した。記憶をたどれば、確かにあの溝の中で機銃掃射を浴びた時の結果だと思った。数々の生命の危険な思い出も奇麗さっぱりとみだしなみを変えると不思議と忘れ落ち着いた様な気がしてきた。着替えを終え髭を剃り始めると、今までそれを見ていた分隊の連中は一人、二人私に倣って下着を脱ぎ始め何時しか全員揃って着替え始めた。明ければ昭和十八年四月十七日、空はすっかり晴れ渡った紺碧の大空である。その日雲が非常に低く前方のキスカ富士もその雄姿が、大旨その雲に隠され射程目標を幻惑する様な朝であった。

午前一時三十分敵の大編隊は第一編隊として重爆を後に従えて戦闘機軽爆機を先頭に我々を襲撃してきた。上空の雲の高度は、精々四、五百メートルである、いやそれよりももっと低かったかも知れなかった。雲の中から飛び出して又雲の中へ隠れる幻惑的な敵機の策戦であった。私達はそれにすっかり惑わされてしまった。第二編隊のカーチスの大軍に陣地は完全に覆われてしまった。雲の中から数十機が飛び出し砲身すれすれに急降下して機銃掃射しそして又雲の中へ飛び込んでしまう。雲という絶対的な隠れ蓑《みの》を利用して繰り返して攻撃してくる。そしてその雲は所構わず移動もすれば大きくもなり小さくもなる始末の悪いものであった。私は弾丸を込め両手で閉鎖機を押さえると狙いを近くの一つの雲へぴたりと砲身をつけた。敵機がやがてその雲から飛び出してくるのを狙った。ピカッと銀色の光がパア〜と私の眼光一様反射した、す〜と黒い塊が尾を引いて私の口の中に入った。キラッと黄金な光を見た瞬間、す〜と私は数百個の風船に釣られて大空高く舞い上がった。上空まで来た時、数百個の風船が一つずつ大きな音を立てて炸裂した。一つ二つ私の体は音が増すと共に急降下し始めた。最後の風船が破裂して同時に私の体は地下に叩き付けられた瞬間私の体はぐんぐん地下に引きずって行かれた。もがけばもがく程、ぐんぐん地下へ吸い込まれる、両手で土をかきむしり堪える私はそこで初めて正気に戻った。立てない全然腰に力が入らない、それ処か胸が苦しくまるで数千貫と言う重りに全身を圧迫されている様であった。何か焦げている様な匂いがする、火の粉が私の目をかすめた。やっと私は顔を横にすると匂いの方向へ目を向けた。真っ赤な炎は弾薬倉庫にある叺《かます》に燃え移っていた。倉庫の中には最後の弾丸二十六発が入っている、而も距離はたったの三メートルである。それが爆発すれば私も吹っ飛ぶ、私は夢中で這いずった。併し依然として動けない腰から下を誰かが、ぶら下がって一生懸命圧さえている様だ。そして真っ赤な焼けた鉄棒で叩く様な激しい痛みを感じ始めた。私は大声を上げた、ありったけの声で叫んだ。

「誰か来い、早く来い、来ないと弾薬倉庫が吹っ飛ぶ」

不思議に声だけ辺り一面に響くが、誰一人声を掛ける者も来る者もいなかった。火は叺

を半分にした。その時ふわ～と誰かが、私を飛び越えた。そしてその火を叩き消した。叫んでいる私を見ると急いで近寄り、

「倉田、やられたか、待っていろ直ぐ迎えに来る、一寸の辛抱だ、しっかりするんだぞ死んじゃあいけないぞ」

　そう言ったかと思うと私の傍らから消えた。確かに石山軍曹の声であった。私はその儘仰向けになった儘一体全体何処をやられたのか、他の連中は一体どうしたのか苦しい息の下で考えた。横を向くことも後ろを見ることも出来ない。併しやっとまわりの輪郭が、はっきりし出すと傍らから二、三人の呻き声を聞き分けた。一人は古川だが、後ろの者はわからなかった。敵機は直撃弾を当てた私達の陣地を確認すると、私達の上空から離れ去った。これでやっと私の総ての任務は終わった、長かった様な気がしても総てが終わって見ればあっけない程である。併し願わくば犠牲者は、私一人にしてほしい、一人も死なずにおいてくれれば私一人は死んでいい、遠く上空を旋回する敵機を見ていて私は愁傷な気持ちを起こしていた。暫くたつと石山軍曹を先頭に担架を持った誰かがやって来た。幕舎へ運ばれた私は、佐藤衛兵の慌てた処置に苦笑した。足をやられた私のズボンを切る積りを、上着の袖を切ってしまったのである。もっとも一度に八名の戦死重傷者を出して彼一人の処置では、軍隊語で処置なしも仕方のないことである。根本、本口、渡部は即死であった。渡部は最後まで、「母さん、母さん」と叫んで息を引き取った。彼の叫んだ母さんはお袋でなく細君のことだと私は思った。同じ時刻に福井《ふくい》と石田が死んだ。そして天田《あまだ》

と古川は、私と同様重傷を負った。私の右側にいた藤田伍長、辻本、前川《まえかわ》、木田の四人はそれぞれ極めて僅かな軽傷で済んだ。後日辻本の話を聞くと、敵機カーチスから受けた爆弾は二十キロの小さな爆弾であった。砲身の中央にいた私から左へ約一メートルへそれが直撃した。左側にいた弾列は各自が、一発ずつ砲の弾丸を持っていた。爆弾が破裂した瞬間各自の弾丸も爆発した。根本、本口、渡部、渡辺、福井、石田がそうであった。そして弾丸の補給準備をしていた古川と天田が重傷を負った訳である。さて反対側の藤田伍長、辻本、前川、木田はその瞬間各自が掩体より飛び出し幕舎へ避難した。併し辻本の説に依ると無我夢中で掩体より飛び出したと言うが、掩体はハシゴが弾薬箱を台にでもしなければ上へ出られないのである。ハシゴはすでに破損して補給されてなく弾薬箱の空箱も今日は待機所の通路へ置きそこには置いてなかった筈だった。掩体の高さは、或いは深さと言うべきか一・五メートルはある。両手を付いて飛び上がっても支えがツンドラでなくとも外へは飛び出せる可能性は全くなかった。それを彼等は無意識に飛び上がって、出たと言っている。幾ら私が否定しても、一人として事実を否定し又一人として如何なる方法を取って上へ上がったかと言うことを明確に説明する者もいなかった。

さて日が暮れ敵機が去り私は野戦病院へ運ばれ、手術はその日の負傷者の一番最後に行われた。私の前が古川であった。壕の野戦病院の中でパネル板の上に寝かされた私は脈拍も遅く出血多量で到底助かる見込みのない診断であった。古川の方は片足で頗《すこぶ》る元気であった。天田は腰の盲管銃創で生命には別条なかった。古川の手術の時、彼の叫び声は壕の壁を突き破りかねる程の凄まじいものであった。麻酔を全然かけずに大腿部から右足を切断したのだった。でも結果は無事成功した様である。次の番で最後が私であった。もう負傷して以来十五時間も経過していた。途中で私は苦しさの余り出血帯は取り外して貰い最初の内は少しの水も飲ませてくれなかったが、どうせもう助からぬ生命であると思われそのうち心ゆくまで飲ませてくれた。手術台に乗り軍医は私の口の中へ飴玉を二個ふくませてくれた。甘い、甘い懐かしい故郷の味がした。ぐいっと皮を捲《めく》った私の大腿部へ太い注射を一本打った。痛みは思ったより激しくはなかった。飴玉もゆっくり嚙まずにしゃぶっていられた状態である。右足一本が終わって、私はこれで終わったかと思った。併し残った左足も同じ要領で事が運ばれた。皮が捲られた様である。何か盛んに鋸で硬い物を切っている様であった。きっと副木でも足に支える為に切っているものと思った。そして覚悟していたそれ程の大きな痛みもなく手術は終わった。だがその時、両足を二本膝から下を切り落としたかとは夢にも思っていなかった。翌日の明け方が私の峠であると、軍医達が衛生兵に言っているのを私は聞いた。流石に麻酔の切れた後の痛みは激しかった、死ぬ程つらい。私の方もこれだけ痛いのだから古川の方もきっと痛いだろう。私は傍らを通った衛生兵に彼の安否を訊いてみた。

「彼も唸っているけれど、命に別条ない、それより君の方が危ない。人のことより頑張って下さい」

と心配して言った。明け方忙しく衛生兵が壕の中を行ったり来たりした。誰か死んだらしかった。そしてその誰かが、どう間違えたのか私になってしまった。痛む私は毛布を頭から被り夕方まで唸り続けた。夜に入ってやっと軍医が来て私の毛布を取って顔を見た。慌ただしく去り又衛生兵を連れて戻ってきた。衛生兵は手に大きなリンゲルをぶら下げ、軍医の後ろからいい訳をしていた。

「古川と倉田と間違える奴があるか、向こうは片足でこっちは両足だ、しっかりしろ」

「アッ、軍医、軍医殿が片足の古川の方は大丈夫で、両足の倉田は明け方までしか持たぬのと言っていましたので自分達はてっきり明け方死んだ古川が倉田だと思ってしまったんです、申し訳ありません」

衛生兵が幾度も頭を下げた。

「この男は精神力が強い、この精神力なら或いは生き延びるかも知れん、今後この患者から目を離すな充分気を付けろ」

軍医はリンゲルを打ち終わるまで、じぃ〜と私の顔を見つめていた。

「両足をやられたことはわかっていますが、どの程度にやられているんですか、まさか古川の様に切断したのではないでしょうね」

私は軍医の顔を見上げて言った。

「心配せんで良い。君は助かるもう何も考えるな、両足なぞ切断はせん。もうすぐ君の分隊の者が来る筈だ、元気を出してな、しっかりするんだ」

軍医はそう言って、私の脈を診て立ち去った。

藤田伍長や辻本の顔を見たのはそれから暫くしてからだった。彼等は私達の負傷と同時に全員砲を放置して防空壕の中へ避難した。それを聞いて初めて肩の荷が下りたような気がした。元気付けに来てくれた彼等は、知っていても私に遂に両足を切断したと告げてはくれなかった。二十九日は天長節である、そして壕の中は相変わらずラッシュアワーの様な混雑である。負傷者の数が壕に入り切れず、盲腸を起こした男がやっと軍医を拝み倒したが、手術は壕の通路へ寝かせた儘行い、注射もせずさっさと切り終えると勝手に帰れと言う有様であった。尤も普通の患者処ではなかった、それ以上に負傷者を診るのに精一杯であった。切られた男は、自分の腹を押さえて自分の幕舎なり壕へ帰るより仕方がなかった。そんな時でも祭日だけは忘れず残っていた酒が軍医や衛生兵達に配給になった。苦しい峠も二週間近く過ぎた私は食事も平常通りになっていた。丁度軍医の処へ運ぶ積りで持っていた酒の入ったハンゴーを私の枕許へ置いて、一人の衛生兵が私に対し話し掛けてきた。まだ若い元気な上等兵であった。

「居候部隊の鞍馬天狗とは君のことだってね」

私はからかわれていると思いその男の顔を見ないでいた。併し案外私のあだなが此処まで聞こえているかと思うと妙にくすぐったい気持ちだった。

「いやあ、有名だよ君のことは、あの場所は一番危ない場所だよ、あんな処へ初めは誰だって敬遠して陣地なんか造らなかった。君達があそこへ陣地を造った時、俺達は空襲が激しくなったらきっと何処かへ陣地を移動するものと思っていた、だがとうとうあそこで最後まで頑張り通してしまったね。君達は偉いよ全く、だから大概の者は君のことは知っている。勇敢な弾丸込めだとか大した男だって噂が高いぞ、それにしてもそれだけよく狙われた訳だね、だが君の腕が良かったから今までやられずに済んだと思う」

成程、色々な解釈の仕方があるもんだと私は思った。

「爆弾は戦闘機の爆弾で良かった、大砲もそれで助かった訳だけれど俺達は一寸寂しいね、もう君達の勇敢な戦果が見られなくなってしまった。流石の鞍馬天狗も両足を切断されたら大砲も撃てんからな」

「両足切断……」

一瞬私は耳を疑った。

「又俺はそこで感心したよ、流石は鞍馬天狗、手術最中ピクともせず一言も痛いと言って喚かなかった。飴玉を口にして平気でいたそうだね」

「俺の足を切断したのか……」

私は彼の襟を摑んだ。

「君は知らなかったのか、そいつは大変だ、悪いことを喋ってしまった勘弁してくれ、まさか軍医殿が黙っていたとは気が付なかった。併しいずれはわかることだ。そんな怒らんでくれ」

彼は興奮する私の手を解《ほぐ》すと、毛布を掛け直した。私の胸の中は到底すぐには収まりそうもなかった。最悪な予想は胸に描いてはいたが、いざそれが現実となると再び還元する力も方法もないことだった。親から貰った大事な肉体の一部を永遠に切り離され再び私の肉体には戻ってこないのである。私はやにわに枕許にあったハンゴーを手に取ると傍らで衛生兵が、「アッ」と声を出す隙も与えず一気にその中の液体を飲み干してしまった。ハンゴーの中には五合の酒が入っていた。その夜の私の多量の出血を見た軍医は、流石に慌てた。上に掛けてあった毛布三枚が殆ど真っ赤になっていた。だが私はその晩はゆっくりと痛みも忘れて熟睡することが出来た。五月一日潜水艦イの七号が、無事入港してきた。この船で私は転送命令を受けた。無事にこの潜水艦が、私を北海道迄運んでくれるとは想像が出来なかった。唯、飛行機でやられるのと艦隊にやられるかの違いだけだと割り切っていた。夜月が出てから分隊全員が、知らせを受けて見送りに来てくれた。見送る者も見送られる私も皆涙に濡れた顔を無理に綻ばせていた。担架が運ばれ私はその先棒が、意外にも上田軍曹でそして後棒が鴨田伍長だと分かると、一人で溢れる涙を抑えることが出来なかった。衛生兵達に替わって彼等が自発的に替わったものだった。基本的に見送りを禁止されている他の担架で運ばれる患者には衛生兵が担ぐ他誰一人見送る姿は見られなかった。私は後に残る病院の天田を思い、又島にこの儘残る彼等とこの先何処までも一緒に運命を共にしたかった。併し早足手纏いになる私にしてはその意思表示も出来ない。海岸に着き静かに担架を砂の上に下ろした。上田軍曹は私の手を両手で固く握り締め、悔悟にして言った。

「倉田の事は忘れぬ、よく俺はお前に殺されなかったと思う。殺されても仕方のない俺だった。勘弁してくれ、今までのことは全部俺が悪かった。俺さえしっかりしていれば倉田に苦労掛けずに済んだ、早く砲を放置して壕に入れれば良かった」

私は涙に胸がつかえ言葉が出なかった。

「俺達下士官が意気地がないばかりに倉田に苦労かけた。倉田達をこんな目に遭わせて何と言っていいかわからない」

横から手を出した鴨田伍長もあとは声にならなかった。私は二人の手を握って胸に置いた。

「いやこれで良いんです、下士官達には何の責任もありません。あるとすれば私一人でしょう、私のやったことは決して良いとは思いません。死んだ者には申し訳なく思います。逃げた者は皆、体が参っていたんです。高射砲という単純な操作で使えることで、それを使用した矛盾もあったと思いますが、それを鼓舞した責任は一番私にあります。併しもう私も安心しました。大砲を撃つこともなく皆んな一緒に仲良く壕へ入れると思うと無性に嬉しいです。それよりたった一人で隊長に続いて帰る気持ちが死ぬよりつらいです。どうか皆んなが無事で一日も早く元気で島から帰れる日を祈っています。それまでどんなことがあっても死なずにいて下さい。軍曹殿皆んなのことをくれぐれも宜しく頼みます」

「倉田、潜水艦が此処から出ることは俺達が壕の中にいるより遥かに危険だ、無事に帰れる様に俺達も祈っている」

私と上田軍曹達の最初にして最後の暖かい会話はこれで終わった。この様な会話がもっと以前にこの島に上陸した当時から出来ていたら私もあの様な苦労はしなかったかも知れない。だがもうこれでいい、今初めて私達がやられてから分隊は完全に統合した。大丈夫彼等は必ず無事にこの島から助け出されるであろう、私はそう信じそう願いたかった。最後に一人一人私の枕許へ来て別れの握手を交わした。

誰の手も暖かく冷たい手をしている者は一人もいなかった。月は雲間に隠れ荒々として星空に映る波の色は、私達の姿を永遠に何処までも何処までもその波の水が果てるまで映していることだろう。そして私がこれから乗る潜水艦が、果たして無事に着くかどうか又島に残る彼等が果たして助かるかどうかは神様より外に知る人もないことであった。

第十五章　イの七号潜水艦

　さざめく涙の音と潮の香りが、身近に感じられると私は担架ごと大発に乗せられた。墨絵の様な海上の二百米先に鯨の様な物体が浮かんでいたイの七号潜水艦である。ロープで担架の両端をしっかり結ぶと、私は艦上へつるし上げられ静かに下ろされた。同じ担架で運ばれた仲間がいま一人いた。そしてあとの二人は片下腿切断と顎を半分もがれ左足に盲管銃創を受けた者達であった。員数に制限があるのか患者は四人である。片足と顔中包帯をした患者は、ハッチから船員の手を借りて艦内へ入った。私達担架組はそのハッチから入れず担架でロープでぐるぐる巻きにされ魚雷の入口ハッチから下へすとんと落とされた。下には四、五人船員が両手を広げて待機していたが、彼等の方向と反対側へ担架は音をたてて落下して倒れた。「ウ～ム」と私は瞬間息が止まる程の激痛に眼の両端から火花が散った。

「馬鹿、何をしている。この患者はまだ出血中だぞもっと注意しろ、静かに傷口に気を付けろ」

　私は直ちにロープを解かれ一人が私の上体を持ち左右に一人ずつ大腿部を持ち一定の場所へ寝かされた。足の激痛もさることながらそれ以上に驚いたことは非常なこの室の熱気である。冬から春にかかり島の温度もここキスカは暖流の変化で、今日この頃は内地の三月末頃の陽気であった。それが急に真夏の様な暑さである。私は毛布も上着も脱がされた。そして下帯一本の裸にされた。周囲を見渡すと天井は低く無数にパイプの数が多い。私の右隣に担架で下ろされた患者が寝かされた。同じ様にその男も丸裸にされた。先程注意していた下士官も上半身裸である。

「今浮上停止してハッチが、開いて風が入るからいくらか涼しいが、艦が走り出すとこの室は四〇度以上になる、何しろこの機関室の隣がボイラー室、音を上げるかも知れないが我慢して下さい。あなた達の他にこれから熱田島《アッツ》へ寄って又患者を運ばなければならないので、その人達が増えるともっと温度が上がるし蒸し風呂の様になるから気をしっかり持って頑張って下さい。我々も死に物狂いであなた方を北千島まで送る覚悟です、もうすぐ軍医が来るから待っていて下さい」

その下士官らしい男が去ると替わって上半身裸の男が両手に箱を抱えて入ってきた。みんなこの室に入ると裸になるので階級が全然わからない。しかし階級などどうでもいい、とにかく暑い。目下三十五度以上はあるだろう、汗は全身水玉の様に皮膚から噴き出る。箱からタオルを取り出した船員が、五、六本ずつ私達に配ってくれた。そして、

「食べ物は全部缶詰だけれど何でもあります。今何か食べますか、好きな物を言って下さい」

そう言いながら彼は箱を下に置いて一つずつ中から品物を取り出すと私達の枕許へ置い

た。私はそれよりこの艦が何時に出発するのか尋ねた、彼はそれを聞くと、

「もう間もなく出発します、あと二十分ぐらいでしょう、夜のうちは浮上して払暁《ふつぎょう》と共に潜航します」

「敵の艦隊はこの辺にいるんでしょう」

「いるいるうじゃうじゃいますよ」

「大丈夫ですか……」

「え〜うちの隊長は絶対に大丈夫、よその艦長と違って勘と度胸にかけてはまず日本一かな、もう何回となく北千島からキスカへ往復しているけど、まだ一度も敵の捜査網にかかったことがないから安心していて下さい」

私はそれだけを聞くともうしゃべる気力もなくぐったりとしてしまった。さっき打った傷口からまたも出血して両方の包帯は血糊の為真っ赤になっていた。

「早く軍医殿を……」

私はやっとそれだけを口にすると痛さの為頭がボ〜としてぐったりしてしまった。軍医が足早にやって来た。しかし傷口の包帯を取り替えることなく、従ってきた男に耳うちすると引き返してしまった。艦は出航したらしい、猛烈な暑さである。タオルがまたたく間にしぼる様にぐっしょり濡れて新しいタオルと取り替えたが、汗の出る方が早く又いちいち汗を拭いている元気もなくなってきた。軍医は何故私の包帯交換をしてくれなかったのか。私は、「軍医殿、軍医殿、」と口でつぶやいたが程なく次第に意識がもうろうとして意

識を失ってしまった。意識が戻った時、私のそばに軍医が立っていた。

「今注射をした、包帯交換は無理だからしっかり気を持って頑張るんだ。あと二日かかればアッツへ着く。そうしたら新しい風を入れてやるぞ、それまで頑張るんだ辛抱するんだぞ」

軍医は早口に私の耳許にそれだけ言うと足早に室を出ていった。あとに残った兵が、

「何か食べてみませんか、好きな物を言って下さい」

傷の痛みもいくらか楽になった様な気がして私はその言葉にいくらかの空腹を感じた。しばらくして私は言った。

「うなぎの蒲焼が食べたい」

「よし今食べさしてやるぞ」

彼は私の枕許から一つ缶詰をつかむと缶切りでたくみに蓋を取ると、私の鼻つらへ缶を寄せてきた。プ〜ンと正真正銘のうなぎの香りが鼻についた。私は仰向けに顔を近づけ、あっと驚いた。冗談にいった品物が、全くここにあるとは信じられなかった。

「本物だよこれは驚いたか……」

彼は「アハ……、アハ……」と大声で笑うとフォークでひと切れ蒲焼を突きさし私の口へ入れた。甘味だった口の中へ広がる蒲焼の美味を噛んだ時、私は生涯この味を永久に忘れることは出来ないだろう。私はもう助からぬかもしれない足の感覚も激痛でなくなり心臓も次第にこの暑さで息苦しくなっている。傷口がすっかり化膿していることは、はっき

りしている。最後の望みに私は本当にうなぎの蒲焼が食べたかったのだ。そのうなぎの蒲焼が食べられるとは、まさか夢にも思ってもいなかったのである。

キスカへ上陸して私達の副食は最初こそ鮭の缶詰であったが、それもほんの一時で玉ネギの汁ばかり。玉ネギの嫌いな私は汁だけをかけて食べ、それからは戦闘中は握り飯ばかりであった。彼は満足げに私の顔を見て、

「さあ、おかずばかり食べていないで飯も食って下さい」

ご飯の缶詰までもあるとは又も私は驚いてしまった。

「あなたの枕許にはパイ缶、しるこ、すき焼、ソーダ水、何でもありますよ、何か食べたい物があったらどんどん食べて下さい。この棒でそこのパイプを叩いてくれれば自分は何時でも飛んできてあげますよ」

彼にこにこ笑って顎からポタポタ落ちる汗を首からかけたタオルで拭き、缶切りを側へ置き室を出ていった。私は左手を伸ばして一個取り上げレッテルを見るとパイ缶である。缶切りを取って缶を胸の上に置き缶切りで切ろうとしたが、力が入らずやはり一人で切るのは無理であった。その時、隣の患者が急に声をかけた。「俺に貸してみろ」と言って手を伸ばしてきた。私は右側に顔を向け初めてその患者の顔を見た。あご髭が濃く額のしわで年齢は四十歳前後だろう、私は黙って缶詰と缶切りをその男に渡した。私と同じ様に缶詰を胸の上に置き、その男は楽々と缶を切り出し私の手の届く所へ置いた。この男は私よりまだ余力がありそうだ。一体どこをやられたのか、私は頭を少し持ち上げてその男の半

身を見た。

「あんたどこをやられているのですか、腹に包帯が巻いてあるから腹をやられたんですか」

「まあいいから早くこれを食べなよ、この汁はうまそうだね」

　後はそういうと顔を正面に向けてしまった。

「あなたもよかったら食べて下さい」

「ありがとう、でも俺の腹にはでっかい穴があいているから、いくら食べてもその穴からみんな出てしまうんで無理なんだ、俺はもう死ぬのは時間の問題でね……」

　急に何とも言えぬまるで死神にとりつかれた様な力のない声で言った。私は全身にかすかな寒さを感じた。

「ハア～、時間の問題、もう死ぬ……ふざけるんじゃあないよ、おっさん俺は今缶詰さえ一人で切れないくらい弱っている。でもあんたは軽く缶詰を切ったじゃあないか。俺よりもまだ余力があるじゃあないか。もうすぐ死ぬ人間を何故危険を冒してまで潜水艦で運ぶんだ、俺は絶対死なんぞ、おっさんも元気だしてそのパイ缶食べろ、食べられなければせめて汁でも飲め」

　私はそう言ってからどうしてこんな啖呵を切ったのか、自分でも相手を元気づける為だったが、この男の傷は思ったより大きいかも知れない。だが五体満足である、それにひきかえ私には両足がない。時間の問題なのは私の方かも知れないと思った。この男は年齢四十二歳の軍属で、時限爆弾ではね飛ばされ横腹に直径十センチ程の傷を負っていたのである。

五月四日の夜半艦は無事に熱田島へ入港した。熱田島からは五人の重傷者が運び込まれた。だが誰がどこを負傷してどんな人達なのか、私には知る由もなかった。だが全くの異変が起こった。大勢の足音が聞こえた。この暑い室へきちんと陸軍士官の軍服を身につけた男が、私の枕許近くにやって来た。その後から海軍士官の軍服を着た人も来た、この人こそこの船の艦長であった。私は下から陸軍士官の肩章《けんしょう》を見た。真ん中に金すじが二本で星は三つある、大佐である。私は全身、身のひきしまるのを覚え思わず両手の肘をつき上体を起こそうとしたが無理であった。

「そのまま、そのまま」

私と目を一直線に合わした大佐は優しく微笑すると、

「私は熱田島の山崎《やまざき》大佐です。大事な両足を失くして何といっていいか、お慰めの言葉がありません、本当に御苦労様でした」

山崎部隊長は私の手を取りしっかり握りしめてくれた。私はキスカ島の部隊長や和田《わだ》高射砲中隊長の顔すら見たこともない、それなのに熱田の部隊長から御苦労様と声をかけられ手まで握られた、胸がいっぱいになり何らなすべきことも出来ず両眼から大粒の涙があふれでて、たちまちのうちに私の顔はくしゃくしゃになってしまった。

「もうすぐ内地へ帰れますよ、私の部下達と共に一生懸命頑張って下さい」

「有難うございます」

私はこれだけ言うのにどれだけ時間がかかったのかわからなかった。山崎大佐は私の手を離すと、ポケットから煙草を取り出し私の手に乗せてくれた、戦前はチェリーと言っていたが、現在は桜と呼ばれている懐かしい煙草であった。しかも三個である。私は両手でそれをおし頂いた。もうお礼を言う言葉が、こみ上げてくる嗚咽で口から出てこなかった。情けもあるこの温情の主、山崎大佐なればこそ部下は華々しく大佐の指揮の許にあの壮烈な玉砕が出来たのである。部下は悔いを残さず、皆笑って部隊長と一緒に戦死したことと思う。山崎大佐が熱田島へ着任したのは私が負傷した翌日の四月十八日であった。米軍はキスカの前方ウムナック、アダック、アムチトカの三基地より連日猛爆撃、そしてキスカを孤立させアッツ島を奪還するため第一個師団一万一千名を上陸させるため艦砲射撃が今まさに迫っているのである。この危険きわまる悪条件の真っただ中にイ七号は四日、二十一時慌ただしく出航した。私は山崎部隊長が、何故私にだけ煙草をくれたのかそんな感傷にひたっている間もなく、これからくる白虫の地獄の中にのたうち回る運命がやってくるとは夢にも思っていなかった。敵の艦隊の真っただ中へ巧みに神出鬼没な行動で艦は浮上のまま二十ノットの全速力で北千島へ向かっている。そして払暁と共に百メートル潜水し、わずか四、五ノットの速力で進んでいた。室の温度は熱田島の患者が増えますます上がる一方であった。軍医も衛生兵も緊迫状態でその後一回も姿を見せない。隣のおっさんは、その後水だけは飲んでいた様子でまだ生きている。腹に巻いた包帯からは白い液体が溢れかたまっている。しかしその白いかたまった物が、無数の生き物のごとく動くのである。その動く物は、私の方にどんどん進んでくる。暑さのためばかりでなく悪臭の匂いが、一昨日あたりから鼻が曲がるくらい強くなってくる。お互いの傷口が化膿していることはわかっていたが、この白い動く物は一体何だろう。私は胸まで這い上がってきた物を指でつまんで見た。グニャとつぶれて白い汁が指先に残った。ぬるぬるしたその物体のつぶした物を見た私は思わず、「アッ」と叫び声をあげた。

「ウジだ、ウジ虫だ」

私は気が遠くなる様な悲痛な声で叫び続けた。

「今知ったのかよ、もうあんたの足はウジでいっぱいだよ、これからどんどん増える一方だよ、北千島まであと幾日かかるのかな、それまで俺達はもつまいな、だがあんたは若いからもつよな」

隣のおっさんが弱々しく蚊の鳴くような声で私に言った。今日は五月四日、集艦してまだ四日目北千島まではもう目前にきている。あと二、三日の辛抱だ。私は濡れたタオルで胸から首すじまで上がってくるウジ虫を払い落とした。翌日敵機を巧みにまいたイの七号は昼間も浮上すると全速力で走った。上のハッチを開いた、風が少しでも入ってくる温度は少しは下がったがウジを払い落とす作業に私は疲れてかなりの時間眠ったらしい。ふと気が付き目を開けようとしたが、瞼が重く全然開かない、右手を上げそしてして左手をささえ、そして振ってみた手の感触でウジが払い落とされるのがわかる。両手を顔にあて顔中にたかっているウジを払い落とす。口の中のウジを吐き出す。鼻の穴から耳の穴までウジは我が家とばかり入り込んでいた。手を伸ばして乾いたタオルで払い落とすがいくら落としてもきりがない、いい加減私はうんざりしてしまった。タオルを顔に乗せるとその作業も諦めざるをえなかった。隣のおっさんは真っ白にウジに埋まっている。地獄の一丁目とはこんな所かもしれない。私はもうとても助からぬと思った。

五月七日、七時艦は無事北千島幌筵《ほろむしろ》港へ入港した。しかし霧が深く港内で待機、翌八日十四時患者は全員無事北千島へ上陸出来た。担架運搬は相変わらず私と隣のおっさんだけで一番最後に海岸へ降ろされたが、私が一番悪いくじを引いてしまった。幌筵陸軍病院は昨夜病棟から失火し、殆どが全焼してしまった。昨日の霧の深さよりもこの火事騒ぎの為艦が港内で待機せざるをえなかったのである。艦から降りた患者は病棟がなく、その配置にてんてこ舞いで海岸でうろうろしていた。多くの兵隊が焼けた木材、器具をトラックで運んで海岸辺りへ運ぶ、私の担架の側までそれらの材料が、どんどん積み上げられた。私は全身毛布をかぶされ焼け跡のその木材の間で呻き声を立てながら何時私を病棟に運んでくれるのか待っていた。やがて冷たい風が身に沁み始め辺り一面がみるみるうちに暗くなってきた。私はこの島の兵が、殆ど海岸から姿を消し兵舎へ入ってしまったことを知った。何故私一人を置いて帰ってしまったのか我慢出来なくなった私は大声を上げて叫んだ。だが風の音と波の音で声は消され、私は叫び疲れそのうち意識が朦朧《もうろう》としてきた。遠くで誰かが私を呼ぶような声がする。でもその声はまた遠くへかき消されてしまう。早く来い、

早く来い、私は聞こえては消え消えては聞こえる声を頼りに前に進もうとするが、いざ前へ出ようとすると後ろから誰かが押さえているのか一歩も前に進まない。そしてやっと一歩前進すると目前に河が流れている、呼ぶ声は河の向こうから聞こえてくる、この河を渡らなければ私の呼ぶ声の方へ行けない、必死に私は河を渡ろうとする。一歩やっと足が水の中へ入った時、水がすごい勢いで私の顔へ跳ね返ってきた瞬間、私ははっと我に返った。

「生きているぞ、生きているぞ」

私の周りには、四、五人の兵が私を覗き込むようにして呼んでいるのがはっきりわかった。一人が毛布をはねのけた、

「こりゃあひどい、さっきの患者と同じだ、誰か箒を持ってきてくれ」

二人の兵が素早く竹箒を持ってきた。私の体のウジ虫は箒で払い落とされ、次に温かい湯で顔中を洗い清められた。病棟へ移された私はその記憶だけうすら覚えに覚えていた。だが再び意識不明になった。海岸辺りへ一時間以上も置き去りにされ又この北千島は五月に入ったというのにキスカよりはるかに寒かった。後で思えば、私はこの寒さの為助かったのかも知れない、もしこれが南方であったならば私はこのウジ虫の繁殖数により鼻も口もすっかりふさがり呼吸出来ず死んでいたかも知れなかった。私はその後、体中も奇麗に拭き清まり仮病棟に移され一週間振りで包帯交換された。二、三日して私は衛生兵から鏡を借り両足を負傷して以来初めて見た。膝から関節下は十センチ程残っているがすっかり化膿して真っ白にぶぐぶくに太り大腿部ぐらいの太さに腫れ上がっている。治療といって

もオキシフルで拭きただヨードチンキを塗るだけである。そして五日目私は牛乳と玉子の他に初めてリンゴ二個を口にした。そしてその翌日から重湯になった。若さが精神と忍耐を強化させ傷口は日々乾いていき、そして丁度まる一ヶ月後五月十八日遂に上半身を起こすことが出来た。すごい回復力であった。あの隣にいたおっさんは、上陸して五日目に死んだ。あのおっさんは名前も言わず、私もおっさんと呼んではいたが本当に会話らしきものは何ひとつ出来なかった。お互いに生死の間をさまよっていたあの時の状態でとても会話出来る余裕などなかったのである。おっさんには妻も子もいることだったろう、ウジにたかられ死んだのではなく体も奇麗に清められ手当ても受けて死んだのだ。あの体で一週間以上も蒸し風呂状態で手当ても出来なかったのだから死んでしまうのは当然であったのかも知れない。それにしても私はよくよく助かったものである。この幌筵病院で助かった私は一躍有名になってしまった、というのは私達のこの仮病棟が手術室をも兼ねていた。火曜日、土曜日が手術日で室の真ん中の通路へベッドを置きそこで手術が行われる。私が五月十八日、初めて上体が起きられるようになったのは火曜日の手術日であった。当日私の目前の通路にベッドが置かれ足に盲管銃創を受けた男が寝かされた。顔に包帯が巻かれている男は一緒にキスカから帰ってきた今橋《いまはし》上等兵である。軍医が衛生兵一名連れて手術の用意にかかったが、助手一人では手が回らず周囲を見渡して「誰か一人手を貸してくれないか」と言った。二十名ばかりいる患者はその声を聞いても皆黙って横を向くなり顔を伏せて寝たふりをして誰一人返事をせず起き上がってこなかった。私は初め両手を後ろに支え背骨を伸ばして上半身を起こしてみた。胸が圧迫され背骨の甲辺りが多少痛かったが、大丈夫倒れる様な目眩もない、私はそのまま両手に力を入れて腰を前に進めた。一回、二回、三回やっと敷板の端まで進み足を下へ降ろした。丁度椅子に腰をかけた動作である。傷口は初めて血管が下がった為か動いて刺激した為か、かなりの激痛があったがそんなことより起きて動けた反応の方がはるかに嬉しく大きかった。軍医が私を見てびっくりして立ち上がった。衛生兵もポカ～ンと口を開けたままでいた。

「自分がお手伝いします」

私は軍医に向かって言った。

「駄目だ、駄目だ、おまえはまだ起きてはいかん出血したらどうする、おい衛生兵早く寝かすんだ」

軍医は慌てて衛生兵の肩先を突ついた。

「大丈夫です、自分にやらせて下さい。駄目だったらすぐ休みます」

「いや駄目だ、五分や十分ですむ手術じゃあない。お前に出来ることじゃあない」

軍医はしきりに私を制していたが、その問答をしている間でも誰ひとり進んで手を貸そうとする者がなく軍医はベッドを私の足許近くまで寄せると患者の包帯に手をかけた。私はその包帯の端を手に取るとくるくる巻きながらほどいていった。衛生兵が手術用具セットを机の上に並べ、軍医はクレゾールで手を消毒すると手術が始まった。大腿部にくい込んだ破片を取り除く掻爬《そうは》手術である、約一時間かかった。軍医は時々私の方を見て、「大丈夫か」と手を休めることなく気を使っていた。十数個破片を取り除きそれを真鍮の入れ物で私はそれを受け取り、あと軍医はマーキロンで傷口を洗い終えた。私は真鍮の入れ物をベッドの脇に置くと同時に仰向けにひっくり返ってしまった。軍医は私の脈を診て、やれやれと溜息をついた。

「驚いた男だお前は、おい衛生兵あとでたっぷりミルクを飲ましてやれ」

ここの衛生兵は数も少なくそれ故患者達の面倒などいちいち見てくれず、その為多少でも動ける者は何でも自分でやらなければならない。その為普段から面倒を見てくれないこともありこんな場面で他人のことに手を貸そうとする人はいなかったのである。衛生兵が持ってきたミルクを飲んでいるのをやはり妙な嫉妬心で各人がじい～と見ているのを私は肌で感じたが平気であった。それから手術のあるたびに私はその手術の手伝いをした。ピンセットで脱脂綿をはさみ傷口を洗う。私の手つきを見て軍医は、

「うまいもんだ、お前の手つきは下手な衛生兵より確かだ」

と褒めてくれた。その後、包帯を自分で取れる患者は毎日私の所へ来るようになった。自分の傷口を自分で見ながらそれをオキシドールやクレゾールで洗うことはなかなか出来そうで出来ないことであった。そんなことがあって私は誰からも親しまれた。五月二十二日、北海道以来半年振りで給料を貰った。百十七円である。その日甘味品の配給があった。各自には制限があったが私にはそれがなく、ヨーカン五、キャラメル五、氷砂糖五、ビスケット五、パイ缶三、カルピス三、それにチリ紙、唯煙草と酒は禁止されて手に入らな

かった。だがそれで充分満足であった。だが悪いこともあるもんだ、ここでも私はシラミに大いに悩まされた。それに大小便の始末であった、ただ大小便の始末は私が手術の手助けをするようになってから工藤《くどう》、河本《かわもと》衛生兵が積極的に面倒をみるようになってくれたのでまずそれは解消した。そしてそれから二、三日すると私にはその二名が看護兵として一切の面倒をみてくれることになった。

五月二十八日、この日私は山本《やまもと》海軍司令長官の戦死の報を知った。そして熱田島にはいよいよ敵の上陸作戦が着実に完了しつつあった。そんな折私にも遂に明二十九日の高島丸で乗船帰還の命が下り、予定通り二十九日十三時高島丸に乗船した。工藤、河本両衛生兵は私に付き添ってくれていたが乗船してから二人の衛生兵は私に付ききりという訳にもいかなかった。その代わり戸田《とだ》一等兵が私に付き添って当番兵の様に世話を焼いてくれた。戸田は少し頭が弱く右大腿部骨折であったが、杖も使わず歩行にも不自由さを見せなかった。内地へ帰って手術すれば骨折も治るという希望があるせいか陽気で明るく手先は商売が大工だけに器用で私は彼になつかれ、どれ程助かったかわからない。私より軍隊の飯は余計に食っている三年兵である。出港は明日に延期され三十日十七時出港となった。この頃には熱田島では敵が上陸して死闘が繰り広げていたのである。船は危険区域を脱出して一路小樽へと向かった。風は強かったがその荒い波の上を全速力で走った。甲板の隅に戸田が私のために便所を作ってくれた。箱にお尻が入る穴を開けその中に石油の空缶を入れたものである。船内の取手と柱に網をはりそこへ外被をかけ箱が隠れるようにした。私は用便の時、彼に背負われ箱の上に座って海を見渡し用便をした。

第十六章　小樽の追憶〔I〕

はるかなる大海を見渡しながら用便をする気持ちは何ともいえぬ爽快な気分であった。山崎大佐から貰った桜の煙草を吸いながら波の行く手を見て私は潜水艦での苦しみから丁度一ヶ月かかり負傷してから四十三日目に快便を味わったことになる。無事小樽の出発点へ生きて帰れるとは夢にも思っていなかっただけ高まる感情はいやが上にも小樽での懐かしい想い出が胸いっぱいに浮かんできた。

小樽出港間際私達は最後の外出が許可された、だが私は製缶会社の大食堂で待機中、朝の訓練だけは受けていたがそれが終われば外出用の腕章を腕に巻き毎日外出して将校用のお菓子を買いに外に出ていた。街の様子もそのためよく知っていた。小樽の街には大概の物があった。コーヒーでも甘い物でも、ビール、酒等どこの店にも売っていた、そして一番いつも盛況だったのは、ピーヤ《売春屋》であった。海軍の兵隊より陸軍の兵の方がはるかに多かった。軒下で何人かが立ち止まっていつもうろうろしているのを私は見た。当日の外出は昼食後から午後八時までであった。私は考えがあって辻本、根本、本口、渡部の四人を連れて狸小路の通りへ出た。

「何処へ行くんだ、俺はもう最後だからピーヤへ行く、倉田場所を教えてくれよ」

と渡部が言った。

「ピーヤか根本を除いて皆ひとり者だからピーヤへ行きたいのはわかっているよ、でもな最後なんだぞ一生の想い出にそんなちっちゃな欲望など捨てて一流の料亭で芸者をあげて騒いだ方がいい想い出になると俺は思うがな、どうかな」

私は渡部一人でなく皆に聞こえるように言った。

「賛成だな、俺は倉田に任せるよ、こんな所のちっちゃなピーヤなんかろくな女もいないぞ」

「辻本は賛成か、渡部、本口はどうする」

「だって時間はたっぷりある、その前に行ってもいいだろう」

渡部は本口の袖を引っぱって言った。本口には内地に恋人がいるからきっと断ると思っていたところ、

「渡部一人じゃあ可哀想だから俺も彼と一緒に行くよ」

意外な本口の返事に私は戸惑った。だがこういうところが本口の気のいいところである。ひとりじゃあまるでがっかりしていると見られるだろうと、助け船を出しているのは彼の表情でよくわかる。

「いいだろう時間はたっぷりある、場所を案内しよう、辻本も遊んで来いよ。但し根本はよせ奥さんに悪いぞ、俺と一緒にいろよ」

私達五人はピーヤへ向かって歩いた。小樽のピーヤは棟続きの二階のしもた屋風で玄関

があるだけで、周囲に顔出しの窓もなく従って玉の井、洲崎、亀井戸等東京の売春屋風景とは異なっていた。併しそこまで行って私達はびっくりした。陸軍の兵が、いずれも玄関先から表に長蛇の列を組んでいる。どの店も三十人以上の列の長さである。十一隻の輸送船のうち出発したのは六隻ぐらいで後に続く残りの部隊の兵も外出許可がいずれも出ているのでおよそ四、五百名の員数が外泊している。おそらくその八割ぐらいはこの五、六軒のピーヤへ押しかけている。私達はこれを見て流石にうんざりしてしまった。

「何処で待っていてくれる、場所を決めといてくれよ」

渡部が三十人以上も並んでいる最後の列に本口と並ぶと私に言った。

「よせ、よせ、とてもじゃあないがこれじゃあまるで命の洗濯じゃあなくどぶの中へ足を突っ込むようだあきらめろよ」

「いや俺は待っているよ、たいしたことじゃあない」

渡部の返事に私は頭に血が上った。

「じゃあ俺と一緒に来い、いい想い出になるか、がっかりするかよく自分の目で見てみろ」

私は根本、辻本、本口の三人をそこへ待たすとポケットから外出用の腕章を腕に巻くと渡部を連れて立ち並ぶ列の横を大手を振って通り抜け玄関へ入り靴を脱ぐと、渡部にもあがれと言った。列を組んで並んでいた連中は私が腕章を付けているのを見て誰か人を探しに来たのかと思い誰ひとり文句をいう男はいなかった。でも呆気にとられていたことは確かであった。玄関から廊下、そして二階の階段、兵隊の列は続く二階へ上がり左右部屋の入口に立った。そのうちの一部屋の入口にいた兵隊に一言、「失礼」と言うと私はいきなり部屋の襖を開けた。そして後ろにいる渡部の手を取り中へ入れた。渡部は顔を青ざめ緊張感で体が小刻みに震えていた。中では今女から離れた男がズボンをはき始めているところであった。突然部屋へ入ってきた私達を見て男は顔を伏せたが、女は三十五、六白粉をべったり襟元までつけどう見てもいたただける様な女ではない。

「呼んでから入ってきてよ、全く忙しいんだから煙草一服吸う時間もありゃしない」

不機嫌を顔一杯まで出し、ぶつぶつ言いながらまるめた紙を傍らの大きなくず入れに入れた。そして今まで座っていた座布団を裏返しにし、もう一枚をそれに並べると一枚を二つに折り頭をのせて仰向けに寝転んだ。

「さあ、早くお集まりよ、あとがつかえているからね、それから外の人今度からこっちで声を掛けたら入ってきてよ、さあ早くしておくれ、どちらからするか決めておくれ」

顔も悪いが声まで馬鹿でかい毒突くように言うと両膝を立て双方の大腿部を大きく開いた。私はそれを見下ろすと渡部に言った。

「どうだ強引に割り込んで部屋まで入ってきたが、ここまで辿り着くのは四時間以上掛かるぞ、やっと辿り着いたお楽しみがこれだ、それでも想い出におまえこの女の上に乗るかい」

「わかった、一遍にやになっちゃった」

渡部の返事をそれだけ聞くと私は女には目もくれず、さっさと部屋を出た。後ろから女のわめく声をかすかに聞きながら階段を下りた。待っていた三人の所へ戻った私は余計なことは言わず、

「とてもじゃあないが、混んで駄目だ、何処かで軽く一杯やろう」

私は二、三度入ったことのあるビヤホールへ皆を連れて入った。ここは海軍専用の様な店であり陸軍の兵隊はひとりもいなかった。辻本達は周りを見て何か落ち着かない様子だった、でも私は平気でジョッキの注文をした。渡部は今見てきた話を始めた。

「あれじゃあ倉田の言う通り幻滅を感じるだけで最初からよせば良かった」

「ハハハ……、また倉田にやられたな、さあ心機一転芸者でも上げて騒ぐか」

といいながら辻本がまず一気にジョッキを飲み干した。飲み終わった辻本が、

「俺達は最初世田谷へ入隊した時から仲良く一緒だった、千葉の姉ケ崎内地防空の兵舎では根本と渡部が水炊場へ回り、本口は通信班になり皆別々になったが、今度は一部隊で倉田が弾込めで俺が方向計の一番砲手だ、死ぬ時は皆一緒だぞ」

辻本がいい終わると次のジョッキを注文した。本口はそんな辻本の言うことなど無頓着に渡部からピーヤの話を一生懸命聞いていた。

「よせよその話、さて倉田これから何処へ行くんだ」

「皆の中で芸者遊びをした者はいるかい」

私は辻本に返事をせず、皆に向かって訊いた。根本も本口も渡部も黙っている。

「じゃあ、辻本おまえは経験があるんだな」

「当たり前よ、芸者遊びでも女郎買いでもやらないものはない、ここじゃあ芸者遊びをした奴は俺と倉田だけか」

「そういうことになるな、でも俺は人に連れて行って貰っただけで、自分自身で遊んだことはない。だからおまえにこれから先の交渉は頼む」

「引き受けた、任しといてくれ」

「さてと断っておくが、俺の知っている限りでは小樽は三業地ではなく二業地だということだ。だから料亭、置屋はあっても待合はないんだ。そうなると芸者は抱けないということになる、だから皆んな俺を恨むなよ、その代わり料亭は超一流の店を選んで飛び切り上等な綺麗所を呼んで騒ぐつもりだ、それで皆んないいか」

「異議なし、その方が却っていい想い出になるよ」

　異口同音に唱え衆議一決した。私達はビヤホールを出ると二業地の方向へ回った。だが毎日の様に外出していた私も実際は、二業地が何処にあって一流の料亭が何処にあるのかはわかっていなかった。街を歩く女の人を捕まえて、私は場所を訊いてみた。

「そこの広い坂道を上り切って行くと二業地よ、一流の料亭といえば千代本さんね、上り切ったら左へ曲がるとすぐわかるわ」

　私達は坂道を上り切り左の路地を曲がるとすぐ植込みが見えた。よく手入れされた大きな鉢に形のいい松が枝振りも青々と、どっしりした姿で左側に備えてあるのが目に映った。

その松や傍らの種々さまざまな植木類を見て園芸学校出身の本口は、

「こりゃ凄いたいした店だよ、玄関の横に掛かっている看板も確かに千代本と書いてある」

私達は松の枝振りの下で立ち止まり正面の玄関を見た。ここから玄関までは七、八メートルの距離がありそうだ。私達は二の足を踏んでしまった。

「こりゃ凄い店だ、安くないぞ」

辻本が言った、そして私の顔色を窺った。

「金のことなんか気にするなよ、おまえ俺達はここで待っているから交渉して来いよ」

「そうだな倉田は博打で相当儲けて持っているから俺達全部はたけばどうにかなるか、では一寸行ってくるか」

さすがに辻本は後の三人とは心臓の強さが違っていた。「御免」大きな声で辻本は玄関の黒と白と小砂利のある沓脱ぎの中に立つと叫んだ。「は～い」と言って返事か返って小綺麗な身形をした仲居さんが現れた。辻本の姿を立ったまま見下ろすと、

「どちらの隊長さんに御用なんですか」

と言った。

「いや隊長に用があるんじゃあなくて、一杯飲みに来たんだが都合五人部屋はあるかね」

「飲みに来た……あなた兵隊さんでしょう、ここは兵隊さんが上がる所じゃあないのよ」

「だってここは料亭だろう、兵隊じゃあ上がれないなんてそんな馬鹿な……」

「そんな馬鹿があるのよ、ここは将校さんそれも下は大尉さん以上の方しか来れない所よ、来る人は佐官級の人ばかりよ、さあ早く帰りなさい、誰か将校さんでも見つかると叱られるわよ」

私達は離れて植込みの陰で、その問答を聞いていた。

「そうかい、将校専用で兵隊は駄目だって言うのかい、わかったよ帰ればいいんだろう、帰るよ」

ふてくされた辻本が、すごすごと私達の許へ戻ってきた。

「駄目だ諦めよう」

辻本は私に投げ捨てる様に言うと足許の小石をおもいっきり蹴飛ばした。

「何処かもっとちっぽけな安い店を見つけようや」

本口が私に言ったが、辻本は余程癇の虫にさわったせいか、

「何処に行っても同じだよ、兵隊を上げてくれる店なんかあるものか、行こう、行こう」

私は辻本が三人を引っ張って引き返そうとするのを、

「待ってくれ、俺が交渉してくるよ、いいか俺が帰ってくるまで、ここを動くなよ」

私は玄関へ向かって歩き出した。後ろから、

「無駄だ、無駄だ、よせ、よせ」

と言う辻本の声を聞きながら玄関の中央に立った。「御免下さい」と中に向かって声を掛けた。先程の仲居が出てきた。私は丁寧に帽子を取って頭を下げた。今度は仲居も先程

辻本を立ったまま見下ろした態度でなく、「どちらの隊長さんに御用ですか」と腰を落としてしゃがみ態度も丁寧であった。

「実は自分は今来た者の戦友なんです、おたくに是非お願いがあるんですが……」

「店に上がりたいって言うことでしょうが、先程の方によく言ってお断りしましたが……」

「はい伺いました、敷居の高いことは私達は知らなかったもので大変失礼致しました。実はこれには訳があることで訊いて頂きたいのですが……」

私の態度が、慇懃《いんぎん》で且つ丁重なせいか仲居は私の前へ少し寄ってきた。

「何か訳がありそうね、言ってごらんなさい、あなたは先程の人と違うようだから……」

「実は自分達は明後日キスカへ出発するんです、御存じないと思いますが、自分達同様先に出発した六隻の輸送船団は全滅しています。途中で全部敵にやられてしまいました。自分達もいざ出発すれば二度と生きては戻れません。そういう意味で最後の外出がでた訳です。皆んな誰でも最後の名残にピーヤへ行きます。でも自分達はそんなことより一生の想い出として一流のお店で最後の送別会をやろうと決めたのです。これは自分の案で皆をここへ引っぱって来たのです。お願いですから自分達の最後の想い出の場所を貸しては頂けませんか」

私は瞬時も仲居の目を離さず一気に喋った。仲居の顔が急に引き締まり、唇を噛むと一言うなずき、

「わかったわ、ここで一寸待っていてね」

立ち上がるとそそくさと奥へ消えた。一寸の時間が随分長い様な気がしたが、実際には五、六分の間しかなかった。奥からきちんとした身形の四十歳前後の主人らしい小柄な人が私の前に現れた。私は相手の目を見て丁寧に頭を下げた。

「さっきから話を聞いていましたよ、あなたの声ははっきりしていて帳場までよく通りましてね、あなたは東京の人ですね、しかも江戸っ子でしょう、久方振りで江戸っ子のいきいきした声を聞かせて貰いましたよ、死ぬ前で私の様な所で最後の宴会を開く等、こちらこそ身の光栄です。おとしさんすぐに上がって頂きなさい、奥のはぎの間がいいだろう、さあ早く」

主人は微笑みを顔一杯に示すと、そのまま廊下の端の部屋へ消えた。そこが帳場だとすると成程この玄関から三メートルもない、玄関の声も筒抜けになる訳だ。私はおとしさんに急き立たされ皆んなを呼びに走った。待っていた四人はもう諦めて通りの四ツ角まで出ていった。私達五人が、玄関に立ち上がるとおとしさんは脱いだ我々の靴を素早く下駄箱の中へ仕舞い込んだ。一室に案内されると彼女は隅にあった金屏風を出入口の襖の前に立て掛けた。黒檀のテーブル、床の間に掛かっている山水画もすべて一流である。私はともかく四人は流石に落ち着かなくそわそわしてまだ立ったままでいる。おとしさんは私を床の間を背に座らせると言った。

「あなたのお名前はまだ伺っていなかったわね」

「倉田祐三《ゆうぞう》と言います、こちらは……」

私は最初に辻本を紹介しようとしたが、おとしさんは、

「後ろの方のお名前は伺わなくてもいいわ、それじゃあ皆さん早速上着、ゲートル脱いでそこの押し入れの中へ入れて下さい。それが済んだら各々席に座って下さい。今日は特別に陸軍の参謀中佐さんと少佐さんと副官の大尉さん、海軍では大佐さんと中佐さんの二組が入って、芸者さんは六人来ています、だからあなた方はここから外へは出ないようにお願いします、では倉田さん一寸」

おとしさんに呼ばれ私は彼女の側へ行き、彼女の話に頷き席へ戻った。辻本はどっかと胡坐をかくと上着を脱ぎゲートルを取り始めたが、後の三人はお互いに顔を見合わせながら、

「何だか落ち着かないなあ、もし将校にでも見つかったら俺達一体どうなるのか心配になってきた」

本口の気の弱そうな声に根本も渡部も、

「ねえ、帰った方がいいんじゃあないか」

三人一様に上着も脱がず立ち上がってしまった。

「がたがたするなよ、落ち着け、倉田に任せて皆んな上着を脱げよ」

辻本が場馴れしたような顔で言った。

「皆んな心配するなよ、ここの主人は話のわかる人で、俺達はキスカへ行くんだが着くま

でに死んでしまう。そのため最後の送別会をここでやりたいと言ったら快く上げてくれたんだ、このおやじさんの厚意を受けないで帰れるかい、これから料理も芸者も来る最後のいい想い出になるぞ」

　私は言いながら上着を脱ぎゲートルを取り押し入れの中に入れた。

「倉田がそういうんだから俺達も覚悟を決めよう」

　本口が言って上着を脱ぎ始めた。

「馬鹿、覚悟するのは船に乗ってからだぞ」

　私はやっとどうやら皆が落ち着いて座ったのに安心した。暫くしておとしさんが料理を運んできた。ビールに酒とちょっとしたつまみ物だけである。そのおとしさんの後ろからす～と入ってきた芸者が私達の前に来て一礼すると、

「いらっしゃい、まあ皆さん本当に東京の人達ですね。私ここのお座敷でまさか兵隊さんを見られると思ってもいなかったわ、大歓迎よ、万事は私に任せて下さいね」

　私達の視線は芸者の顔に一斉に集中した。顔は丸顔ではあるが、色が雪の様に白くしかも垢抜けしている、そして非常に若いのに驚いた。

「あらあらどうしたの皆さん、お照《てる》さんを見てキョトンとして……じゃあお照さん帳場で打ち合わせしましょう」

　おとしさんとお照さんはそろって部屋を出ていった。私はテーブルにつくと四人に言った。

「これから料理を一品ずつ持って仲居さんが来る、その後一人ずつ芸者が来る何遍来るかわからないが、とに角次々と変わり芸者が一人ずつ来る。来ている時間は精々五、六分しかいられないがお偉方の宴会が終わったら全員皆この部屋に来てくれるそうだ、だからそれまではおとしさんや他の仲居さんがサービスをしてくれるそうだ、まずまずいい想い出の宴会が出来そうだぞ」

「倉田、お前のやり方には負けたよ、俺はな交渉には自信があったが、今度は本当にお手上げだ、一体どんな交渉したのか教えろよ」

「辻本、倉田の人柄だよ、俺達にはとても真似は出来ないよ、腕力だって同じだ。あの喧嘩騒ぎの時、もしも倉田がいなかったらお前殺されていたかもしれないぞ」

「それを言うなよ、俺はそれを言われると弱いんだ、いいっこなし、いいっこなし」

「調子がいいんだからな辻本は、それよりさっきの芸者がお照さんとか言ったな、丸ぽっちゃだけど色の白いきっぷのいい子だね、第一若いだけあってべたべた化粧が濃くないのがいいね」

本口がビールの口を開けて私のコップにつぎながら言った。各自もコップにビールをついだ。「乾杯」私の音頭にコップを付けあって今飲もうとした時、襖が開いておとしさんが仲居さんを一人連れて部屋へ入ってきた。

「チョイ待ち、チョイ待ち、ああ間に合って良かった、こちらおすみさん、さあ私達もお仲間に入れて」

おとしさんは私の傍らに座ってコップを持った。私はそのコップにビールを注いだ。

「皆んなこのおとしさんによくお礼を言ってくれ、おとしさんがおかみさんに取り成してくれたお陰でここへ上がれたんだからな」

「どうも先程は、とんだ無調法を致しまして失礼を。この通り、肝に銘じてお侘び致します」

　辻本がおとしさんの前に両手をついて深々と頭を下げた。

「あらまあご丁寧に痛み入ります、どうぞお手を上げて下さい」

　私は二人の動作を見て改めてコップを持ち直して、「改めて乾杯」おとしさんとおすみさんが加わっていよいよ宴会が始まった。暫くすると「御免なさい」と言ってまた実に可愛らしい芸者が一人部屋に入ってきた。

「私はトンボといいます、どうぞよろしく、偉いわあなた方将校しか上がれない千代本さんへ堂々と遊びにみえたんだから、私感謝感激よ、私将校なんか大嫌い。いばってばかりそのくせいい年して助平なことばかり言っておいて下劣よ、やはり若い人がお兄さん方の方がよっぽどいいわ、任せといて、よぼよぼ将校なんかもうすぐ帰してしまうから、そうしたら皆んなで大いにやりましょう」

　トンボちゃん、両手を横に水平に伸ばすとすいすいトンボが飛ぶような仕草をした。

「トンボちゃん、それまであまり酔っ払っちゃ駄目よ、よくって……」

「はい、はい、しまったお姉さん、あれ廊下に置き離しちゃった」

「何をよ」

「私ねお照姉さんから話を聞いて早く皆さんの顔を見たくておきよさんのお膳持ってこっちへ来ちゃったのよ」

「トンボちゃんたらあなたもう一本なったの忘れたの、あなたお膳なんか持っちゃ駄目よ、おすみさん取ってらっしゃい」

おすみさんが早速廊下へ出ようとすると、

「そのお膳こちらへ持ってらっしゃい」

「は〜い」

返事をしたおすみさんは刺身の入った大皿の盛ったお膳を両手に持って戻ってくるとテーブルのまん中に置いた。

「でしょう、だから私こちらへ運んじゃったのよ」

トンボちゃんは大きな瞳の片方をつぶると、ペロリと可愛い赤い舌を出した。

「おきよさん、参謀さんの所へ運ぶところだったのね」

おすみさんが言っておとしさんの顔を見た。

「大丈夫よ、おとしさんだってわかっているから、ここへ運ばそうとしたのよね、そうでしょう、おとし姉さん」

「トンボちゃんはお見通しね、さあ皆さん召し上がって下さい」

おとしさんは胸を張って言った。鮪《まぐろ》の大トロ、烏賊《いか》の刺身この盛り合わせだけでも最近

の我々にとっては大御馳走である。我先にと私達は箸を取り始めた。それを見ていたトンボは、

「がつがつしないでね、これからどんどんお料理ちょろまかしてくるから……いざ作戦開始」

トンボ姉ちゃん袖を開かすと、たちまち部屋を出ていった。次に替わった芸者がその後四人現れ、五時頃になった時は芸者が全員六人部屋へ集まった。おとしさんとおすみさん、おきよさん他一人の仲居さんで女性十人、我々は五人、一人で二人の女性が傍らについた訳である。この様な事態になろうとは私も予想はしなかった。でもおとしさんの作戦は前に聞いていたが、その結果が現実にこの結果を生みだそうとは信じられなかった。私は自己満足を充分味わった。他の四人もおそらく私と同じ気持ちで満足したことであろう、その証拠には四人はすっかり浮かれはしゃいでいた。兎に角若い綺麗どころを一人ずつ傍らにおいて浮かれない方が可笑しい。その中で一人余ったお照さんだけは、終始私に注目していた。そしてなによりも一番皆んなのために気を使っていた。芸者の中でのナンバーワンは、何といっても光枝《みつえ》という芸者であった。お照さんはその光枝を私の隣に座らせて自分は絶えずあちらこちらと動いていた。トンボちゃんが、今年十五歳で一本になったこと、皆平均十七歳、お照さんが何と十七歳とはいくら若いといってもこれには驚かされた。一番体が締まって小太りながらその落ち着きは流石横綱照国から名前を貰っただけあって貫禄充分であった。床の間の時計が、七時を知らせた。私達の宴会は終わった。私は四人に

上着を着せゲートルを巻かせ先に店を出させた。その折辻本と本口から財布を預かった。四人が千代本の玄関から出て行くのを見送った私は帳場へ入った。主人は私を見ると帳簿を閉じて煙草を一本勧めてくれた。

「家の者も芸者衆も今日は良い生命の洗濯をした様ですな」

「どうも大変お世話になりました、良い想い出が出来て本当に有難うございました、ついてはおあいそを一つお願い致します」

「ハハハ、倉田さんおあいそはもうあなたから最初に頂きましたよ、お勘定はそれでなし、いいですね」

「いやいや自分はまだお支払いしてませんが……」

私は主人の意味がわからず財布を取り出した。

「いいんですよ、私はあなたを最初に見てお話を伺ってあなたの正直なきっぷに惚れたんですよ。それが私へのおあいそですよ、倉田さん奇跡というものはあるんですよ、芸者衆からいろいろと今日は情報を聞いたことと思いますが、奇跡を信じて決して死なずに生きて無事又私に元気な顔を見せて下さい」

主人の一言、一言に私の頭は下がり両手を膝につき顔を上げることが出来なかった。世の中にこんなにも話のわかる人がいたのか。私は死ぬ前にいい人に会ってその嬉しさの余り自然に瞼から落ちる涙を払うことが出来なかった。厚く礼を言って私は玄関へ出た、玄関におとしさんと照国との二人が私を待っていた。

「輸送船は何時出るの」

照国が言った。

「明日、明後日と外出許可が出ているから出発はその次の日だと思います」

「じゃあ明後日、倉田さん一人で又ここへ来て下さい」

「私達相談したのよ、心配しないで私達又あなたにお会いしたいのよ、ねえお願いだから来て」

おとしさんも傍らから私の顔を覗く様にして言った。

「でも御主人が……」

「主人だって今度は私達が倉田さんを招待するんだから大丈夫よ、じゃあ待っているわよ」

私は断る理由もなかった。

「じゃあ何時頃」

「今日は特別お偉方からお座敷の招集なのよ、いつもは大方今頃からお座敷がかかるのよ、だから五時頃だと丁度いいわ」

私は顔を赤くして千代本を後にした。さて千代本の主人が情報と言ったがその情報というのは、各芸者が陸軍参謀や海軍のお偉方の話を私達に聞かせてくれたことだった。それらの情報はアリューシャン列島、ベーリング海は定期圏内に入ると海が荒れ寒風になる、人呼んで魔のベーリング海と言う、この時化に遭えば絶対船は助からぬという。目的地へ行くまでにもこの危険が待っている、そして北海道に守備を持つ第三船隊は大半南方へ回りキスカ、アッツへ護送する艦隊も殆どない様だということであった。

第十七章　小樽の追憶〔Ⅱ〕

この様な悪条件を私達は彼女達から聞いたのである。千代本の主人はおとしさんからすべてを聞き奇跡を信じなさいと言った。千代本の主人はなにからなにまで私に好意を持ち便宜を図ってくれた。あまつさえ料理代はおろか席料も芸者衆の線香代までも受け取ろうとはしなかった。

翌日意外な伝達命令が私の小隊に入った。私達の輸送船浦潮丸に故障がおき急遽浦賀のドックへ修理に入ったということであった。修理期間は約二週間、出発はそのため二週間延期となったのである。私は一人で約束の日千代本を訪ねた。店へ上がるつもりはなく主人に会った。私は二週間延びた出発を本当に信じてくれるかどうか、私はそれがなによりも心配だった。だが主人は延びた出発を疑うより二週間後の日の方が、却って暴風圏内に入るおそれが多いと心配した。兎に角座敷へ私は案内された。先日の芸者衆が集まって座敷には酒、肴の用意がしてあった。席の音頭は照国がやっていた。二週間後の出発延期を喜んでくれたのは皆んな同じだったが、私には特に照国とおとしさんの二人が一層喜びが強い様に思われた。千代本から左へ出て大通りを左へ曲がりその坂道にやなぎというしるこ屋がある、ここは二業地の彼女達の溜まり場である。そこは彼女達のためにある様な店で普通の客は滅多に入らない。店はいつでも開いていて、五十過ぎのばあさんが一人いた。東京ではたとえおばあさんでもママと呼ぶが、彼女達はおばちゃん、おばちゃんと呼んでいた。勝手に好きな物を作って食べても飲んでもよく勘定はつけだそうである。私が出港するまでの間、今後はいつでもそこへ来て何でも好きな物を食べても飲んでもいい、昼前後になれば誰かが一人や二人は来ているから今後はそこで会いましょう、と彼女達は私にその方が自由にお金の心配もなく最も良い方法だと考案してくれた。私は幸いにも外出腕章を持っている。外へ出るのは自由なので、この厚意は私には願ってもない有難いことで、素直にその厚意を受けた。その日の勘定もおとしさんから、「いいから、いいから」と言って受け取ろうとはしなかった。そして翌日から私は一人で外出すると、やなぎへ向かった。店はテーブルが四つあるだけで狭く、しもた屋風の構えで店の前に柳の木が目印の様に一本ぽつりと立っている。小さなのれんを分けて入った。背の小さい愛嬌のあるおばちゃんが笑いながら私を迎えた。

「倉田さんって言うのね、話は聞いてますよ。もうおっかけ誰かが見えますよ」

私は腕時計を見た。まだ昼前である、待つ間もなく照国が店へ入ってきた。今風呂から出てきたらしく髪は洗い髪で長いその髪が襟元を隠し肩先まで垂れていた。化粧のない彼女の顔の色はあくまでも白くきらきら銀色の様に光っていた。この店にはなんでもありない物がなかった。私は驚いた。確かにここには地方人が口に出来ない品物が不思議に揃っていた。私のやなぎ行きが毎日続いた。この間に二業地の殆どの芸者と知り合った。しかしやはり最初に出会った六人の彼女達が何といっても親しみが濃かった。その中で私はナンバーワンの光枝とだけは、お互いに握手したことすらなかった。その光枝とは、何故かやなぎでもたったの一回しか会ってはいなかった。トンボや栄子《えいこ》、良子《りょうこ》達とは気軽に手を握り合ったりして何遍でも会っていたが、光枝とは本当に会う機会がなかった。そしていよいよ出発の日が近づいた三日前、私はやなぎで照国と二人でしるこを食べていた。

「ねえ、倉さん、最近光ちゃんと会ってないの」

「そうだねここで一回くらいしか会っていないけど、彼女元気かな」

「元気よ、そりぁ、どうして会わないの」

　私は心の底の窓を覗かれた様に顔を赤らめた。ここの芸者衆で一番綺麗で売れっ子は、光枝とは前にも書いたがその彼女が一番年長者と言ってもまだ十八歳である。照国より一つ年上である。ここの芸者衆は絶対に客と寝ないのが定法である。だから皆生娘であった。十七歳、十八歳と言えば、まだ高校の学生その者であるが彼女達は現在の高校生より遥かに純情で大人であった。私は矢張り一番光枝が好きであった。好きなればこそ手も握らず、そして肩に手ひとつかけたこともなかった。そんな光枝も私に対しては、確かに好意を持っていた。好きになってもどうしようもない今の境遇である。私は皆んなに対してもそんな素振りひとつ見せなかったが、どうやら照国だけはそれを見破っていたらしい。

「今、光ちゃんお風呂に行ってるわ、倉さんここで待っていて私が今呼んできてあげるわ」

照国が立ち上がって店を出ようとした。

「いいんだよ、そんな心配しなくても」

私は慌てて制止したが、

「やせ我慢するもんじゃあないわよ、ここで待っているのよ」

と言葉を残して照国は出ていった。そういえばもう出発は目前に迫っている。二、三日のうちには出発命令が出るだろう。その前に一度だけでも彼女に会っておきたかった。もう十日以上もやなぎへ毎日の様に来てここで会ったのが一度だけだ。いつも行き違いの様に今帰ったところだとか、今日は来られないわよとか殆どすれ違い奇妙に彼女だけには会えなかった。まさか誰かが彼女と私を会えぬ様に仕組まれているのではないか、そんな馬鹿なことがあろうはずがないそんなことを思ってみて心の沈む日も何回もあった。照国はなかなか帰ってこなかった。三十分後私は表へ出た。風呂は坂を下りて左側にある。二業地があるため毎日朝十時から店は開いている。私は風呂の前に立った。通りはかなり人通りが激しく地方人より軍人の方が多く私はどうしてここまで来てしまったのか後悔し始めた。しかし数分を待つことなくやがて照国がのれんを分けて表へ出てきた。

「あら、出てきちゃったの、光ちゃんまだ入っているところでもうすぐ出るわよ」

照国はいいながらあたりを見回して、

「人通りが多いわね、私先にやなぎへ行ってるわ、倉さん光ちゃんと一緒に来なさいね、気を付けてね」

照国は下駄の音をたてると私から離れていった。私はぼんやりとのれんを見ていた。やがてそののれんを分けて洗い髪で湯上がり姿の艶やかな光枝が現れた。私は一瞬どきんと、心臓が鳴ったのを覚えた。全く美しい柳橋へ出ても決して見劣りはしないだろう。それに何ともいえぬほのかな色気が漂っている。

「まあ、倉さん」

光枝の方が驚いて走ってきて私の両手を取ろうとした。私は思わず軍手を取ると同時に彼女の両手を握った。周囲の足音が一斉に止まった。歩行していた通行人が、一瞬私達の姿に呆気にとられたのである。私と光枝は両手を握りあって抱きあった格好になっていた。ただの女なら人目にはつかなかったろう、だがこれは余りにも人の目を羨望的に刺激をしすぎた、バッと気が付いた時には私達の周囲に人垣が出来ていた。殆どが陸軍の兵隊達であった、而も私だけが一等兵で周りの者は皆下士官兵であった。一人の伍長が、その中から私の前に出ていきなり手を伸ばし私の胸倉を取った。今まさに拳を固めて私を殴ろうとしたその時、光枝が一瞬早く相手の腕を押さえた。

「何するのよ、この人に手を出したら私が承知しないわよ」

伍長は慌てた。光枝の顔を見て思わず私の胸倉の手を離した。光枝は私の前に立ち塞がると、「さあ行きましょう」と言って私を促し歩こうとした。

「待ちや、みるところおまえ芸者と違うやろか、何やこんな大通りで兵隊といちゃいちゃしおって、あほらしい気合いをかけへんといけへんや、けったくそ悪い」

伍長も出てきた手前ひっ込みがつかなくなった、又私の胸倉を取りにきた。私はその手を横に払った。唯横に払っただけなら良かったが、その時私は相手の右足に私の左足を掛けていた、そのため伍長は横転して倒れた。私はしまったと思ったが、もうどうしようもならない。人垣は益々増えそうである。倒された伍長は立ち上がると、仲間の下士官とぐるりと私達を逃がすまいと取り囲んだ。その時光枝が突然大きな声で叫んだ。

「大黒《だいこく》さん、大黒さん」

その陸軍大尉の姿を見た一人の下士官が、敬礼と言って直立不動の姿勢をとり敬礼した。私も一緒に敬礼をした。大尉が返礼すると、

「どうした、おい何かあったのか」

光枝に向かってにこにこして言った。

「タ～さん、失礼しちゃうのよ、私がこの人とここで会っていたらこの人達いきなりこの人を殴ろうとしたのよ」

「この人って誰だ」

「私の従兄よ、偶然ばったりここで会ってびっくりしていたところなのよ」

大尉は光枝を知っていた。概ね何処かの料亭で光枝と顔馴染みになった一人なのであろう。私はその前に事態の悪条件に覚悟を決めここから逃走する機会を狙っていた。ここでは逃げの一手しかないと、そう思っていた矢先でうまく流れが変わってきた。光枝は大尉に顔を寄せると早口に何か言った。大尉はいちいち頷くと下士官の前へ出た。

「話はわかった、お前達やきもち焼いてこの兵隊を私的制裁しようとしたのだな」

その一言に下士官達は縮み上がった。

「アハハハ、図星をさされぐうの音も出ないのか、おいそこの伍長今この小樽には海軍の兵隊もいるんだぞ、こんな大通りで仲間同士でみっともない真似をするな、今日は大目に見てやる。さあ早く皆んな散れ、散れ」

私達は大尉を中に挟んで何事もなかった様な顔をして皆んな散っていった通りを歩いた。大尉は終始機嫌良く光枝と軽口をたたいていた。表情は出さない私としても内心はいらいらしていた、折角照国が気をきかせて光枝に会わせてくれたのにとんだ邪魔者が入り彼女と話も出来ない。坂へ上る曲がり道まで来た時、大尉が立ち止まった。

「じゃあ従兄さん、元気でな」

光枝と握手すると大尉はまっすぐ通りを歩いて行った。坂を上った時、光枝が急にやなぎの手前を曲がり先が行き止まりの狭い路地に出た。私は前後を見て素早く彼女の後を追った。

「どうして会ってくれなかったの」

光枝は私が傍らへ寄ると恨みのこもった声で言った。

「だってやなぎのおばちゃんには、いつも明日は何時頃来るからと必ず光ちゃんへの言付けをしておいたのに、君はいつも来てくれたことはなかった」

「そりゃ変よ、私おばちゃんからそんな言付け聞いたことないわよ」

「おばちゃんが言わなかったのかな、信用がないのかな」

「いいえおばちゃん、倉さんのことはいい人だと言っていつも褒めていたわ、倉さんは皆んなに好かれているのよ、毎日倉さんの噂の出ない日なんかない位よ」

「じゃあどうしておばちゃん自分の言付けを光ちゃんに言わなかったんだろう」

「そりゃあ私にもわからないわ、倉さん昨日やなぎへ行った」

「ここ毎日行かない日はないよ」

「そう、で昨日言付けした」

「もちろんしたよ、もう二、三日で出発するからその前にどうしても君に会いたかった」

「エッ、二、三日で出発する……そんなのないわ全然知らないひどいわ。今日午前中やなぎへ寄ったのよ、そうしたら照国さんがいて倉さん今日は来ないわよ、だから私早めにお風呂へ行ってくるわってさっさとお風呂に行ってしまったわ」

「じゃあその後自分が行ったんだよ、照ちゃん風呂上がりで二人で一緒におしるこ食べた、今日やなぎへ行くことは皆んな知っていたはずなんだがなあ」

「じゃあ知らなかったのは私一人ね、だって私倉さんがいつも三時過ぎに来るよって聞いていたのよ、だからお風呂へ行ったり稽古の帰りにはいつもやなぎへは寄っていたわ」

「いや自分が行くのはいつも十二時から二時頃だよ」

「とすると、わかったたわ」

光枝の言うことの意味が私にもすぐわかった。

「まぁいいわ、そんなこと」

光枝の表情がやっと平常の笑顔に戻った。

「どうってことない、気にしない、気にしない」

私もべつに強い感情意識は持ちたくなかった。誰かが私と光枝を会わしたくない、そんな仕業が私への好意から出ているとなれば私は怒る気持ちにもなれなかった。そしてそれが誰かは薄々わかってきた。

「兎に角、お風呂屋まで呼びに来た人が一番倉さんのこと好きだっていうことね」

「罪の意識だなんて考えない方がいいね、自分はもう出発したら二度と戻ってこられないだから、まあお照さんに感謝すべきかね……」

「そう思ってくれる、有難う。でも本当に死んじゃ厭よ絶対に無事に帰ってきてよ」

光枝は手に提げていた袋の中から何か取り出した。

「私はいつも倉さんに渡そうと思って持って歩いていたの、これ御守りと私の写真。しっかり持っていてね」

光枝は二品を私の手に渡した。矢張り光枝も好いていてくれた、そして誰もが皆んな私に好意を持っていてくれた。それだけでも私はどんなにか身の幸福を感じたことかわからなかった。光枝と接吻した後、私達は何事もなかった顔をしてやなぎへ戻った。店の中は人で一杯であった。芸者全員集合というところである。

「来た、来た、今まで何をしていたのよ」

トンボの甲高い声が最初に飛んできて続いて、

「何かあったの……」

照国がいらいらした声を掛けた。

「あったどころではないのよ、倉さんと一緒に風呂屋の前で話をしていたら大勢の下士官に取り囲まれて大変だったのよ」

光枝は皆んなを見回すとにこにこした落ち着いた声で言った。

「馬鹿に落ち着いているわね、光枝姉さん、それでどうしたのよ」

トンボが痺れを切らして椅子から立ち上がった。

「倉さんの胸倉を一人の伍長が取って殴ろうとしたのよ」

「まあ、それでお姉さん黙って見ていたの」

「勿論間へ入って止めようとしたわ」

「じゃあ倉さん殴られたのね、でも殴られた様なあとがないわね」

「そうよその前に倉さん相手を倒しちゃったのよ」

「まあ、」「まあ、」

良子も栄子も椅子から立ち上がって感嘆の声を上げた。

「そんなことしたらどうなるか、お光ちゃんわかってないの」

照国が険しい顔付きで言った。

「まあまあ皆さん落ち着いて神様は見捨てはしないわよ、丁度運よくそこへ大黒さんが通り掛かったのよ」

「大黒さんというのは、あの大黒大尉さん」

照国が言った。

「そう矢張り大黒さんは神様ね、下士官も将校さんには敵わないから全員退散っていう訳、まずは目出度し、目出度し」

「何が目出度し、目出度しよ散々気をもたせて」

トンボ達は椅子に座り直し、ほっと息をついた。やがて急に店の中が騒々しくなった。私は苦笑いしながらその場で立ったままでいた。それにしてもどうして今日はこんなに人が集まったのであろう、よく見れば千代本のおとしさんまでも来ている。そのおとしさんが手招きして呼んだ。

「倉さん、こっちへ来て、さあ皆さん時間がないから早く決めましょう」

最年長のおとしさんの鶴の一声、一瞬場は急に静まった。

「出発いつになったの」

「明後日」

「そうじゃあ、私と照国さんでデパートの方の話は今日決めてくるわ、明日のお昼十二時きっちりにしましょう、皆さんいいわね」

「いいわよ」

「賛成、異議なし」

各自が一斉に返事をした。私はその趣旨がちょっとわからなかった。

「ちょっと、おとしさん明日何かあるの」

私へのその返事は隣にいたトンボが一声大きく叫んだ。

「倉田祐三君の送別会」

「馬鹿ねえ、送別会じゃあなくて歓送会よ、何度言ったらわかるの」

「いけねえ、また間違えちゃった」

トンボは例の癖で舌をペロリと出して頭に手を当てた。

「自分の歓送会」

「そうよ私達で倉田さんの歓送会をやるのよ、場所はデパートの食堂よ、話はつけておくから明日十二時にいらしてちょうだい、トンボちゃんあんた食堂の入口で待っていてあげなさい。特別室よ間違いないでね、それから今皆んなであなたの餞別に何を贈ろうかと相談していたの。それに一応あなたに聞いた方がいいと思って皆さんに集まって貰ったところなの」

私は驚いた、こんなことってあるのか。正直いって私の胸の中は火が燃えるように熱くなった。

「そうだったのか、自分のために……」

「自分なんていわないで、僕っていいなさいよ、私達倉さん自身の兵隊さんを送るんじゃあなく私達の大切なアイドルを歓送する会なんだから」

「栄子さん、アイドルなんて敵国語を使っちゃ駄目よ」

　おとしさんが宥めた。

「いけないいつい口癖になっているんじゃあ、何ていったらいいのかな」

「そうね、倉田さんは私達にとってかけがえのないいい人、それでいいでしょう倉田さん遠慮しないで何でも欲しい物があったら言って頂戴……」

　私は胸が一杯になりその後の言葉が出てこなかった。涙が頰を伝わり鼻水が出て困った。ハンカチを当て私は嗚咽した。場が急にしんとしてしらけてしまった。トンボが一番先に鳴き出した。後から後からハンカチで鼻を押さえる者が出てきた。その中で照国と光枝の二人だけが涙をこぼさず唇を嚙みしめていた。私には最も先に泣いて貰いたい二人であった。照国とは毎日会わぬ日はなかった。彼女の傍らにいるとお袋のふところの中にいる様な安堵感があった。たった十七歳の照国はそれだけ不思議な魅力を持った女であった。光枝はこの中で私が最も愛した女である、しかし態度でそれを表したりそれらしい素振りをしたことはなかった。そんなことを一度でもしたら私はそれこそ皆んなのアイドルにはなれなかっただろう。私は胸のポケットの中にしまった光枝の写真のことが頭にちらついた。そして照国の表情を見た。彼女の瞳が真珠の様に輝き、きらっと光った。じいっと見つめる私の瞼の中にその光が溶け込んでくる様な気がした。真実号泣したかったのは、実は彼女であったのだ。だが今私はそれを見抜くことは出来なかった。それを知ったのは二年後、私が義足を付け病院を退院した時であった。光枝はその視線が照国に集中しているのを知ると口を開いた。

「倉田さん、生きて帰るのよ奇跡を信じるのよ」

涙も見せず力強い声で言った。気の強いのは照国が一番だと思っていた私は誰よりも一番気の強いのは彼女であることを初めて知った。私は落ち着いてやっと言った。

「皆さん、お言葉に甘えてたった一つだけお餞別を頂きたい物があるんです」

「何でも言って頂戴、今更水臭いことを言わないで」

おとしさんが代表して言った。

「ではいいます、僕は死ぬ人間だから品物を貰ってもしょうがない、だから皆んなにそろって僕達が出発する船を見送って貰いたいんです」

「何言っているのよ、そんなこと私達が見送らないとでも思っているの、ここにいる連中だけは倉さんの船を見送るわよ」

おとしさんの声は甲高く部屋中に響いた。

「有難う、それで充分です。満足です。船に乗る兵隊達がどんなに喜ぶかきっときっと皆んなびっくりして腰を抜かすかもしれない」

「倉さんという人は他の人達のことまで考えていたのね」

「ねえ、おとしさん今まで岸壁へ輸送船を見送ったことってあった……」

良子が言った。

「聞いたことないわね」

「ねえこりゃ前代未聞よ、私達が揃って岸壁から白いハンカチを振って、ねえあなた早く帰って頂戴ね、なんて黄色い声をはりあげたら船の人達より街の人達の方がびっくりするわよ」

「トンボちゃん、見送りはこれが初めてで最後よ、じゃあこれで会議は終わり。皆さん明日は時間通り遅刻しないでね」

私はその夜なかなか寝つかれなかった。出発準備は夕食後総て終わった。辻本はじめ分隊の誰にも今日のことは内密にしていた。そして心は明日の歓送会の方に走っていた。翌朝私は五時に目覚めていた。かつてはこの大食堂に三千名からの駐屯兵で埋まっていた。それが今この大食堂に私達最後の小隊と僅か百名足らずの乗船兵が残っているだけである。先発した十隻の輸送船は二度とこの小樽には戻ってこなかったのである。七時の朝食前私達は全員集合し、明朝二十四日十時に乗船の命が下った。私は朝食も取らずに外出の仕度をしていた。

「あれこんなに早くもう出掛けるのかい」

根本が私の食事の用意をしながら言った。

「飯はいいよ、食べずに出掛けるよ」

「飯も食べずに何処へ行くんだ、俺も今日が最後だから一緒に連れていってくれないか」

根本は本当に連れて行きたかったが、根本を連れて行けば辻本も本口も渡部も皆んなついてくることは必定である。いや私が芸者と街で会っていることは皆知っている。我も我もとついてくることはわかっている。

「俺はこの街には随分知り合いの店や人がいるんだ。その人達に最後の別れに行くので悪いけれど連れて行く訳にはいかないんだ」

「こんなに早く行くんだもの俺達はどこかで待っているよな倉田、最後に今一度彼女達に会わせてくれよ」

そういう辻本の気持ちも私にはわかっていた。だが私は頑固にも断った。私は狸小路通りにある二軒の菓子店へ挨拶に寄った。海軍専用に決まっていたこの店も私は強引に陸軍専用にして随分世話や面倒を掛けた。他に飲み屋、食堂まで回ってデパートの前に来た。しかしまだ一時間はたっぷり余っていた。私は一人うなずくと風呂屋へ入った。今日だけはさっぱりとして小樽への最後の垢を落としておきたかった。脱衣場には今上がった人がさて髭をそり体を洗い終わってから湯船につかった。湯加減はいいし気分もいい、こういう時には自然に歌が出てくるものである。私はいい気分で川田節のダイナを唄っていた。私の隣にいきなな兄さんが、入ってきたのを少しも気が付かなかった。風呂場の入口の戸を開けて入ってきたのなら気が付く筈であったが、突然音もせず隣に入ってきたのである、二人着物を着ていて他には誰もいなかった。一人では勿体ないくらいの贅沢さを感じた。

私はびっくりして急に歌を止めた。

「おっとっと止めないで下さいよ、いい声ですね私も川田節が大好きでね、あきれたぼういずのレコードは全部持っていますよ、ねえ今の又最初からやって下さいよ」

「あんた何処から入ってきたの」

　私はこの三十歳前後のいきで色白の面長の顔を怪訝そうに見て言った。

「私が何処から……ハハハ、私はこの風呂の三助ですよ、今釜場にいたら川田節が聞こえてきたんで、その入口から入ってきたんですよ、うまいねえあんたさあ初めから唄って下さいよ」

　成程、釜場から風呂場へ入る入口からでは私の後ろ側になる。わからない筈であった。私は気分がいいし、そして褒められつい又唄い出した。三助は一つ二つ歌が終わっても私を風呂から上がらせてはくれなかった。「もういいでしょう」と言って私が上がろうとすると、「まあまあ、もう一丁今度はあれをやって下さいよ」と私を押し止めて上がらせようとしない、私はついに風呂にのぼせ前後不覚に湯船の中で気を失ってしまった。私が気が付いた時、風呂屋のおかみが傍らで介抱をしていてくれた。

「あらもう気が付いたわ、良かったさあお薬飲んで……」

　おかみは茶碗に水を汲むとオブラートをその上に一枚のせた。私は浴衣を着せられ布団に寝かされていた。起き上がっておかみが出した茶碗を受け取った。オブラートの上に焦茶色の薬がのっていた。おかみはオブラートの隅を小指の先で突っつき薬にかぶせた。

「さあ一気に飲むのよ」

　私はこういう薬の飲み方をしたのは初めてであった。いわれた通り茶碗に口をつけ一気に飲み干した。

「家の吉《よし》ったら調子付いて馬鹿よ、全く今さんざん小言を言っといたから勘弁してやって下さいね」

　おかみが私に謝った。

「とんでもない、自分としたことがのぼせて風呂の中で失神するなんて、いや大失態でした。どうも大変お世話になって申し訳ありません」

　親切なおかみに私は心から礼を言った。

「気が付きましたかね、兵隊さんどうも申し訳ありません、つい羽目を外して、でもいいのどを聴かせて貰い私も幸せな気分になりましたよ、なあに気が付くのが早かったからまだ時間はたっぷりありますよ」

　入ってきた吉三助は私の傍らに座るとぺこぺこ頭を下げて言った。時間と聞いて私は柱に掛けてある時計を見た。時計は今十一時四十分を指していた。ここへ入った時間が十時五十分頃、風呂の中で倒れたのは十一時半頃、だとすると私は十分で回復したことになる、私はふと傍らを見ると氷枕に氷嚢《ひょうのう》が目に入った。

「時間というと、私のこと知っていたのですか」

「あたぼうですよ、大事なあんたをここで失神したままで、会場へ行かせなかったら私はここの姉さん達に殺されてしまいますよ、私は慌てて氷を買いに行くやらおかみさんに謝るやら、もうこっちの方が生きちゃいられない位でしたよ」

「馬鹿だよおまえは本当に……さあもう大丈夫だから、吉、仕度を手伝っておあげ」

「へえ、でも驚いたな、風呂にのぼせた人がたったの十分でもうよくなるなんて、ねえおかみさんのぼせて倒れる人はたびたびあるけど大旨三十分から一時間位は起き上がれませんよね」

「なにいってるのよ、私に介抱させて」

「そうそうこりゃあおかみさんの介抱の賜物ってことにしておきましょう、でもあんたすごい精神力だね、こりゃきっと生きて帰れますよ、私が絶対保証しますよ」

吉三助はよくしゃべるひょうきんな男だった。私がデパートの食堂の前に着いたのは十二時五分前であった。食堂のウインドーの前で真っ赤なコートを着たトンボが私を見ると飛んで来た。

「倉さん、もう皆さんお待ちかねよ」

そう言って私の顔を見たトンボは急に袖口を口に当て吹き出した。

「何だい急に吹き出して」

トンボはおかしさを噛み殺して私の手を取ってどんどん食堂の横道へ引っぱって行った。調理場の後ろを突っ切ると突き当たりの室のドアを開けた。三十名は入れる程の特別室になっている真ん中のテーブルに二つの花瓶が間隔をとって置いてあった。双方ともに真っ赤なバラの花やユリの花が飾ってあり料理も並べてあった。総勢十五名の華やかな女性が集まっていた。入口から入った私を見ると皆んな一斉に笑い出した。私は呆気にとられた。何がおかしいのか私には一向に分からなかった。おとしさんが笑いながら私の側に寄ってきた。

「どうしたの、その顔」

「その顔って、顔に何かついている」

「ついてるって、倉さん鏡を見てごらんなさいよ」

おとしさんがハンドバッグから手鏡を取り出し私に渡した。私は鏡の中を覗いた。

「あっ、」

と叫んだ両方のこめかみにとてつもない大きな梅干しがべっとり貼り付いていた。爆笑がまた渦を巻いた。私は風呂屋での一件を一部始終皆に語った。

「全然気が付かなくて歩いていたなんて倉さん大笑いね」

「それにしても鶴の屋のおかみさんもやるわね」

「吉の野郎がいけないのよ、あん畜生今度会ったら顔中ひっかいてやる」

まずは歓送会の幕開けがこの騒ぎであった。私は宿舎へ帰るとその夜、分隊の連中に明日の出港には二業地の芸者衆が全員船を見送りに来ると言った。

「本当かい」

「まさか、」

「俺達が一番最後に出発するから来てくれるのかな」

「二業地の顔役さんにでも頼んだのかい」

「信じられないな、そんなこと」

各自がまさか私がそれ程彼女達と親しい関係があろうとは信じたくとも信じられなかったのだろう。辻本をはじめ根本、本口、渡部等にも私はあれ以来千代本へ行ったり彼女達と会っていたことは話していなかった。

翌二十四日、起床六時三十分、八時完全武装、九時乗船、十一時出港、私達は船尾の船底の中に押し込められた。しかし私達の小隊は全員甲板に出て岸壁へ向かって目を皿のように凝視していた。十時半を過ぎた岸壁には道行く人はあっても女の姿はなかった。十時五十分時間は容赦なく過ぎていく。やがて十一時になった。もうそろそろ汽笛が鳴り船は港を出る。それなのに岸壁には赤いもの一つ見えない。分隊の中でブツブツいいながら甲板を降りて行く者が出てきた。十一時五分遂に汽笛が鳴った。いよいよいかりが上げられた、その時突然わいてきた様に女性の姿が一人、二人、三人とみるみるうちに増え凡そ三十名位の群れになった。手に白いハンカチを振り中には両手でハンカチを振っている者もいた。「来たぞ、来たぞ」甲板から下へ怒鳴る声が激しくこだました。どかどかと下から甲板へ上がってくる者が増えみるみるうちに甲板は人で埋まった。岸壁を見ようと後ろから押す人押されても押し返す者舳先《へさき》にしがみついて手を握る者人々の感激はやがて最高潮に達した。はっきり芸者とわかる綺麗どころが目に焼きつくのがわかる。私は舳先から船尾の高射砲台へ登っていった。彼女達とは一番遠い距離である。だがはっきり私には彼女達の顔がわかった。おとしさんも照国も光枝もトンボも栄子も良子も皆んな来てくれた。いやそれ以上にこれは芸者衆だけではなく各料亭の仲居さん達も交じっているかも知れない。私は込み上げてくる感謝の涙を拭うことが出来なかった。涙があとからあとから頬を伝わり落ちてくる。船は静かに走り出していた。彼女達がだんだん遠く小さくなっていく。私は帽子を振りながら手の感触がなくなるまで振り続けていた。長い小樽の追憶が終わった。

第十八章　月寒札幌病院

翌三十一日波は穏やかに順調に船は走っていた。その日私達にとって一大衝撃的な情報が入った。アッツ島に一万一千の米軍が上陸我軍これを邀撃《ようげき》せしが全員玉砕す、なお米軍も戦死傷者約千八百名を数えり、我軍初めての玉砕の悲報であった。あの山崎部隊長が名誉の戦死をしてしまった。私はその日夕食もとらず部隊長の冥福を祈った。六月二日正午遂に小樽の港に着いた。半年ぶりで無事小樽へ帰ってきたのだ。小樽の太陽は眩しかった。想い出の小樽よ、私は帰ってきたこの足で大地はしっかりと踏みしめられぬが兎に角無事に帰ったのだ。船からボートで岸壁へ降ろされ待機していた乗用車へ乗り小樽駅へ向かった。道の両側に数多くの小学生が日の丸の旗を振って立ち並んでいた。大勢の国防婦人会の人達の出迎えを受けた。小樽駅から旭川行きの二等車に乗車、札幌駅で降りまた乗用車で月寒札幌病院へと私の体は運ばれた。病院の玄関の広場にはずらりと小学生が出迎え兵隊さんよ有難うと合唱してくれた。玄関先には軍医、看護婦達が私達を出迎えてくれた。この病院で両足切断した患者入院は私が初めてであった。婦長が衛生兵に負ぶさった私に、

「個室を用意してありますがどうしますか……」

「いや、個室より大部屋にして下さい。その方が気が楽ですから」

私はそう願った。

「そう言うと思って一番日当たりの良い場所を選んでおきましたよ」

婦長のえくぼが私の心の中を見透かす様に笑っていた。やっとこれで生まれ変わった様な気がした。庭にはリンゴの白い花が綺麗に咲き誇っていた。病室には見舞いの人の差し入れたスズランの花が至る所に飾ってあり、香りの濃いくすぐるような刺激の強い匂いが充満していた。この匂いの中では今夜はゆっくり眠れそうにもない。私もいささか旅の疲れを感じていた。翌日私は身の回りの品物を総て整えた。万年筆やハガキを買い私は早速東京の両親他二、三の所へ便りを書いた。いずれも一寸足を負傷したと書いただけで両足切断したとは書かなかった。午後から雨が降り始め傷口がかなり痛んだ。その翌朝病院へ軍医、部長、閣下（少将）が見舞いにこられた。「ご苦労様でした」と一言慰問して下さったがこれは大変名誉なことだと後で軍医や婦長に言われた。食事は特別食、この病院での待遇は幌筵病院とは雲泥の差で至れり尽せりであった。翌朝雨はあがったが、庭にはまだ雨の雫が溜まっていた。

「これではお庭にも出られないわね、今日この車初めて出したのよ、本当に新車なの倉田さんが一番乗りよ」

婦長が看護婦に引かせて手押車を私のベッドに運んで来てくれた。六月六日、今日は日曜日である。窓から見る空はどこまでも高く青空の澄み切った上天気であった。私は車を戸田に押させ散髪をして貰った。さっぱりした頭になり私達が廊下を通った時いつも食事を運んでくれる菅原《すがわら》看護婦が私を呼び止めた。

「倉田さん、隊長さんの処へ挨拶にいってきたの」

「なに、今なんて言った」

「あなたの隊長さんのことよ」

「あなたの隊長って、竹田中尉のことかい」

「そうよ竹田中尉さんよ、でも今日は日曜日で奥さんが来て外出したからいないわよ、明日にしたら」

「何」

私の顔はもう自分でもわからないくらい真っ赤になっていた。あの腰抜け、部下をおいてさっさと一人先へ帰ってしまった竹田隊長がこともあろうにこの病院にいたとは私には思いもよらなかった。

「隊長は自分がここにいることは知っているんですか」

私は興奮した声で言った。菅原看護婦はただならぬ私の表情を見て、

「どうしたの、隊長さんあなたのことは知っているわよ」

その一言に私は今まで傷の為に忘れかけていたキスカの過去の現実が甦った。

「菅原さん、頼みがあるんだ訊いてくれる」

「いいわよ、どんなこと」

「今日隊長は帰ってくる」

「夕方頃までには帰ってくるでしょう」

「じゃあ帰ってきたら隊長に自分の室に来るように言って下さい」

「あら、あなたの方から行くのが本当でしょう、呼びつけるなんてそんなことしていいの」

「構わない。来るように言って下さい、必ず来るから来なかったらただじゃあ済まない」

「エッ、今何と言ったの」

「いや何でもない、それより奥さんと言ったけどその女の人は東京から来たの」

「そうよ」

「小柄でやせた鼻の高い二十一、二の人でしょう」

「あらあなた知ってるのその奥さん」

彼女の言葉に私は口を閉ざしてしまった。間違いなく姉ケ崎防空にいた時別荘にいた咲《さき》子《こ》に違いない。私も彼女とは何回も会っている。その日私は隊長の来るのを首を長くして待っていた。夕食が過ぎ消灯になっても遂にその日隊長は現れなかった。翌日もその翌日も隊長は姿を見せなかった。菅原看護婦は伝言は確かに伝えたと返事をした。私は戸田に松葉杖の折れたのを見つけさせ車の中に隠した。翌日私は菅原看護婦を呼ぶと竹田隊長の室へ案内を頼んだ。廊下を通って内科へ着く途中婦長に出会った。菅原看護婦は私から離れて婦長と何か話をしていた。車が走っても私は婦長が菅原看護婦に替わっていることにはまだ気が付かなかった。

「ここよ」

第三内科の個室の前であった。その声で私は婦長だと初めて気が付いた。婦長がドアをノックした。中から「はい」と言う元気な声が聞こえた。

「竹田中尉殿、倉田一等兵が参りました、入ってもよろしいでしょうか」

婦長が中へ声を掛けた。

「一寸待って下さい」

中から竹田隊長の慌てた声がして少し時間がたった。「どうぞ」返事があって婦長はドアを開け車を中に入れてすぐ室を出ていった。その時隊長はまだベッドの上にいた。婦長が出ていってドアが閉まった時、隊長はベッドから飛び降り私の前へ正座すると両手をついて頭を下げた。私は車の上からそれをじいっと見つめていた。数分が流れた。私の右側に用意した松葉杖の棒切れがいつでも取れるように置いてあった。叩きのめして片輪にしてやる。腕の一本や二本はへし折ってやる。私は覚悟を決めここへ乗り込んで来たのだ。私は菅原看護婦に頼み彼が私の室に来て頭を下げれば庭へ出て文句の一言、二言も言ってやろうと思っていたのに顔も見せず来なかったのが余計頭にきていたのだ。

「頭を上げろ」

私は大声で隊長に怒鳴った。静かにゆっくりと彼は頭を上げた。顔色は血の気もなく蒼白であった。

「何とか言え」

私はヤクザの様な口調になっていた。

「何とも申し訳がない」

私の顔を一目見るなり彼はまた頭を下げてしまった。

「申し訳がないで済むと思うか、お前の部下が何人も死んだんだぞ。お前は部下を見殺しにしてさっさと俺達に内密で帰ってしまったんだぞ。貴様という奴は、それでも隊長だと思うのか」

興奮度が高くなるにつれ私の言う言葉がだんだんと荒っぽくなってきた。

「皆んなには悪いと思っている許してくれ、俺も病人なんだ」

蚊の鳴く様な声が彼の頭の下から聞こえてきた。

「馬鹿野郎、病人づらするな。貴様なんか病人じゃない恐怖病で逃げ出して何が病人だ、笑わせるな」

私は遂に右手に棒切れを握った。こんな意気地のない奴叩きのめしてやらなければ死んだ根本達に申し訳がない。私は棒切れを彼の頭上に振りげた。

「本当に俺は病人なんだ許してくれ」

蚊の鳴く声が泣き声に変わった。

「病人がなんで咲子さんを連れて外出が出来るんだ、いい加減にしろ」

「謝る、謝る、殴ってもいい蹴ってもいい。思う存分にしてくれ。でも俺は死にたくなかった。生きていたかった。キスカで病気で死にたくはなかった」

キスカで病気で死にたくなかった。私はその一言で気が抜け全身の力が糸を引く様に細くなるのを感じた。棒切れを尻に敷くとそのまま私はじいっと食い入る様に彼の姿を見詰めた。きちんと正座して両手をついて頭を下げた彼は生涯の危機に生きる望みを如何に誰に侮辱されようとその信念を貫く彼の生の執着に私はがっくり気を落としてしまった。

「もういい、頭も手も上げてくれ」

恐る恐る私の声に彼は頭を上げ手を膝に乗せた。

「あんたには負けたよ、殴る元気も気力も失くなったよ」

「それじゃあ許して貰えるのか、有難う、有難う」

「俺も因果な隊長を持ったと思って諦めるよ、戦死した連中のことはわかっているだろうね」

「大体の報告は聞いている、直撃弾だってね」

「二十キロの爆弾だったから一分隊も半数は助かった、もし百キロだったら彼達は全員木端微塵よ、あんた早く帰れて良かったよ、体はそんなに悪いのか」

「決して良くはない、あのままキスカにいたら死んでいたろう」

「それがもう元気で外出出来るんだからいい気なもんだ」

咲子のことでまた取っちめてやろうと思ったが私はそんな野暮な男ではない。それ以上のことはもうなにも言う気はなかった。

「そんな処に座っていないでもうベッドに上がったらどうなんですか」

彼はやっと私の怒りが解けたと察しベッドの端へ腰を下ろした。

「あんたを片輪者にしても俺は気が済まなかった、でももういいあんたも生きたかった、あんたと俺もこれから生きるのに苦難が先々で待っている。でもこれだけは言っておくがこれからその時の状況を詳しく話すから死んだ家族の家へはあんたが無事東京へ帰れたら一軒一軒回って報告することだ」

私はその時の状況を詳しく彼に説明すると室を出た。彼がドアを開け車を押し出した。廊下に婦長が立っていた。

「私がお送りします」

婦長が車の取手を取ると車は静かに走り出した。

「倉田さん、菅原看護婦があなたの様子がおかしいというので私が替わって竹田中尉の処へ案内したけど話は廊下で皆んな聴いてしまったわ、何かあったら私飛び込もうと思ってね、でもあなたよく我慢したわね、あなたの声が大きくびんびん廊下へ響くので私気がきじゃなかったわよ」

「済みません、御心配かけちゃって」

「私、あなたのことキスカ帰りの人にいろいろ噂を訊いて興味を持っていたの、こんな大怪我をしてもあなたはいつも朗らかで精神の旺盛さには感心していたの、今の話も軍隊にはよくある話だと私は思うの、あなたは俗にいう自己犠牲の一人なのよね」

自己犠牲、婦長のいった言葉が私の胸許を鋭利なナイフでぐさっと突き刺した様な気がした。竹田隊長はその後、早速私の室へやって来た。室へ入る時一番最初に将校を見た者が、将校に対して、敬礼と号令を掛けて全員敬礼するのが軍律であるが、竹田隊長はその号令と敬礼を制止して皆にそのまま、そのまま、この次からは自分が来ても敬礼する必要はないと言った。病室の連中は驚いた。相手は中尉である。普通部下を見舞いに来た将校が胸を張って態度の大きいのが当たり前である。その他隊長と私の口の利き方にも彼等は一層の驚きであった。私と竹田隊長との関係は誰が見ても隊長の方がへり下って見えた。六月十二日、夕方竹田隊長が慌ただしく私の室へやって来た。藤野、川島、木田、滝川達が今日入院したと言った。今日北千島から患者が入院したことは私も聞いて知っていたが、まさか藤野達が入院したとは思いも及ばないことであった。当時のアリューシャンの真相を説明すればアッツ島が玉砕したためキスカ部隊は完全に孤立してしまった。我が参謀本部ではキスカ部隊五六三九人の撤収を計画していた。五月二十七日から六月二十一日までの間に延べ十八隻の駆逐艦で救出、すべて現在その十八隻の艦隊は北千島方面へ集結していたのである。私にはキスカ撤収のことなど夢にも関知していなかった。彼等は一体いつ潜水艦で帰ったのだろうか、隊長はきっとこれから四人揃って私の処へ見舞いに来ると言って帰った。夕食を過ぎた私は彼等と再会し何と言おうか、そんなことを考えているうち、ついうつらうつら眠ってしまった。目覚めたのは八時過ぎであった、私は突然跳ね起き戸田を呼んだ。隅のベッドから彼は飛んで来た。

「はい」

彼は私に背中を向けた、いつも彼に負ぶって貰い便所へ行くのでそうしたのである。

「誰か俺の処へ面会に来なかったか」

「夢でも見たんじゃない、よく眠っていたから誰も来ないよ」

「そんな馬鹿な、俺は夢なんか見ていやしない俺の戦友が来る筈なんだが、今何時だ」

「もう八時過ぎだよ、消灯にはまだ早いが」

私は急に腹が立ってきた。私の表情が険しいのを見て彼は首をかしげて自分のベッドに戻った。

翌日朝食後私はいらいらして落ち着かなかった。昼食後私は丁度竹田隊長の時と同じ様な抑えきれない興奮状態になった。戸田に車を出させると私は内科へ案内させた。もうその時は竹田隊長の時よりはるかに激しい怒りに燃えていた。内科の廊下から庭へ車を回すと彼に藤野、川島、滝川を呼びにやらせた。五分経ち、十分経ち瞬く間に三十分経ちそして約四十分後庭へ三人が俯き顔でやって来た。三人の後から木田が従いて来た。私は何でこんなに彼等に向かって怒りに燃えているのか自分でもよくわからなかった。竹田隊長の時は、私なりのいい分があったがそれは隊長の非であり隊長自身も認めているものであった。しかし今回は違う、今ここに来た四人に私は何を怒ろうとしているのか、私は全く理性を失ってしまったのかもしれない。だが誰一人私の顔を見ないでいる。その姿を見るともう私は彼等に次々と罵声を浴びせてしまった。

「貴様らその塀の処へ並べ」

私の一喝に四人は私の顔を見ようともせずおとなしく塀の前に一列横隊に並んだ。

「何で俺がここにいるのを知って昨日会いに来なかったのだ」

誰も返事をしないで皆下を向いたままでいる。

「藤野、貴様それでも男か、人間か貴様には常識というものがないのか」

藤野の体はもう震えがきていた。

「何とか言え」

私は彼の前へ両手で車輪の輪を回した。殴るつもりで私が手を上げた。

「すいません」

藤野は消え入る様な細い声を出すと一歩退き塀に体を支えた。一寸手が届かなかった。

次の川島へ私は怒鳴った。

「川島、貴様が壕へ入ってから貴様の代わりに古川を入れたんだぞ、その古川が貴様の代わりに死んだのだ、藤野貴様の代わりには渡部を入れたんだ。渡部も死んだぞ、貴様達の為に身代わりになって死んだんだぞ……」

私の声は震え涙が瞼を伝わり泣き声になっていた。

「すみません」「すみません」

二人は腰が曲がる程深々と頭を下げた。

「俺はこんな不具者になった、貴様達俺にざまあみやがれと言いたいのだろう、馬鹿な奴だと笑いたいんだろう、笑うなら笑えさあ大声出して笑ってみろ」

二人の腰はますます低くなる一方であった。

「とんでもない、笑うなんて、俺達昨日隊長に会ってあんたがここに入院していると聞いて皆んなで相談してすぐ見舞いに行くつもりでいたけれど、昨日は室の割当てや身の回りのことでいろいろと忙しくて出られなかったんです、わかって下さい」

「滝川、利いた風な口をきくな、貴様なんか一体キスカで何をしてきた。一回でも高射砲を撃ったことがあるか、一体貴様キスカで何をしていたんだ。俺は貴様とキスカで話をしたことなど一回もなかったぞ、礼を言って貰うつもりで俺は貴様達の為に危ない橋を何回も渡ったんじゃない。俺達は同じ分隊の戦友だぞ」

「わかっています、あなたには随分お世話になりました、だから自分も藤野も川島もお詫びしているんです」

「俺は貴様達に詫びて貰っただけじゃ気が済まない、貴様達は自分さえ良ければ人はどうなっても構わないその気持ちが俺は許せない」

「わかってます、あなたの言う通りです。我々はあなたに殴られるのを覚悟してここへ来たんです、どうぞ充分気の済むようにして下さい」

一番貧弱で兵隊の兵の字にもならぬこのやせ男が一番しっかりしてはっきり言い切った。木田は無口で口が重くいつも私に怒鳴られ通しで時には私は彼に活を入れるため殴ったことが度々あった。私は滝川の言葉に四人を今一度見直した。四人は覚悟を決めこの場で殴られることを待っている様であった。私は急に出来るだけの大声を出して叫んだ。

「馬鹿野郎、大馬鹿野郎、貴様俺に殴られるのを覚悟して、ここへ来たのか、何だってもっと素直に早く俺の処へ来なかったのか室割りだろうが、身の回りのことで出られなかった、そんなこと理由にならんじゃないか、なんで俺の処へ一番最初に飛んで来てくれなかったのだ。貴様達は俺を戦友と思っていないのか」

私は言うが早いか、「ワァ〜」と両手を顔に当て泣き出した。藤野が川島が滝川が私の傍らにかけ寄り皆んな泣き出した。ひとりぽつねんと無表情で元の場に立ったままでいたのは木田であった。木田には喜怒哀楽というものがないのか、私は彼のせいで戦闘中右手の甲を大怪我して危うく右手を駄目にする羽目に出会ったことがあった。そんな時でも彼は無表情で侘びの一言も言わなかった男である。その翌日待ちに待った母からの便りが届いた。それからその翌日に千代本のおとしさんとお清さんが面会に来てくれた。芸者衆は誰もが来たがっていた。でも芸者は陸軍病院は苦手だそうだ、素人らしく装っても彼女達は自然と芸者を意識する。それはそれでどういう意味あいもない筈だが彼女達自身が看護婦を強く意識してしまう。おとしさんは仲居頭でその点素人にも見え而も常識に富んでいる、彼女が代表として来てくれたのである。ハガキには一寸足を怪我したと知らせただけで、おとしさんは私が両足がないのを知ると気を失う位びっくりしてしまった。

「でも顔だけは綺麗で本当に良かった」

それがなによりの幸運だといい彼女は私の両足を包帯の上から幾度もなでてくれた。私はあの時の見送りがどんなに皆んなを喜ばせ興奮させてくれたことを話し、繰り返し繰り返し礼を言った。おとしさんもお清さんも傷のわりにはとても元気で明るい私を見て安心した。そしてまた是非小樽へ来てくれと言った。私がこの先何年掛かって義足を付けて歩ける様になるかわからない、そんな日がやって来ていざ私がのこのこと小樽まで会いに行ったところで皆んなが小樽にいる訳がないと思ってしまい、貴重な想い出は線香花火の様にパアーと燃えて散っていくものだと感じてしまった。私は二人を玄関まで送って彼女達にくれぐれも皆さんによろしくと言って別れた。六月十七日、負傷して丸三ヶ月である。母と長兄と姉の三人が東京から見舞いに駆け付けてくれた。その日の朝私は六月二十日東京の第一陸軍病院の転送を命じられていた。危なかった。もう二、三日遅れれば私達は行き違いになるところだった。この病院へ入院してすぐに出した便りが遅配し返事がつい最近着いたばかりである。まさか三人が北海道までやって来るとは私は思っていなかった。私は便りにやがて東京に転送になるから札幌へは来なくても大丈夫だよ、と書いた。母からの返事にも来るとは書いていなかった。母の説明によると来ないつもりでいたが心配で占いに見て貰ったところ両足を切ってたいそう苦しんでいる様子であると言われた。それを聞きとても心配になり札幌でもし死ぬようなことがあってはと思い急遽三人で出てきたという。占いなんて普段信用したことのない母が珍しく信用したものだ。それにしても両足を切断したとは占いもたまには当たるものだと私は感心した。母はどうしてこんなに涙が出るのかと思う程あとからあとから涙を流してくれた。私は他の患者の手前いささか閉口してしまった。やっと泣き止んだ母は、

「お前それでも顔だけは綺麗で本当に良かった」

母もおとしさんと同じ様なことを言った。私は自分の顔は決して二枚目だとは思ってはいないが、瓜実顔で鼻すじは通って目に愛嬌があり何よりも眉先が月型で長く細くも太くもなくこれだけは誰からにも褒められてた。実際に私はこの顔に愛嬌があり明るかったので誰からにも好かれていたのだろう。

「足の他にはどこも怪我はない、それに両足なくとも両手は健全だから何も心配しなくてもいい」

「そうだね、お前は手先が器用だから何とかなるだろうよね」

私は心配してくれる母や兄や姉に今後は心配やら迷惑はかけたくないと思った。これから退院するまでの間に私は誰か良い相手を探し自分で自分の進む道を見つけなくてはならぬ、十九歳の時家を飛び出し同年輩の女性と四年間同棲して世間の荒波を渡ってきた私である。出征する五ヶ月前私はその女性とは別れた。これからの私は自由に我が道を選ぶ権利がある。両足がなくて何だいまだ健全な頭脳と両手を使って私は大空に向かって羽撃けばいいのだ。どんな災難、苦難にあっても暗い表情は出してはならぬ。いつどんな時に出会っても明るい表情は失ってはいけない。婦長が私に言った、自己犠牲の精神とは自分でおこした結果は自分で判断して自己満足をしなくてはならない。私は明るく笑って三人に帰って貰った。六月二十日、午前七時その日転送する三名の先頭に私は手押車に乗り病院の玄関先へ出た。院長を始め軍医、看護婦そして外科、内科の患者が殆ど私達の見送りに玄関先へ見えた。たった十八日間の入院生活であったが病院長を始めこのような多数の見送りはかつてなかったそうである。付添うのは見習士官一名、上等兵、一等兵、二等兵各一名、会計四名である。玄関先には院長専用の大型乗用車が待機していた。玄関の靴脱ぎ場所に三人編上靴《へんじょうか》が揃えてあった。そのうちの一足を今橋《いまはし》上等兵が履いて乗用車へ、次に吉田《よしだ》兵長（片足切断）が松葉杖で片方だけ履いて乗用車へ乗り込んだ。戸田が残った私を背負おうとした時、菅原看護婦が突然私の前に出て、「私に負ぶわせて下さい」と言い背中を向けた。私は彼女の肩に軽く手を当てた。彼女はその手をしっかり握った。「よいしょ」と言って私を車まで運んだ。私が座席に座ってドアを閉めようとした時、彼女は慌てて、「忘れ物」と言って玄関へ走っていた。間もなく靴脱場所に残っていた一足半の編上靴を両手にぶら下げて戻ってきて私の目の前に出した。「忘れ物よ」彼女は私に早く受け取る様に促した。

「そりゃ忘れ物じゃないよ、自分達は三人でも編上靴は一足半でいいんだよ」

私のその返事に周りにいた連中が一度にどっと笑った。

「三人で一足半か、こりゃいい、こりゃいい土産話が残った、ウハハハハ……」

院長が大声で高らかに笑った。この話は月寒札幌病院で長い間の語り話になったと言う。私達の車は札幌の初夏の砂をけって白いリンゴの花咲くリンゴ畑を左右にゆうゆうと走って行った。

―― 完 ――

あとがき

『鳴神島』この名はキスカ島を我軍が占領してからつけた名称である、一般には余り知られてはいない。私はそれ故あえてこの名を題名に使用した。鳴神島での四ヶ月間の生活は総て私が体験した実戦記録である。戦友或いは登場人物は総て仮名をもちいた。但し小樽の追憶に出てくる人物は総て実在し本名或いは当時の源氏名である。昭和三十八年負傷後の後遺症の為右手が不自由になり、一章から十四章は総て下書きで綴ったが修正がつかず当時はギブスを首に巻き療養中であった。昭和五十四年八月右手は完全使用不能になり左手までが使用不能になりかけ私は最後の生命を賭けこの稿の脱稿を決意した、息子を使って口述にて十五章から十八章を綴り『鳴神島』を脱稿した。

負傷した時私は二十三歳であった。来年三月に私は六十歳になる。やがて三十七年目がやってくる、両手が健在であれば兎に角やがて身動きの出来ぬ日が眼前に迫っている。私の人生では足のある時代の方が少なく足のある私を知る人はもうこの世に数少なくなった。その数少ない中にこの物語に出てくる人物が現在何人いるか私は知らない。今は米国側にあって元のキスカ島に還ったあの島の頂上に私の両足と数多くの人が永眠している。毎年四月に入るとその埋もれた白骨の上に又あの可麗なツンドラの白い花が咲く。根強くその花は私達の霊露を吸って永遠に咲いては散り、散っては又咲くことであろう。

倉持　祐三郎

息子のあとがき

私が父にこの作品の代筆を頼まれたのは、まだ二十歳の学生の時でした。当時はいやでいやでしょうがなく苦痛でしかありませんでした。完成すると父はすぐに福祉事務の方に連絡を入れ、私が福祉事務所に原稿を持って行きました。しかし一週間もすると福祉事務所の方から、原稿の引き取り依頼の連絡が入ってしまいました。

今考えると何故出版社に連絡をせず、福祉事務所だったのかと、思い悩みました。一章から十四章は、父が下書きで綴ったものでなかなか判読するのが、難しく内容も理解されなかったのではないかと思われます。その後、私が社会人となり就職・結婚・子育て・父の介護と日常の生活に追われたこともあり、この作品の存在そのものが、消されてしまいました。しかし父の死後、相続の件で腹違いの姉を捜すこととなり父の戸籍を手繰り、父の歩んできた人生を紐解いていった時、戦争に召集されたその戦地での体験談、この作品の存在が思い返されたのです。

五十歳を過ぎた頃、この作品をちゃんと初めから読み直そうと思い一章から丁寧に読み始めました。一章から十四章迄は父の下書きにて綴ったものであり、判読し校正するのにかなりの年月が掛かってしまい、気が付いたら約十年もの歳月がかかってしまいました。

昭和に入り、日本は軍国主義の道をひたすら邁進していきました。

そして昭和十六年にアメリカと戦闘状態に入り、太平洋戦争が勃発してしまいました。父と同世代に生きた人達は、この戦争という大きな壁に人生を阻まれてしまいました。ある人はこの戦争で命を落とし、又ある人は父と同様に体に障害を受けてしまいました。父・父と同世代に生きた人達の犠牲のおかげで、安全・平和な国、日本という国が、築かれたのでは、ないかと思います。世界をみれば、ウクライナ・イスラエルと今なお戦争が起こっている国があります。父はこの体験談をとおして「生きる尊さ」「生きる希望」「戦争の無意味さ」「戦争の愚かさ」を後世に伝えるためのメッセージを残したかったのでは、ないかと思います。是非、多くの方にこの作品にふれて頂ければ幸いです。また、この父の体験談を書籍化し多くの方にふれる機会を頂きました出版社の方には、この書面をおかりしまして、心より感謝御礼申し上げます。

著者プロフィール

倉持 寿哉（くらもち としや）

昭和34年東京都に生まれる。
東洋大学経営学部卒業。
現在マンションの管理人として勤務する。
傍ら町会行事等の役員を務める。
既刊著書『父の愛』文芸社より2002年発刊。

鳴神島（太平洋戦争激戦地　ザ・キスカ島）

2024年11月15日　初版第1刷発行

著　者　倉持 寿哉
発行者　瓜谷 綱延
発行所　株式会社文芸社
〒160-0022　東京都新宿区新宿1－10－1
電話　03-5369-3060（代表）
03-5369-2299（販売）

印　刷　株式会社文芸社
製本所　株式会社MOTOMURA

ISBN978-4-286-25836-2